JN116358

ある軍医の戦中戦後
《1937～1948》

小野寺龍太
Onodera Ryuta

◉弦書房

装丁＝毛利一枝

〈カバー表・写真〉
青森県、弘前駅か途中の駅の見送り風景（昭和十二年頃）
〈カバー裏・写真〉
中国、天津近郊の塘沽揚陸場（昭和十二年頃）
〈本扉・写真〉
乗馬の練習中の小野寺精喜（中国、陽泉近郊、昭和十三年頃）

目次

はじめに　10

I　軍医として北支へ……………………13

第一章　軍隊入隊（昭和十二年八、九月）
召集令状が来る　14／留守の女たちの感想　16／精喜の家族　20／入営直後に受け取った手紙　23／秋日和の弘前から赤泥水の塘沽へ　25

第二章　北支の激戦（昭和十二年九月から十一月まで）
易県で野戦病院開設　28／石家荘から井陘へ　31／戦地で受け取った最初の手紙　33／内地の様子　36／患者八百人と美しい星空　39／操と直助の手紙　42

第三章　やや落ち着いて（昭和十二年十一月から十三年三月まで）
芸者の色付き写真は慰問品中のヒット　46／一か月間の隊付き軍医　49／母と弟の手紙　57／内地でも人は死ぬ　59／本隊復帰（陽泉・楡次・平遥）　61／昭和十三年春の世相　65／ともの縁談と和子の映画　68／母と兄弟からの手紙　71

第四章　前線の長閑さと国内の統制（昭和十三年四月から十一月まで）

臨汾の長閑な日々と科学研究　74／大雨と洋画輸入禁止　76／慰問団の喜劇と無言の帰郷　79／石井部隊に入隊希望　81／塹壕病とムーランルージュ　83／コレラと賞詞　86／直助の満洲行きと和子の俳句　88／孝行豆腐　91／没法子（メイファーズ）　93

第五章　閑忙さまざま（昭和十三年暮から十四年暮まで）

精喜の賞詞と得郎の陸士合格　96／昭和十三年暮の医学部の様子　99／『麦と兵隊』・戦死者の墓参・戦地慰問文　100／ノンビリした半年と多忙な半年　102／昭和十四年春夏の家族の状況　105／北京に移る　108／科学の話　110／精喜の結婚に対するシモさんと操の態度　113／結婚話を断る　115

Ⅱ

召集解除……………………………………………119

第一章　科学・文学・映画その一（昭和十五年）

戦に行きても死なれず畳の上にてこの事あり　120／『物理学はいかに創られたか』　122／昌二君の身の振り方　126／操の身辺雑事と直助の支那行き　129／紀元二千六百年と窮屈になる生活　132／三紀子人形・『民族の祭典』・コーヒー　135

第二章　科学・文学・映画その二（昭和十六年春夏）

母の病気と親友の死　139／街は暗くなり肉もなくなる　141／『美の祭典』と『大自然科学史』　143／『万葉秀歌』　146／和子の旅行と清兵衛、得郎君の進路　149／日米戦争前の国内の状況　151

第三章　精喜と和子の結婚と除隊（昭和十六年秋から昭和十七年夏）

精喜と和子の結婚話　154／とんとん拍子に話は進む　158／精喜と和子が結婚する　160／御許様と六十通の礼状　165／軍務解除と別府温研勤務　167

第四章　精喜の母の死と昭和十七年の世相（昭和十七年夏から冬）

精喜の母の死　171／直助・操・精喜の感慨　173／昌二と得郎の感想　175／当時のお付き合いと日常生活　178／福岡の台風と前沢の法事　181／直助とキヨの満洲雑感　183／清兵衛の工場見学と得郎の渡満　186／軍艦乗組員の戦争体験談　187／昭和十七年冬の世相　190

第五章　昌二の心境の変化と精喜の養子問題（昭和十七年冬から十八年春）

昌二の心境の変化　193／結婚後の戸籍の問題　195／一時的に一件落着　198／明るく軍務に励む得郎　201／昭和十八年前半の世間雑事　203／養子問題でギクシャクする　206／当事者より周りがうるさい　208／養子問題の決着　210

Ⅲ　朝鮮赴任から引揚げまで……………………213

第一章　福岡帰居と長男の誕生および昌二の遭難（昭和十八年夏から冬）
精喜夫婦の福岡転居　214／精喜の物理好き及び防空・防災　217／直助の満洲赴任と長男夏生の誕生　219／昌二の遭難　222／家庭内の不和　224

第二章　得郎の戦死と精喜の再応召（昭和十九年夏まで）
得郎の南方赴任と戦死　227／防火訓練と友人の召集免除願い　229／昌二と清兵衛が家を出る　231／精喜の再召集　234／朝鮮派遣　236／赴任直後の朝鮮で　239／留守宅の様子　241

第三章　人心の荒廃と母性愛（昭和十九年夏から冬）
昌二の再召集と清兵衛の忘恩　245／悪いことばかりではない　248／夏生の病気と和子の妊娠　250／昭和十九年夏の庶民生活　253／精喜の一時帰福と夏生の入院　256／得郎の叙勲と窮屈になる日常　258／昭和二十年のお正月　261

第四章　戦況の逼迫と疎開（昭和二十年春）
徴兵検査で朝鮮を回る　264／シンフォニーを聞いたりハエを追った

り　267／龍太の誕生と疎開　270／疎開とその感想　272／冷静な直助と新京の様子　275
第五章　敗戦近し（昭和二十年春から夏）
暇だが不安な朝鮮軍　279／ドイツの降伏・対戦車戦法・ソ連の参戦　282／疎開の生活と恩人清兵衛　284／福岡大空襲　287／家が取り壊される　290／敗戦へ　293

Ⅳ　敗戦後

敗戦後……………………………………………………295
第一章　復員と住居探し（昭和二十年夏から二十一年冬まで）
敗戦　296／復員　299／耶馬渓から福岡それから古賀へ　301／直助の安否と民主主義　304／戦後の生活と大村病院行き　306／食べ物と民主化運動　309／古賀から別府へ　311
第二章　福岡の精喜と別府の家族（昭和二十二年から二十三年春まで）
昭和二十二年の別府の生活　314／食べ物と子供　317／東北大水害と天皇行幸　320／クリスマス・蓄音機など　323／拘置所の昌二と勝枝さんの死　326／石田君の死と新潟の学会　329
第三章　転居と癌（昭和二十三年夏から冬まで）

引っ越し直後の癌発覚　332／入院・手術・予後　335／精喜の死　338
小野寺精喜略年譜　342
家系図（小野寺精喜関係、小野寺直助関係）　344
おわりに　346

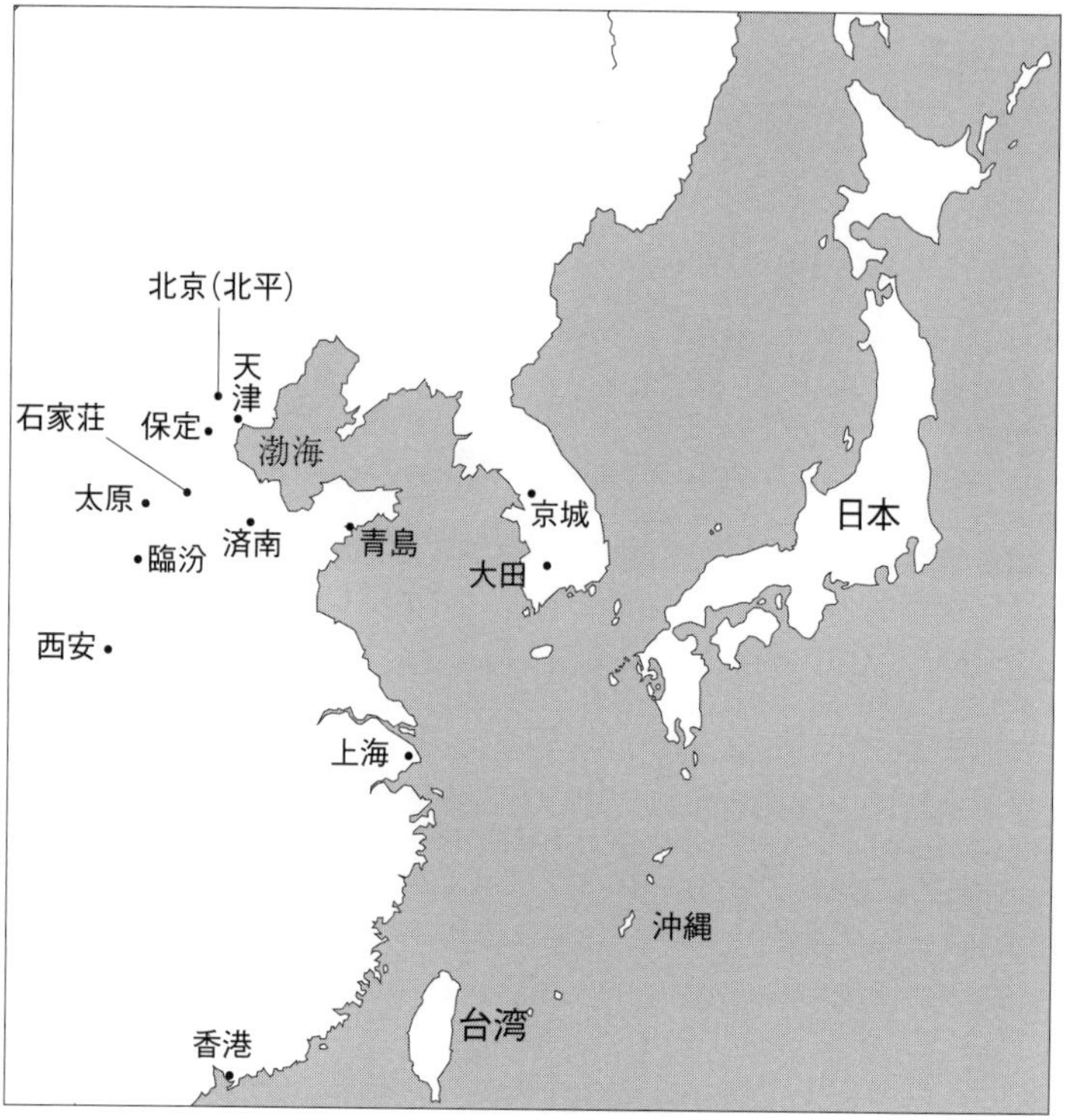

精喜の出征地の概略地図

(左頁) 上=昭和 12 年当時の北支
下=昭和 12 年当時の朝鮮

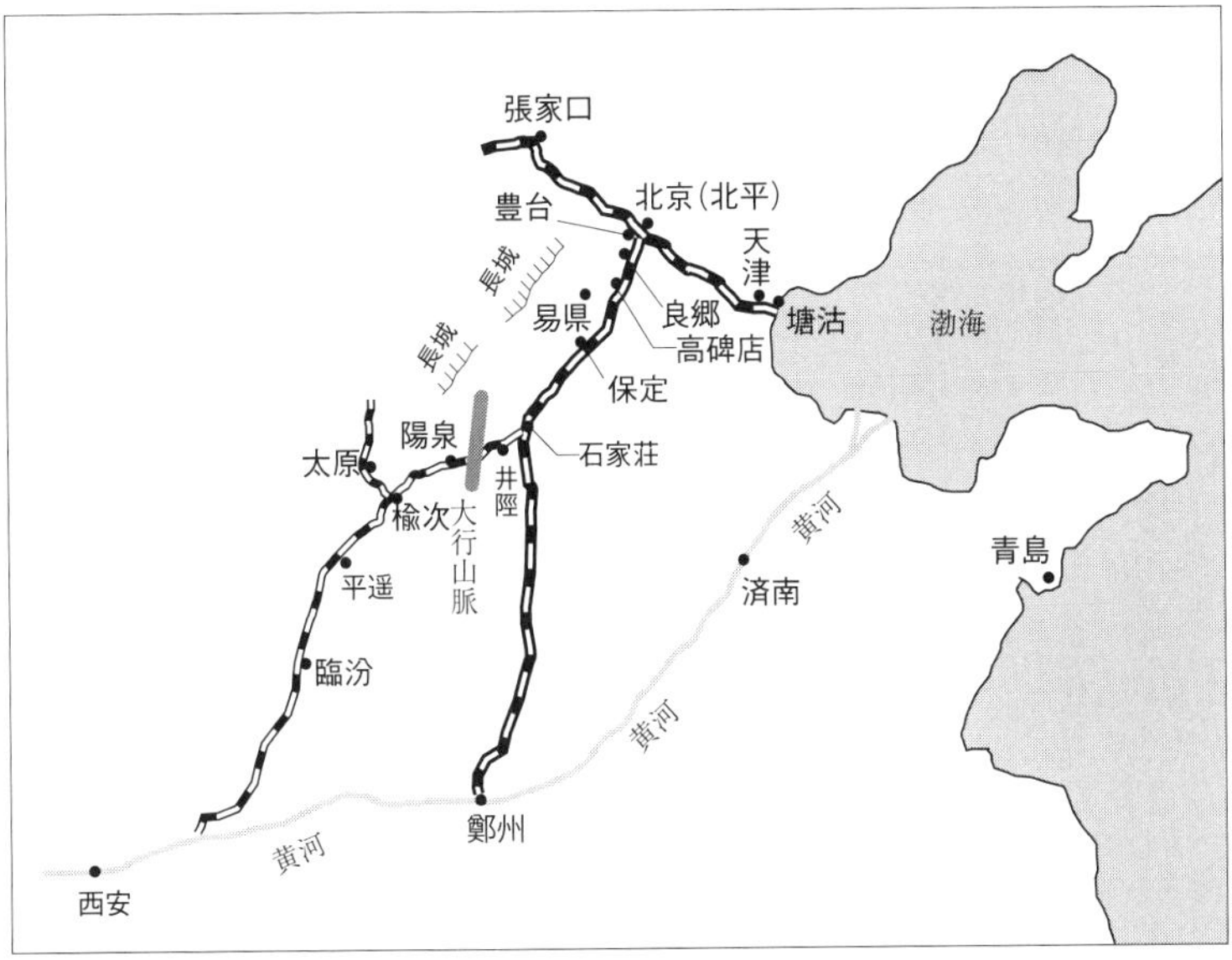

張家口
北京（北平）
豊台
天津
長城
長城
易県
良郷
塘沽
渤海
高碑店
保定
陽泉
石家荘
太原
井陘
楡次
大行山脈
黄河
青島
済南
平遥
臨汾
黄河
鄭州
黄河
西安

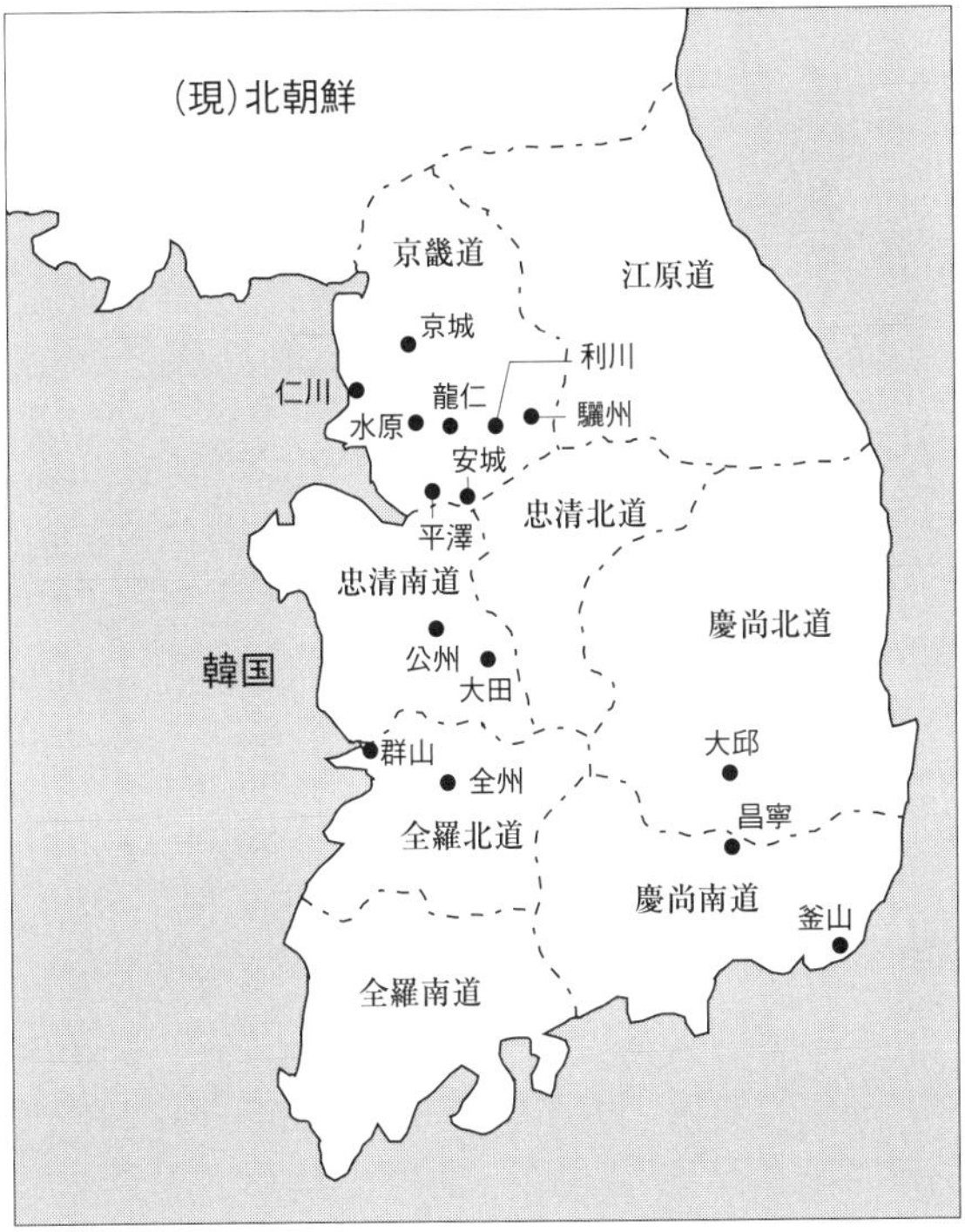

（現）北朝鮮
京畿道
江原道
京城
利川
仁川
龍仁
驪州
水原
安城
平澤
忠清北道
忠清南道
慶尚北道
韓国
公州
大田
大邱
群山
全州
昌寧
全羅北道
慶尚南道
釜山
全羅南道

はじめに

　筆者の父、小野寺精喜《せいき》は明治三十九年（一九〇六）に生まれた。生家は岩手県胆沢《いさわ》郡前沢町（現奥州市前沢）の豆腐屋であった。長じて岩手県立盛岡農学校を卒業したが、同じ前沢町出身の九州帝国大学医学部教授の小野寺直助が学費を援助してくれて、旧制福岡高校に入学、九州帝大医学部を卒業し、そのまま医学部に残って助手として勤務していた。ところが昭和十二年に日支事変が勃発したため、その年の八月、三十一歳で召集され、以後四年半を北支（現在の中華人民共和国の北部）で軍医として過ごした。昭和十七年に帰国して結婚し子供を儲けたが、昭和十九年六月に再度応召し、今度は朝鮮（現在の韓国）に派遣された。その後日本の敗戦によって朝鮮から引き揚げ、以後再び福岡に住み九大医学部第三内科に勤務したが、昭和二十三年末に胃癌で不帰の人となった。

　精喜は出征先の北支（中国北部）や朝鮮から恩人の小野寺直助の一家によく手紙やはがきを書いた。直助の一家からもそれに数倍する便りがあり、また精喜の実家である岩手県前沢町の家からも彼の許へ、或いは福岡の直助宅に便りがあった。これらの多くがまだ筆者（精喜の次男）の手許にあり、それを読むと、日支事変から敗戦直後までの時期の世相の変遷、またその中で筆者の父母や祖父母たちがどのように感じ、どのように生きたか、そのありのままの姿が浮かんでくる。それで私はこれらの手紙を整理して、その時代の一面を描いて見ようと思った。それがこの本である。

現代の人（特にマスコミ）は、戦争中という特殊な環境が普通人の人生を決定的に規定した、と感じているようだが、ある時代の特徴はいつの世でも一回限りの特殊なものである。すなわちデモやストで明け暮れた昭和二、三十年代も、高度経済成長で地域社会が崩壊してマイホーム社会に移った昭和後期も、人口の爆発や温暖化やゴミの大量発生で地球環境が悪化し、また世界中の人が移住したり難民になったりして文明の地域性が失われつつある（グローバル化）現代も、それぞれに「特殊な環境下」にあるので、それが個人の人生をある程度規定しているが、人々はその中で生活上のことに一喜一憂し、家族、親類、隣近所、職場の人間関係の愛憎を経験している。戦争もそれらと同じ、いつの世にも常にある人生の背景に過ぎない。

また現代日本では、戦争は最大の悪で、前線は残虐、銃後は悲惨に描かねばならぬ、という風潮があり、「事実をそのままに伝える」という歴史学の本道が忘れられているように感じる。しかし戦争中でも人は可笑しければ笑い、悲しければ泣き、怒ったり喜んだりしていたのであり、それをそのまま描いてこそ「その時代」を理解し、再体験することが出来ると思う。筆者はそのような積りでこの本を書いた。本書を読まれた読者が、「戦時中の、ある家庭のありのままの生活」に興味をもって下されば有難い。

凡例

1　本書の記述は、家族間でやり取りされた手紙と、精喜（軍医、戦後は医師）が従軍手帖に書き留めた覚書から抜き出したものである。即ち、ことがらは全て事実であり、筆者が潤色した所はない。

2　ただ内容が昔の事で、現代の人の理解し難い部分も多いから、筆者が叙述文に直して説明をつけている。しかし、時代色を出すためになるべく手紙文をそのまま引用しようと努力した。

3　引用の手紙文は数回分を一回にまとめたところもあり、また語尾も適宜変えている。だ体にしたところもあるし、候文を、ですます調に変えたところはたくさんある。

I　軍医として北支へ

第一章　軍隊入隊（昭和十二年八、九月）

召集令状が来る

精喜に召集令状が来たのは昭和十二年（一九三七）八月十五日の真夜中であった。彼はこの時三十一歳、福岡の九州帝国大学医学部勤務の助手か副手（助手と同様な職務を行うが身分は一級下）であったが、数日前から夏季休暇で郷里の岩手県胆沢郡前沢町（現奥州市）に帰省していた。家の前のやかましい騒ぎにはね起きた精喜が裸のまま表の戸を開けると、弓張り提灯三つが薄暗く見え、役場のかんけ兄（勘助だろうか）が威勢のよい声で「動員」と言った。精喜はすぐに「来たな」と思った。そして奉公袋から印を出し押印して召集令状を受け取った。それからひとしきり家中で戦争の話をしてまた寝たが、やはり眠れなかった。そして三時になったので、精喜はいつものように起きだして豆腐作りのために豆を挽いた。

明るくなると町は戦の話で持ちきりとなり、動員令の下った家々のことが話し合われた。精喜は郵便局に行って福岡の小野寺直助先生宅に電報を打ち、小学校の恩師永井先生を訪問して応召の報告をした。家に帰ると折り返し福岡から祝いの電報が来ていて彼は感激を新たにした。午後からも彼は目呂木《もくろぎ》（前沢の町から東北線の汽車線路を越して東側にある集落、精喜の先祖の居住地）の親類を廻り、直助先生の実家である高畑の小野寺医院に直助の甥の純一氏を訪問して召集の話をした。夕方家に戻ると、出征を祝う大きな日の丸の旗が門の上にはためいていたが、その門の屋根の半分程は腐って崩れ落ちていた。

前沢出征壮行祝賀
（中央の背広姿が精喜）

精喜が召集されたのは、この一か月前、七月に始まった日支事変のせいである。十日ほど前には馬が徴発になり馬車馬が不足していたが、今回は前沢町から看護兵が三人、工兵一人、自動車運転手一人、それに軍医として精喜、他一名、合計七名が召集された。

それから数日間、精喜は人と会ったり、壮行会に出たり、入営の準備などをして忙しかったが、十七日早朝には福岡の直助先生と奥様にそれぞれ手紙を書いた。先生は精喜を学問の道に導いてくれた恩人であり、今も彼は九大医学部小野寺内科に勤務していたし、また福岡での住まいも先生宅であったから、先生と同様、操奥様の世話にもなっていたのである。精喜は、直助宛にはこの時自分がやっていた研究の引継ぎについて簡単に書いた後「先生の電文の通り立派に国のためにつとめる決心に御座候」と結び、操奥様には「甚だおそれいりますが机のひき出しの中に電車のパスが入って居りますからこれを東邦（今の九州電力、精喜は嘱託医師として定期的に健康診断に行っていた）に、又学校の鍵があるからこれを医局の矢野君か石田君に、暇な時でよろしうございますから、とも（精喜の妹、この時直助宅に行儀見習い兼女中のような形で同居していた）にでも持って行って返すやうにお願いいたします。本や机はどこかに片つけて、若し万一帰らぬ時があれば和子様（直助の一人娘）がおいりになる本があればおとりになり、残りは医局にとどけて下さるやうお願ひいたします。医局および丸善などの借金は矢野君と石田君に頼み、東邦からの月給の一部と体格検査の手当てで充分間に合ひますから、それで支払うやうにお願いいたしました。エレクトル室のかたつけも医局の方にたのみました。

先生の電信（電報のこと）にあります通り、立派につくす覚悟でありますから御安心下さい。何も気にかかる事もなく安心して出発いたすことが出来、喜んで居ります。先はお報せいたす《ママ》ます。

早々　精喜」と書いた。

こうして精喜は八月十八日に弘前第三十一連隊に入隊した。その後の郵便のあて名は「弘前陸軍病院竹俣部隊見習士官小野寺精喜殿」である。入隊直後、小野寺内科看護婦一同から千人針が届き、東邦電力からは激励の電信が来た。

留守の女たちの感想

薄々覚悟していたとはいえ現実に召集されると、精喜の母や福岡の操などはやはり驚き緊張した。

次に彼女たちの感想を聞いてみよう。母のきみは福岡の操宛の手紙に、

「十五日夜、時ならぬ大声に驚きましたが、忠義奉公あるのみ、と一家中、心を決め、精喜も女々しい行動を露ほども出しませんでした。十八日、町長や純一様など村の有志や生徒の見送りで前沢駅が溢れるほどの中、元気で出立致しました。それもこれも先生のお蔭、精喜は背は低くとも、肩身広く入営できるのはみな九州のお蔭と意気込んでおりました。多額の餞別をいただき有難うございます。私たち一家までご心配下さり恐縮致しております。清兵衛（精喜の弟の一人）は海軍甲種飛行予科練習生に志願しており、これに合格すれば得郎（末の弟）は中学校だけは出せると思っております。私も一生懸命働いて御国に尽すつもりです」と書いている。この手紙は文字を書くのが苦手だったきみの筆跡ではなく、教師をしていた妹のしもの代筆である。このような時にも「精喜は背は低くとも、肩身広く入営できる」というユーモアをもっていたところにきみ、或いはしもの冷静さが現れていて面白い。

八月二十一日附け、弘前陸軍病院の精喜に宛てた操の手紙は情理を尽くしている。

「召集通知の電信を受け取ってすぐにも手紙を出そうと思いましたれ共、折悪しく日曜で、速達にしてもお前さまのお出発には間に合いかねると思い、その後の報せを鶴首いたしておりました。あの電信を和子が受け取り読み上げました処、小野寺は書斎より『やっぱり召集されたか』と出てまいりますし、私は髪を結ってをりまして『とうとうね』といったきり胸がいっぱいになりました。ともは丁度その朝、国防と愛国両婦人会から言われて町内から出征される人の家に慰問に出ていましたが、『お前も応召家族の一員になった』と言って聞かせたら『とうとうね。今まで他所事のよ

うに思っていたのに』と呆然としていました。

お前様とも、もしかしたら、と話してはおりましたが、イザいよいよとなった時の気持ちはこんなものかと感じました。こんな事ならあんなに叱るのではなかった、小言も言うのではなかった、ま少しお酒も飲ませておけばよかった、と十数年間の事があれやこれやとこみあげてまいりました。母上の驚きも如何ばかり、杖とも柱とも頼むお前様の事、越し方行く末の事など途方に暮れられた事と存じます。二人の男の子をお上のお役に立て、三男も軍籍に入らんとする由、軍国の母として見上げた女性と尊敬されることと存じます（このことについては後述する）。

お前様のお手紙拝読し、一句一句心の奥まで沁み通り、天晴れな御決心に感激し涙にくれました。立派にお国の為に尽して、再びお前様の赫顔に喜びの満ちた姿を見られることを待っております。かねて鍛えた身体精神と明晰な頭脳で期待に背かぬよう働いて下さい。軍隊生活で骨が折れるだろうが軍医だから現役とは違うでしょう。

停車場では非常な歓送だった由、男子として最上の名誉と思います。光子さん（直助の甥の村上英男の妻。この時英男は福岡のたばこ専売公社の医師で福岡在住だったが、光子はお盆の為一時帰郷していたのである）からも手紙が来て、福岡在住の私たちを代表して水沢駅で見送りしてくれた由、嬉しゅうございました。お前様は髪も短くなったそうで軍服姿を見てみたい。こちらからなら大学、ラグビー、東邦などで華々しい事だったろうが、数日でも国で過ごせてよろしゅうございました。

お前様のことで話がもちきりの処、矢野先生も召集、久留米の林田さんも出征で、医局（九大医学部第三内科）では二晩続けて万歳で勇士を見送りビール園で祝杯をあげました。

一昨夜は私の従弟の未亡人、片岡ふさ代さんが看護婦をしていたのが、赤十字の救護班に出され博多駅を通過したので会いに行きました。お国の為、と子供二人を兄に託し勇躍戦地に行かれました。子供を頼む、と言われ私も震え、思わず手を取って亡夫と二人分尽していらっしゃいと涙にむせんだことです。

本日、箱崎八幡宮に参詣、伊勢大廟も遥拝してお守りを戴いてきました。入用のものは何でも言ってよこしなさい。暇な時は葉書でもしらせてね。くれぐれも体に気を付けて」

操の娘、和子（大正七年生まれ、この時十九歳である）も同じ日に手紙を書いた。

「先日の電報で精喜さんの召集を知り家中びっくりしました。精喜さんは覚悟していたようだし私共ももしやと思っていたけれどどこんなに早いとは思いませんでした。お国（前沢のこと）に帰ってすぐだからお母さんや弟さんたちも寂しく思っていらっしゃるでしょう。お国のためですから仕方ありませんが、後に残った人たちがどんなに寂しいだろうとお察しします。お手紙でその後の様子を知りすっかり感動しました。『もし自分が帰らなかったら和子さんが好きな本は上げる』というところがあったが、お母様はそこを読んで泣きました。でもそんなことある筈がありません。一日も早く元気で凱旋なさることを信じています。今日光子さんから葉書が来て水沢で精喜さんを送って万歳を叫んだと書いてありました。私も見送って思う存分万歳と叫びとうございました。

片岡ふさ代様をお見送りに行った時、私はその方の手を握って思いがけなく涙がボロボロとこぼれ、『どうぞ』と言ったきり喉が詰まりました。間際まで泣くなんて思いもしなかったから不思議なものですね。精喜さんの万歳を言ってあげたかったけれどかえって悲しかったかもしれない。今はうちでも戦争の話でもちきりです。早くやっつけてしまいたいものです。この上はどうぞしっかりやって下さい」。

銃後に残った女たちは反戦主義でもなく、犠牲者とも思わず、ただ出征者の武運長久を祈ったのである。ほとんどの女たちは大体こんな風に感じただろう。

精喜の家族

精喜の生家、小野寺家ではこの年の一月に弟の昌二が召集され、もう一人の弟の清兵衛はこの時甲種飛行予科練習生（いわゆる予科練である）の学科にパスして二十二日には横須賀に行き適性検査を受ける予定であったから、全く「軍国の家」の気分であった。弟たちが軍人になる道を歩んだのは彼らが勉強好きであったためである。その意味を説明するために、精喜の家について述べておく。

精喜の家は元はかなり大きい百姓だったが、祖父（あるいは父）が投機に失敗して落魄し、目呂木の田畑を売って前沢町に移転し豆腐屋を始めた。しかし昔からの水呑百姓ではなかったし、彼ら兄弟は学校の成績がよかったから貧乏な中でも何とか上の学校に行きたかった。精喜は明治三十九年（一九〇六）に生れて大正十三年（一九二五）に岩手県立盛岡農学校（現盛岡農業高校）を卒業したが、できれば高等学校（今の大学教養課程）、帝大と進みたかった。

同じ前沢町出身の小野寺直助は精喜より二十三歳年長であったが、彼の家は医者でやや生活が楽であったから、直助は盛岡中学、第一高等学校と進んで、福岡に新設された「京都帝国大学福岡医科大学」に入学し、欧州留学後九州帝国大学医学部第三内科（当時は小野寺内科と言った）の初代教授となった。なお、直助と精喜は同じ小野寺姓であるが、両家に親類関係があるのではない。前沢町では小野寺はありふれた苗字なのである。

直助の生家にやや余裕があった、と言っても、彼も三田奨学金（岩手医専［今の岩手医大］の創設者、三田俊次郎先生が作った奨学金）を戴けたから一高、九大に行けたのである。だから直助は、自分も余裕が出来たら苦学生に金を出して高等教育を受けさせよう、と思い、郷里の前沢小学校卒業生で見どころがあるものを福岡に呼んで、書生として家に置いたり下宿させたりして上の学校に行かせた。精喜はその第一号であり、同級生の小野寺二郎君もどこかの医専を出てから、この時福岡で医学の勉強をしていたし、小野寺捨治君や菅原東吾君、千葉君も福岡の夜学などに通っていた。

なお小野寺二郎氏は小野寺信陸軍少将の実弟である。信氏は妻百合子さんの『バルト海のほとりにて』で有名になったが、彼は二次大戦前バルト三国付近の大使館付き武官で諜報活動に従事、日米開戦に反対し独ソ戦必至の情報を送り、終戦直前にはソ連の参戦情報などを日本に送った。いわゆる陸軍良識派の一人であって、彼は公務の間によく直助を訪ねてきていた。

こうして直助のおかげで福岡に来た精喜であったが、一年目（大正十四年）は高校入試に落第した。普通中学卒と農学校卒では英語の力が違ったのである。それで精喜は一年間九大農学部でアルバイトをしながら夜学に通って英語を集中的に勉強し、翌昭和元年に目出度く合格、この時から直助の家に同居し、書生として働きながら六本松の福岡高等学校（旧制福高、後の九大教養部）に通った。福高第五回生である。直助の家は福岡市渡辺通五丁目、今の大丸別館エルガーラの地にあったから六本松まではそれほど遠くなかった。

精喜は数学、物理、天文、気候、地質などの科学原理を好んだから、ポアンカレやファラデーなどの著書、日本では寺田寅彦、藤原咲平などの随筆を好んで読んだ。一方で彼はスポーツマンでもあって、福高ラグビー部の創設に関わりバックロー（フォワード第三列）として活躍し、夏は水泳、ヨット、登山、冬はサッカーをして友人と親しんだ。

このように兄精喜が学問に志したから、弟たちも上の学校に行きたくなった。次弟の昌二（大正五年（一九一六）生まれ）は一関中学を卒業したが第二高等学校に落第し、精喜が召集された昭和十二年（一九三七）には東京物理学校に居た。だから召集されたのである。二高に入っているか、何か職に就いていれば召集されなかっただろう。

また三男の清兵衛（大正九年（一九二〇）生まれ）が予科練を受けたのも「上の学校に行きたい」という意志があったからである。ただ清兵衛が「予科練は上級学校」と思っていたのは誤りであった。適性検査に合格した後の口頭試問の際に清兵衛が「自分は昨年士官学校を受けたが落第した、今年も受けるつもり」と言ったら、面接官から「予科練生は唯の兵隊に過ぎない、士官学校は将来が有望だからそちらを受けよ」と言われて清兵衛は驚いた。彼は精喜宛の手紙に「予科練が士官学校と同等だと思ったのが間違いだった。世間に申し訳ない気もするが、予科練は三十五歳くらいで馘だそうだから喜んでもいる。これからは家で一生懸命働くから安心して下さい」と書き送っている。

この当時、貧乏な家の子どもが高等教育を受けたいと思ったら、誰か篤志家が金を出してくれるか、或いは官費で行ける学校、すなわち師範学校（後の教育大や学芸大）か陸軍士官学校、あるいは海軍兵学校に行くしかなかった。精喜の家が「軍国の家」になったのは子供たちが軍国主義に染まったからではなく、精喜は軍医不足の為、昌二は専門学校に在学中の為、清兵衛は官費の士官学校を選んだ為であった。とにかくこうして上の子たちに金がかからなさそうな状態になったから、前述のきみの手紙にあったように、末っ子の得郎（大正十一年（一九二二）生まれ）も「（一関）中学だけは出せる」ような状況になったのである。

入営直後に受け取った手紙

精喜が入営した後も筆まめな操は頻繁に手紙を書いた。八月二十八日の便りの要約。

「お葉書うれしく門の所で読んだ。軍服帯剣して立派な兵隊さんになれました。いざという時の心構えも出来ているから私共も大安心だ。男と生まれてこれ以上の名誉はない。

私共に男の子がいないからお前様の母上がうらやましいが、お前様とは十数年親子の如く暮したから我子のように思える。今日も箱崎へ参り、お国の事やお前様が立派な武士となってお役に立つように祈ってきた。秋から冬、年末の煤掃き、お正月と何かにつけてお前様のことが思い出されると思う。

先だって向こうの衛生試験所が火事になった時、千葉とともと私と三人だけだったから火の手がたかく上がっているのを見て、どうしようかと思った。昔自動車屋の火事の時お前様が屋根に乗っていたことを思い出した（飛んでくる火の粉を消すのである）。

当地はサイレンを止められた。今夜は夜八時から暁四時まで警戒管制だったから千葉とともが窓に黒布を張った。ラジオで戦勝を聞くのは嬉しいが戦死重傷のお名前を聞く時は身が寒くなる。尊い犠牲でございます。お前様が前沢の家の方に月々送金していた分はどうなるのか。大学は現職のままとかでいくらか手当てがあるらしいが、澤田さん（小野寺内科助教授）の話ではそちら（軍隊）でもお手当てがあるらしいと申された。もしお前様のうちで困るようではいけないと思ってちょっと伺う」

最後に書いてあるように、操は前沢の精喜の実家の生活費を余程心配した。だから精喜は「家の事を気にかけることなく軍務に精励できる」と何度も感謝したのである。

直助先生からも九月になって小野寺内科の様子を知らせてきた。

「福岡は残暑といいながら毎日三〇度を超え土用同様に御座候。上海方面も膠着状態、一日も早く上海より引き離し、外国の干渉の来ぬようにと祈ります。元気にて勤務中の由、大いに戦功を立てて帰学され度、一同噂致し居り候。医局でも矢野君は留守、林田君は戦車隊にて既に出征、小田倉君は久留米の留守部隊、日高君加藤君も同様、保利、太田、蓑田君は禹□の臨時防疫医に参り、河原君、有吉君は病院へ手伝いに、小林、芳賀君は久留米陸軍病院へ手伝いに行くことと相成り、医局も非常時風景を呈しおり候。不養生せずに御勤務有り度し。とも元気、妻子も無事に候」。

また前沢の家からも「御送金、本日正しく落手いたしました。体も常態に服し働きおります。ばっぱ（精喜の伯母）も毎日豆腐絞りに精を出しています。得郎はひとりになって淋しそうです。家は心配ないから安心して国家の為に奮闘して下さい」という手紙が来た。文初の「御送金」は、次のパラグラフに書くように、精喜が家に送った金のことである。

秋日和の弘前から赤泥水の塘沽へ

弘前の部隊に入営後の二週間、精喜は暇だった。家からや福岡からの便りも届いて銃後には気がかりがなかったし、軍装も整い当番兵も付き、将校行李も貰ったから荷物の整理も楽、歩き方も様になって長剣が足に絡まることもなくなった。彼は「報国誠忠の念に張り切り、礼儀正しく同僚と交わり、部下を大事にして立派に任務を果たす自信」を得たから、生活もノンビリしていられた。八月二十八日の和子宛の手紙には「全くの秋日和だ。昨夜は活動写真を見た。一昨日は俸給を貰った。ここにいる間は月給四十円で、今月は日割りで貰う。旅費と合わせて二十一円。待機という形だが毎日ひま。行李を解いて日記をつける位。参考までに弘前の活動写真のプログラムを送る」と書いている。

精喜はこれ以後可能な限り、家に月給の半分、二十円を送った（物価が二千倍として、今の四万円くらい）。最後の一文は和子が映画気違いだったからで、弘前の映画は「南国の歌」（江川宇禮雄、石井美笑子主演）、「進め龍騎兵」（エロール・フリン、オリヴィア・デ・ハビランド）、「宮本武蔵」（片岡知恵蔵、轟夕起子）の三本立てである。

その後も青森のおいしいリンゴを食べたり、隣の小学校の庭で野球をやったりしていたが、九月三日、遂に動員令が下り、精喜は「北支派遣乙集団兵站監部・野戦予備病院第十九班」として支那大陸に向けて出発した。神戸までは裏日本経由の汽車であった。精喜は神戸から一旦大阪に出て菅野先生など回生病院勤務の小野寺内科会に出席した後、七日、六甲山の上にかかる入道雲を見ながら神戸港で四八〇トンの香椎丸に上り、「テープの代わりに万歳の見送りを、ペンの代りに日本刀をもって」出港した。玄界灘を通る時はつい最近までヨットで遊んだことを懐かしく思い出した。

弘前出発か途中の駅の見送り風景

日本海を渡る

塘沽揚陸場（塘沽ホテル、尾崎赤帽社、キャバレー国際会館などの看板が見える）

玄海は時化たが黄海は油を流したよう、渤海は風が強かったが精喜は波を眺め星を見上げて「知己の如し」と喜んだ。十五日に白河を遡って塘沽に着き、精喜は港から「山無きシナの広さ、土の家」を見てつくづく支那に来た、と感じた。精喜が見た塘沽の町の様子は次のようであった。

「塘沽駅には一切の軍用品山積み。貨車には兵、飛行機、弾薬、車輌、自動車、タンク、トラック、米麦、缶詰、酒、医療道具、馬など満載。ダイヤなし。町は兵で満たされ停車場からは長い列車が北平（北京のこと）へ向かう。支那の人力車は日本軍人を乗せて威勢よく走る。町はごみと赤泥水とハエと兵隊。

単調な生活。食事は『西部戦線異状なし』のごとく麦飯、山東菜とかんづめ肉のおつけ（汁物のこと）。一枚の新聞紙も大切に用いる。雨が降れば靴底に大きな泥の塊ができ泥の深さ1mに達する。生水は飲めず。友軍（日本軍）の飛行機勇ましく飛び回る。外出には大きな拳銃を持ち日本刀を下げて支那町を歩く。昨日は支那住民による友軍（日本軍）の勝利を祝うお祭りあり。

兵隊には床屋も板前もいる。私の部屋には軍医の七つ道具と武器、日の丸、背嚢に下着を詰めたものがある。濁った湯に砂糖を入れて飲む。たばこと石鹸は配給される。十六日昼はライスカレーと菜っ葉汁。酒は無し」。

第二章　北支の激戦（昭和十二年九月から十一月まで）

易県で野戦病院開設

精喜が所属する「北支派遣乙集団兵站監部・野戦予備病院第十九班」の一行は塘沽で四日待機後、九月十九日夜に鉄道で北西に向かって出発した。途中天津で爆撃の跡を見、百五十キロほど進んで、二十日に北京の南西十キロほどにある豊台に着いた。豊台で盧溝橋事件の跡を見た後、良郷（豊台の南西三十キロにある、今の北京市房山区）の司令部で「易県で野戦予備病院を開設せよ」という命令を受けた。（以下に多出する中国の都市の場所については巻頭の地図を参照されたい）

二十三日の早朝、精喜は兵十名を率いて平漢線（北京［昔は北平と云った］と漢口［今の武漢］を結ぶシナの主要な鉄道）の弾薬列車に乗って南に向かい、高碑店（北京の南八十キロ、豊台と保定の中間）で一泊、翌二十四日に無蓋貨車で易県に行って野戦予備病院の設営を始めた。

精喜が着くまで、八、九月の北支戦闘は激烈であったらしい。精喜の手紙。

「九月二十日、良郷に行く。黄塵の中所々に軍馬の路傍に死せるを見る。平漢線とそれに並行す

平漢線の弾薬列車

高碑店で爆撃を受けた貨車

る道路には機関銃隊屯し歩哨立つ。平漢路上は人馬、車、戦車通過で濛々たる砂埃、埃細かなれば静まること遅く終日煙に包まれる。丘の上のラマ教の寺院に『異郷』の感起きる。馬および敵兵の死屍散乱し臭気甚だし。

二十三日早朝、保定行き弾薬貨車に乗る。司令官副官も同車、副官の豚汁を食べ実に旨かった。

この夜高碑店で戦況を部隊長に報告。高碑店は『すばらしき爆撃』をうけて支那の機関車は埋もれ鉄路は曲がってフォームの上に打ち上げられ貨車貨物は破壊。月光凄き下で炊事をした。日直将校として警戒巡察し『凄惨』の気を体験す。

二十四日、易県に先発。途中多数の人馬の斃れるを見る。沿路は長方形に区切られた整然たる畑、高粱、黍、豆、綿、村落付近にはサツマイモ、青菜、たばこなどよく栽培され西方に見慣れぬ形の

易県城壁

山が連なる外、見渡す限りの耕地にて好ましい。夜八時本隊も着。

二十五日、野戦病院（前線にある応急病院）から二六〇名の患者を引き継ぐ。八〇余は外科、残りは内科、赤痢または下痢患者なり。夜は大阪で貰った缶入りのカステラを皆で食べ喜ぶ。

二十七日、幼稚園、小学校、女学校校舎に隊長以下軍医七名で野戦予備病院を開設」。

着いた当初の易県の様子は次のようだった。

「支那の道は凹路で雨降りには川になる。両側に太い街路樹が並び家屋の土塀がある。街灯はなく葉が茂れば薄暗い。ある晩衛生隊から患者数十名を送ってきたが、町の路上に担架を置いた時の模様は実に野戦的気分であった。あたりをうろつく支那犬にもすごみを覚える。夜は帯剣拳銃をもち、夜星を眺めて土甕の風呂に入り、積もった垢を落とす。

弘前発以来一ケ月間郵便物受け取らず。郵便貨車は片隅に追いやられているから仕方なし。しかし私は達者で明朗に軍務に励み居るから御安心下さい。

（和子へのはがき）易州は山紫水明、唐代の古跡の付近は平和な村里。城郭から易水を隔てて山岳重畳するを見れば才ある人は詩を作るだろう。城内はオリーブ色の葉が茂り家は低い。ここに一万数千の人があるかと疑われるほど」。

易水は、秦の始皇帝の暗殺を企てた荊軻の「風蕭蕭兮易水寒　壮士一去兮不復還」で有名だが、精喜はこの詩は知らなかったらしい。

石家荘から井陘へ

精喜は十月七日、部隊とともに保定へ進み、そこで第五師団の患者一四〇名を収容して看護兵四人とともに彼らを北平（北京）に後送した。北京に着いたのは十月九日、「生まれて初めて任務とか責任とかを厳格に体験した」。

北平では将校宿舎の日華ホテルに泊まり、三内科で勉強したシナ人医師張天曦氏と北京料理を食べ、保定で頼まれたタバコ、酒、薬品、写真材料などを買い集め、兵たちに王府井大街（一番きれいな街）で支那料理をご馳走し喫茶店でコーヒーを飲んだ。北平は警備は厳重だが平和で賑やか、店もみな開いて商いをしていた。日本のお金も使えた。

この時も北京南方では激戦が続いており、北支の拠点石家荘は十月十日に陥落し日本軍が市内に入った。精喜の所属する野戦予備病院第十九班の先発隊は第一線部隊とともに進み、本隊も十二日に石家荘に入り野戦病院を開設した。精喜は北平を十日に発ち十五日夕方に石家荘に入った。途中、保定などでは塹壕の近くに武装のままの敵兵の死骸が転がり、軍馬の屍も路上に散在し、汽車は土に埋もれ、鉄道の線路がない所もあった。

精喜は席の温まる暇もなく十月十七日に「井陘で野戦病院を開設せよ」との命をうけトラック十

七台で山坂と塵の道を進み、翌日、小学校に病院を作り、十九日の総攻撃に備えた（井陘は石家荘と陽泉の中間付近にある）。この時の戦闘は苦戦で日本軍の損害が多く、初め十日間、精喜は寝る暇もなかった。

「極めて多忙にして遅くは朝五時就寝、二時前に休むこと無し。軍医、見習士官とも疲労し休む者多く、病気しないのは部隊長と中尉殿と私のみ。戦線から収容した者は千二百名。軍参謀から我

易県から保定に進む

野戦予備病院第 19 班（石家荘か陽泉だろう）

市街戦後の保定（保定府の字が読める）

が部隊にねぎらいの言葉あり。病院は砲兵陣地の前方にあり、弾道の下で開設、実に緊張す。飛行機の爆音と砲声で聴診器の音消える」。

戦地で受け取った最初の手紙

このような激戦の最中であったが十月二十四日、精喜は日本を発ってから始めて二通の便りを受け取った。母（妹しもの代筆）からの手紙は十月五日に出したもので、

「無事支那についてよかった。うちもみな元気。大勝利は嬉しいが、その裏には戦死者や負傷兵がいる。我々も気を引き締めたい。腹いっぱい食べては勿体ない気がする。九州から『立派な軍服姿の精喜殿』の写真が送って来た。保定陥落で提灯行列。清兵衛たちは氏神様にお参り。負傷兵などにできるだけ親切にしてやれ」と書いてあった。

和子からのも十月五日の発信で、

「お手紙有難うございました。精喜さんの活躍が窺われ皆で繰り返し読んだ。国の為に傷ついた人の世話に飛び回っている精喜さんの姿が想像される。北支は寒いでしょう。連日わが軍の大勝利が報道され皆心強く大喜びしている。この頃お父様とよくニュースを見に行って、兵隊さんたちの勝利の裏の辛苦を察してお父様と感激している。

先日のニュースには高碑店が出てきた。精喜さんのいらっしゃる所と思って懐かしかった。この頃のニュース映画の隆盛はすごいもの、早朝や夜間にニュースだけをやったり、世界館（福岡の映

画館）はニュース専門館になった。町全部が軍国一色になった。私たちは明後日上京する。上の原（前沢の地名）にリンゴを見に行こうと楽しみにしている。それに非常時の東京の緊張ぶりに接することができると期待している。

秋になってラグビーシーズンになるから精喜さんも異郷で腕が鳴ることでしょう。昨日の新聞で明大の都志（昭和七年明大ラグビー部主将の都志悌二氏）の壮烈な戦死の記事を読んで感慨があった。精喜さんもラグビーの勇猛精神で御国の為にお働き下さい。

今の私の願いは支那を徹底的に懲らしめて一日も早く平和になるよう、そして精喜さんの凱旋をお迎えしたいと祈っている。体にはくれぐれも気をつけて、書けたらお便りを下さいませ。松村春代さんは二番目の赤ちゃんを安産した。御嬢さんだそうだ」。

精喜は非常に嬉しかったからすぐに返事（二十五日、和子宛）を書いた。

「十月五日のお手紙、受け取った。北支で初めて受ける内地の便り、新聞も雑誌もなく聞くものは砲弾、飛行機、機銃と車輛、馬などの音ばかり、見るものは北支の丘陵山岳のみ。病院といっても学校校舎を代用したもの、患者も兵隊ばかり合せて千人所帯にて、飯時の殺伐さなど実に野戦的なもの。そこに来る内地の便りだから私ならずとも全ての兵隊にとって内地の手紙程嬉しいものはない。福岡の様子、内地の状況も一通の手紙でよく想像できた。母からの手紙も来たから前沢家の様子も分かって内地にいるも同然だ。

今は石家荘と太原の間の井陘にいる。数日前まで眼前の山には敵の陣地があって、時々は病院にも弾が来たが幸い皆無事。病院開設は弾道の下でやり四日間くらいは後方に大砲の音を聞き、前方に観測高地を見ていた。演習のような気分だったがそれは敵に大砲がなかったからだ。観測陣地から砲兵陣地への通信で一五〇〇米という照準を聞いてはじめて敵が近いのを知った。敵陣は隠蔽されているが、立派な陣地があるそうだ。この一週間は毎夜明け方四時頃まで戦傷者収容、処置致し、兵が眠った後に私共（軍医）四名は寝床に入る。新患は毎日二〇〇名余、主に夜に収容する。

井陘は埃少なく樹木多く周囲は丘陵を隔てて山岳が廻り山色は藍か紫を帯びた青色にて、所々アカシアの黄葉の間に城市の屋根が見えて平和な景色。宿舎は高地にあるので眺望はよく河原から上げる通信筒もその飛行機も眼下に見える。夜、驢馬の鳴く声は寂しく、遠方に聞こえる重砲の音も遠い場所の戦禍の話を聞く如し。焚火で湯を沸かし、星空を眺めて砂糖湯を啜る様も何となく旅情をそそり、周囲の山の形もその感を深くさせる。

当地は至って気候よく、雨も少なく寒さも甚だしからず、昼は暖か過ぎて衣服は夏物でよいくらい。噂では弘前で同時に編成された部隊の見習士官と少尉と兵三名は上海で空爆を受け戦死した由、認識票を渡された以上すべては運と諦める他なく、不幸の人を気の毒に思うのみだ。都志も戦死の由、一緒にプレーしたことがあるので戦友のように思う。春日原でプレーしたのは私が学会に行くその日でありました。松村さんにも宜しく。

一昨日は師団長参謀副官が患者の見舞いに来た。師団長や参謀が敬礼するので兵卒は恐縮して感涙にむせぶのもあった。死に近い患者でも戦友を思い、また自己の職責を苦しい声で述べる。それを聞く時は頭が下がり、皇軍の強さを偲ぶことが出来る。歌（『戦友』）にもあるように戦死者の腕時計は死後も動いており、薄暗い病舎の中、蝋燭の火も残り少なくなっている有様は言いようのない恐ろしいような寂しさがある。弾の当たり所は気まぐれで実に偶然の世界だ。これを運というのだろう。一センチの差が命を左右する。敵は一人の兵に弾を当てるのに一千発を発射している計算だそうだ。そのうち太原に行くだろう。鉄道もかなり西に延びた由、山西が落ちれば一段落らしい」。

内地の様子

直助の一家は十月中旬に上京し岩手県前沢まで帰省した。直助は故郷をこよなく愛しており、前沢は「兎追いしかの山小鮒釣りしかの川」そのものであったたし、操の実家林家は鎌倉に住んでいたから、彼らは年に一度は汽車で関東東北に行っていたのである。

操は旅に出てもしょっちゅう精喜に便りを出した。前沢からも出したが、十一月八日には十月二十五日付の精喜の手紙が届いたからまた鎌倉で手紙を書いた。

「入用のものがあれば何でも送る。前沢はまだ秋色には早く、伊豆に行ったら天城山の紅葉は三分だった。そちらはもう雪か。こちらとは論外の寒さだろうから用心して下さい。お前様の所にも砲弾が見舞ってきた様子で油断なりませんね。だんだん戦争気分濃厚になったでしょう。太原総攻撃を始めた様子、支那も頑強に抵抗いたしますね。この頃は外交もよくいっているようで一昨夜は日独伊防共協定で東京は大祝賀でした。

今度の手紙は詳しく書いてくれました。内地の手紙や新聞がそんなに恋しいですか。こちらの手紙がずんずん着くといい。福岡の家で思い思いに慰問袋を出している様子、いつ着くか分からないが着いたらお前様も嬉しいでしょう。

お前様の年中行事のラグビーのシーズンが来ましたが、今年はどこで新年を迎えられるか、人生で最も記念すべきお正月でしょう。人生の悲喜の極端を見て運命ということを分かられたでしょう。死にたくても死なれない人、生きたくても生きられない人が居るだろう。無事凱旋したらきっと人物になっていると思う。

二、三日内に帰宅しようと思っていたら和子が猩紅熱にかかり当病院に入院した。実家とはいえ旅先でこんな迷惑をかけて気の毒やら心配やらの日を過ごしている。昼は私が居るが夜は看護婦だけ。今月中はかかるらしいが、明日からは普通食になるそうだ。松村春代さんも扁桃腺から敗血症になり一時は重体だったが、輸血でとりとめた。

福岡では石家荘陥落の提灯行列に医局全部、看護婦さんたちもまじって家に来て精喜君万歳を三唱した由。国で母上に、不自由な時はいつでも言ってよこすよう申した」。

なお十一月十九日の手紙には「お前の友の広田さん（外相の御長男）は日比谷平左衛門氏の孫女を娶った」という一文がある。精喜は福高で広田弘毅氏（首相、東京裁判で理不尽にも絞首刑に処せられた）の長男弘雄氏と同学年で仲が良かった。弘毅氏が外務大臣の頃、上京した精喜が仲間とともに官邸で昼を御馳走になり「外相夫人に手づからご飯をついでいただいた」と喜んだこともあった。なお、日比谷氏は明治時代、富士紡や鐘紡の重役で紡績業界の大立者である。

前沢の弟たちからも簡単な便りがあった。清兵衛は「時代の子」だったから、

「歓呼の声に送られ、天皇陛下の為に第一線でご活躍と思う。国民精神総動員で十三日から十九日まで『時局生活の日』『出征者への感謝の日』『非常時経済の日』『銃後の護りの日』『殉国兵士を讃える日』『勤労報国の日』『新進鍛錬の日』でした」と軍国青年らしいことを書いてきた。このように一週間を毎日、「国民精神総動員」に割り当てたらしい。

他方、得郎には滑稽なところがあったから、村社のお守りを封入して、「北支は寒いでしょうが兄さんは健康地に居る由、でも注意して『河童の川流れ』にならぬように。人生はまず健康が大事である事を今日学んだ。ジャケツや下ズボンが要るなら言ってよこしなさい。官費で送れる」などと書いてきている。

福岡にいる妹のともの手紙にはこの頃の福岡の様子が書いてあって面白い。精喜が北支に船出した頃、九月四日の手紙には、「田舎からの娘たちはみな工場に取られて女中がいない。私が主家大事に努めている。今日は奥様が『行ってお出で』と言われるから、気が咎めるが、今から吉屋信子作・田中絹代主演の映画『男の償い』に行ってくる。千人針に会ったら心を込めて縫ってくる」とあり、十月十四日には、「九月中旬から今月五日まで応召兵士の宿舎をした。先発の井上伍長は駅に見送り、五日は群衆の中、天神町で長い行軍を見送った。戦場に行けない私たちは心を込めてお世話している。うちに泊まったのはちょうど十人、貝島さん宅がしばらく中隊本部、うちが事務所だったが不便だから変更になった。先生方（直助一家）は鎌倉・前沢に発ったから、女中と二人淋しく留守番している」と書いてきた。この頃福岡から数十キロ圏の田舎から応召した兵士は市内の広い家で出征までの数日を過ごした。直助の家は渡辺通五丁目で便利な所だったから、多くの兵士が泊ったのである。

患者八百人と美しい星空

精喜の野戦病院第十九班は西へと進む軍隊の後を追って十一月五日トラックで井陘を出発し、屍の間を縫いながら山西省に入った。そして長城付近（万里の長城とは限らない。太行山脈付近のこと）の山岳陣地を越え、六日の朝、石家荘と太原の中間地点陽泉に到着、直ちに予備病院を開設した。ここは患者七百余名であったが、十三日朝にまた百二十名が運ばれてきた。患者は戦傷の他に下痢、栄養障害、気管支炎、肺炎、胃腸炎、潰瘍など種々であった。時には支那人、苦力、子どもの治療も行った。十一月十三日附けの操宛の手紙。

「井陘を出発、トラックで蜿蜒たる太行山脈の谷間を行軍致し候。塵と石の道をトラックの音を下に聞きつつ、体中の毛穴に黄塵をつめこみ、伸びた髭で顔も変わり、実に『戦塵をくぐる』という言葉通りに御座候。自動車のすれ違いも大変な中、六日昼に陽泉に着き申し候。山西の家は黒藍色の煉瓦作り、地層美しく数千万年の地球の歴史を物語る如く感じられ候。鐵・石炭・陶器の名産地にて、夜空の星も美し。

弘前では火星は『さそり座』の心臓の西に御座候が、今は『いて座』を越えて木星を追い抜き、その東に離れ申候。その間月は三回廻り申候。私はどこに居りても星座を懐かしく眺め候が、今回の如き現象はそうざらにはなく、記念となり申し候。

今は陽泉に病院開設、患者全部を見居り候。井陘にては戦線からすぐ収容して千七百、今は野戦病院を引き継ぎ八百、これを軍医四名、衛生兵三十余名で見るのでありますから相当多忙に御座候。兵站線延長して物資不足、夢に食物を見申し候。食事の話、内地の話、女の話などして食後の時間を過ごし、明日のプランを立てると眠くなり寝申し候。

内科も外科も何でも致し居り候。先日は使用せる支那人の親方（戦前は山西の労働課の支配）を三日間往診して直しやり候。お礼に卵、梨を一籠づつ、コーヒーとビスケット大缶四つずつを苦力六人で将校宿舎に運びこみ、物資払底の折、私は部隊長から殊勲甲と拝まれ申し候。

我が部隊は患者数すでに三千、軍参謀の話によれば我等軍医は殊勲甲、ことに第十九班が十月十八日、井陘に病院を開設して翌日からの総攻撃に備えたことを戦後に知った参謀部は手を叩いて喜んだ由に御座候。井陘の戦闘は苦戦、これまでの戦いで最も大きい犠牲を払い、山砲、重砲により初めて目的を達し候。戦場には数日前まで敵兵の屍が残り、将校や兵の奮戦の碑（木製の卒塔婆）が路傍に建ち居り候。数日後には井陘からの後援隊が来るから少し暇もできるやと存じ候。同僚の慰問袋を皆で分けて食べ、見習士官四人は毎日朗らかに暮らし居り候」。

第十九班は陽泉にしばらく滞在して治療に当ったから、精喜も少し余裕ができた。十一月下旬から十二月初旬の手紙には、「十七日に粉雪ふり、山西の山は白く高粱玉蜀黍の葉も白い。木の葉落ち、ストーブ、冬服。埃立たず気持ち良い。荒涼の氣。枯れ木の高いところに鴉かカササギの巣。

支那兵は塹壕深く籠っていて近くに行かぬ限り危険なし。襲撃も弾丸は撃たず食料品を奪うだけ。山でときどき見かけるが双方撃たず。撃ってやろうという者もいるが、敵に戦意がないからこっちも撃たない。戦争がないので暇になった」とか、「十一月八日の手紙落手、和子様猩紅熱と承り驚き入り候。先生がおられるから心配なきものの一日も早きご全快を祈り申し候。奥様からのお手紙は読むに暇が入りますから戦地の暇には適当にて、楽しみに待ち居り候。

慰問袋と手紙も、村上君、枡屋君、あるいは培養方諸嬢（培養方とは研究補助のアルバイト女性である）から戴いた。チョコレート、ヨーカン、ドロップス、人形焼き、スルメ、フンドシ（兵六餅のこと）、チェリー、バターボール、博多春秋など食う。原節子の絵葉書もある。前沢からも便りがあった。種々お世話になり感謝の言葉もない。家の心配をする人もいるが私は全然心配がない」と、ユーモアを交えて書かれている。操は達筆、早書きだったからその手紙は読むのに骨が折れたのである。精喜は和子にも見舞い状を書いた（十二月一日）。

「御病気で夜は看護婦さん付き添いだそうで心細いだろう。見舞いにもいけないが早く全快のお便りを戴きたい。盛岡農学校の同期千葉平吉君が戦死した。この他にもまだ相当数の悲報があると思う。毎日の生活は実に単調、凱旋（帰国）の話ばかり出る。今日も停車場に汽車を見に行った。星は光っていたが風が吹いて砂が飛び兵の外套が吹きまくられていた。今日は石家荘から蓄音機が運ばれてきた」。

支那事変が長引き、遂に大東亜戦争にまで至るとは、この頃の戦地の軍人たちは誰も思っていなかったのである。

操と直助の手紙

十一月十三日の精喜の手紙を読んだ直助夫妻は同月二十三日に返事を書いた。この時和子は鎌倉の病院に入院中で操は鎌倉に居り、直助は福岡の自宅にいた。まず操の手紙。

「都大路にも白衣の凱旋者を病院に運ぶ自動車が走り、見ると目頭が熱くなり、万歳の声よりも頭が下がる。お前様は殊勲甲の部とお褒めに与って嬉しかったでしょう。小野寺も精喜はきっと金鵄勲章の働きをしてくると申されている。私共はお前様の赭顔蓬髪、ヒゲモジャモジャで白い歯をチラチラとして『只今帰りました』といふ姿を博多駅頭に迎えたいとそればかり思ってをります。凱旋の記念にお嫁さんを捜しておかねばと思う。

東京も日独防共一周年で二万の提灯行列、宮様御台臨で祝賀式があった由、高松宮と久邇宮殿下は上海か杭州湾敵前上陸を視察遊ばした。杭州湾攻撃は福岡の聯隊で、家に泊まった兵隊さんたちもおられる。

春代さんは敗血症で慶応病院で亡くなった。三週間四十度の熱が下がらず不帰の客となった。三才と一才の乳飲み子を抱え、松村母堂は半狂乱、無理もない。和子もまだ無塩野菜食で先日からヒスを起こしていたがこの頃は良くなった。

忙しい戦場でも星を見る余裕があるのですね。お前様らしいと家にいる時の面影が偲ばれる。こちらも澄み切った月だが、早く福岡の食堂でいっしょに見たいと思う。お前様は今年の正月はどこで迎えるだろう。慰問袋は届いたか。入用なものがあれば言ってよこしなさい。送りたくて仕方がないのです」。

内地の様子は福岡にいる妹のともからも伝えてきた。ともは「凍るような寒さの中で奮闘される皇軍の方々に涙がこぼれる。福岡で戦勝祝賀の旗と提灯行列があって石田先生を先頭に医局の方々が大勢家の前に来て『精喜先生万歳』を三唱。皆御留守で、村上光子さんと私二人だけだったからとてもビックリ。うちに泊まった兵隊さんたちも杭州で敵前上陸し、戦死も多いが知った人はいなかった。

戦傷を負った兵隊さんの戦況報告がラジオであり、看護婦さんが『傷病兵は原隊復帰を望む、だから日本軍は強いのだ』と言っていた。新聞で、皇軍に守られて笑いながら穫り入れをする支那農民の姿やクリークに橋を架ける工兵隊の姿を見る。日本に生まれた有難さを感じた。」と書いてきた。どこの国の報道も戦時には自国に都合のいい所だけを報じるのであり、それなりに一面の真理だったのである。

直助の手紙には当時の知識階級が支那事変をどう見たかが記されていて興味深い。直助は、自分が手紙を書かぬことを詫び、和子の猩紅熱について報じた後、「そちらからの手紙は常に拝見。無事奮闘の様を喜んでいます。家族動植物一同無事。医局からは精喜の外に矢野、長末、三根、岩崎、本村、中尾外一名、計八名出征。貝田君土屋君二宮君は体格ではねられて復学。医局出身者からは加藤、児玉、香江、日高、松本、千蔵、千住、吉永君等が召集されました。全国から沢山の兵隊が出ています。従って全国的興奮が起り、徹底的に支那を懲らすという考えに毛頭ゆるぎはない。

江南では我軍は破竹の勢いで蘇州無錫まで陥れ、九ヶ国条約会議も有耶無耶に終りそう、老獪英国も失敗のし続けで、上海でも日本軍は何でも思うままやるらしく、郵便局も税関も皆日本で管理するらしい。南京杭州陥落で誰か仲裁に出るかもしれないが蒋介石を相手ではいかなる条約を決めてみても無駄であろうと思う。誰か親日的の新人が出て新政府を作らねば駄目でしょう。だが英国の Illustrated London News など見ると日本を enemy と書いて、日本軍の暴状を示す積りの写真ばかり出している。憎いは英国、余の死なぬ内に英国に一泡吹かせてみたいと思う。

医局の林《リン》君も初め支那軍が勝てると思っていたでしょうが漸次外国も当てにならないので元気がない。最近京都へ行くとか言って出かけたきり約三週間姿を見せないのはドウした事か。警察からも探してきていた。林伯輝君は病理で相変わらず勉強していますが、あとは小児科に一人いるきりで他は全部帰国しました」と書いている。

日支事変が起きたため日本で学んでいた支那人留学生は去就に困った。儒教の本場「中国」の人たちは師の恩を忘却することはできなかったから、彼らは祖国愛と師恩の間で苦しんだのである。一か月後の操の手紙に「留学の支那人は学資が絶えて困っている人が数人あるから、先生（直助のこと）と大平さん（九大衛生学教授の大平得三先生）で相談を受けてやっているそうだ。日支親善とみられる支那人は誠にみじめだそうだ」という一文がある。

直助は続けて、医学に関することを通信した。

「九月大牟田市で水道から第二型赤痢菌による赤痢の爆発事件があり、池江君の処置は大いに宜しく、市当局は聊か面目を保てたが、何しろ実際患者数は一万人を超え、各内科からのみでも十数名の加勢を出し小学校を隔離病室とする大騒ぎを演じたが、今は終息して応援隊は帰学しました。

またコレラが広島、山口に入り福岡も一時緊張、そんな具合で医局も大車輪、二階病棟はいつも満員で動きが取れず、皆緊張してやっています」。

また直助は戦傷者を見舞った際、患者の診断に自分が考案した圧診法が有効であることを確認したことを喜び、続けて「コレラや急性胃腸カタルに1・2%食塩水（1、2%のクロールカルシウムを加えた方更によろし）または重曹（4%）加食塩水の静脈内注射などをやって起死回生の喜びを眼の前に見せるも軍医としては快心のことであろうと思う。圧診法も戦地などでは一層適切有効な事と思うから大いに興味をもってこれから傷病兵を見舞おうと思う。戦地では理論よりも直す事が特に必要であろう」と治療に関する考えを述べ、最後に「それでは達者で元気でホントに殊勲甲で帰ってくることを神かけて祈っている」と結んだ。

第三章　やや落ち着いて（昭和十二年十一月から十三年三月まで）

芸者の色付き写真は慰問品中のヒット

陽泉の野戦病院が開設された昭和十二年十一月の初め頃、精喜たち野戦予備病院第十九班は「池山部隊竹俣隊」という名称に代わり、それから年末まではやや落ち着いていられた。彼は出張先の石家荘の様子を次のように書いている（十二月の通信）。

「石家荘に夕方到着。一か月前が古い事の如し。井陘を過ぎ山西の山懐かし。石家荘は実に大平野のただ中にあり、戦後一か月余にして空にはアドバルーン、住民集い商店繁華にして、一輪車、行商、車馬、キャメル、旅館、郵便局、トラック、自動車錯綜し、軍および兵站根拠地の大都会に変ず。

公用が済んで五日には病院でフットボールをした。夕方池上大佐（院長）から招待、竹俣部隊長とともに支那料理の馳走になる。石家荘は第一線とは雲泥の差、内地と変わらず。何でも食べられ、娘子軍（売春婦）三〇〇名という。カフェー、喫茶店、日本娘のおでん屋もある」。

石家荘に比べれば陽泉は田舎で酒舗も店もなかったが、山国で気持ち良く暮らせた。部屋にはベッド、テーブル、ストーブ、食料品、人形（福岡からの慰問品）、衣服など何でもあって、酒も石家荘から二リットル入りを一ダース買ってきたから潤沢にあった。暇な時は小学校の庭で鉄棒やボール遊びをしたし、風呂場も年内に出来る予定だった。手紙には直助宅から出した慰問袋を開けて見た時の様子が面白く書かれている。

慰問袋

芸者のブロマイド

「十一月四日の小包、十二月十九日陽泉で受け取り申し候。明治節（十一月三日）の新聞、週刊朝日二冊、サンデー毎日一冊。これらにて保定、石家荘、山西の山などの写真を見て、今更ながら感慨に耽り候。ひかり二箱、ちょうどチェリーが切れた所で同僚にも分け申し候。ヨーカン二本、黒ヨーカンは食べ、あと一本は当番室に分与致し候。

芸者の色付き写真は慰問品中のヒットにて、ベッドの上に並べ将校室一同で賛嘆これを久しゅう致し候。優秀なものから各自一枚ずつ取り、次第に片付き候。『良い先生をもって君は幸福だ』と皆に羨まれ候。私も先生から『かかる気合のかかる贈り物』をいただくとは夢にも思わず、厚く御礼申し上げ候」。

テレビもビデオも勿論スマホもなく、やっと写真がある程度の時代、そして女優と並んで芸者の存在価値が高かったこの時代ではあったが、戦地に芸者の写真を送った大学教授は少なかっただろう。だから「ヒット」であり、精喜は「気合が入った」のである。

大晦日に出した和子への見舞い状には慰問に来た戸山学校軍楽隊の曲目が書いてある。1皇軍の精華、2支那町、3長城突破（進軍ラッパと行進曲）、4愛国機、5桜（長唄のようなもの）、6軍用鞄（連続曲）、7越後獅子（長唄）、8攻撃、9分列行進曲、10君が代、である。「石家荘に連絡に行って日向で『桜』を聞いた時は長閑な気がしたが、陽泉で寒風が砂を飛ばす庭で聞いた時はさっぱりでした。それに引き替え勇ましい物、悲壮なものを聞いた時は目と鼻が詰まって息が硬くなりました。楽器は太鼓以外はみな吹くものでした」というのが精喜の感想である。

この頃は少しノンビリしていられたから精喜は汽車やトラックで行き来した石家荘、井陘、陽泉の風景を何枚も写真に撮った。戦地でも忘年会はあって、竹俣隊は「豚肉としみ豆腐（高野豆腐）を煮たもの、鶏肉を入れた飯、ゆであづき一つとかんづめ羊羹の細いのが一本、酒」であった。精喜は「八月以来のことを夢のように想起し、思いは内地と山西を往来、あんぺら（南洋製のむしろ）の上で隊長以下全員で記念すべき年送り」をした。

精喜はこの頃軍隊の俸給に六割の加俸があって、金がたくさんできたから前沢の家に百円（今の二十万円くらい）という大金を送ることができた。「私は使わないから給料は封も切らずにポケットに入れて」いたそうである。暮れには福岡の操宛に二十円送り「二十円のボーナスを貰ったから奢ります。うどんでも食べてください。先生にはホープ一缶上げて下さい。和子様にも一円」とおどけている。この時代、軍隊に行くことは貧乏な家にとって「家計の足し」になったのである。

一か月間の隊付き軍医

精喜は昭和十二年暮れまで陽泉の野戦病院で任務に精励し、夜はマイナス十度、昼は十度の気温の中、シャツ一枚で診察に当った。ただこの時期は一日七、八名を診察するだけでよかった。直助宛に「野戦病院での診断に圧診法を取り入れた。これは一般状態を見るのみならず、爆創や貫通銃創の診断にも有用である。水分不足の患者には重曹食塩水を飲ませるとよい。強心剤、麻酔剤、解熱剤など改良すべし」と書き送っている。また鉱物好きの精喜は「増産救国」のために陽泉付近の産物の標本集めをしたり、命じられれば機関車の罐の上に乗って太原に連絡に行ったりもした。

軍楽隊演奏（石家荘だろう）

井陘付近（爆撃跡か）

旧関付近を行くトラック部隊

陽泉での軍楽隊の演奏会か

陽泉駅

陽泉平遥付近を行く軍用列車

陽泉の市場らしい

寿陽（陽泉と楡次の中間付近）

十二月三十日、彼は突然、楡次に駐屯中の「太原第九師団第二兵站輜重兵中隊」の隊付軍医として転属するよう命じられた。郵便の宛名は「北支派遣乙集団加納部隊気付河野部隊医務室」である。命令に従うのは覚悟の上であったが、陽泉の戦友たちと別れるのは辛かった。しかし行ってみれば「隊付軍医」はむしろ面白かった。精喜は操宛の手紙に次のように書いている。

「青天の霹靂で病院勤務から隊付軍医となる。七〇〇人の大部隊に同数の馬、乗馬の練習をする。今楡次にいるが、明日部隊長病気見舞いのため石家荘に行く。寒風強く埃舞い上がるが、シリウスの光ものすごし。さそり座を東天に見る」（昭和十三年一月六日）。

「石家荘往復、石家荘から陽泉までは満鉄と鉄道省の人が勤務、十七歳の少年から五十歳の老人まで、戦後経営の一番乗り也。中隊の軍医は私一人、一日二十人を見る。ラクダも五十頭ほどいる。当番兵が二名つき、医務室は看護長以下七名。大事にされるが責任がある。陽泉と異なり電燈もつく。朝は零下二〇度、昼はプラス一〇度、風のない日は明朗だ。漸く物資が入りはじめたが食い物は不自由だ。箱崎八幡の鳩も出征して少なくなったと人の便りで聞いたが本当にや」（十三日）。

「今、石家荘にいる。馬から落ちるようなことはない。病院より隊付の方が朗らかで面白い。先生が『大菩薩峠』にあった医者の態度を暗唱した中の『上は王侯に侍して云々、下は云々』を戦地で体験した。宿舎の井戸は周りの水が凍って辷って危ない。馬に水をやると喜んで鼻をならす。ロバは雪の下でも平気、ラクダ部隊は壮観。隔日に風呂に入り洗ってもらうし、ご飯もちゃんとあって日常生活は家にあるのと変らない」（十七日）。

「昨年の今頃は胃曲線（直助が考案した、患者に風船を呑ませて胃の運動を見る方法）を集めてガウス

乗馬の練習をする精喜

寿陽のラクダ部隊

の曲線を描いて喜んでいたが、今は楡次の平原を馬で乗り廻し枯草に寝転んで白く凍った河をながめ鳶の声を聞く。軍馬の墓標が路傍に立ち、丘には戦死者の姓名が墨痕淋漓。『良民の證』のマークをつけた支那の民は生業に就き、仕事を手伝い日の丸を立てて自治を回復している。彼らの家は宿舎となり近傍は調馬場だが広漠たる畑には麦が生い立ち、野山には羊、道には駄馬とトラックが走る。

夜はオリオン、シリウスすごく、馬は粟殻をガタゴトさせている。暇に任せて、馬つなぎの木を切って肥後守（小刀）で削ってはんこを作ったから送る」（二十日）。

「楡次から陽泉へ行軍。軍馬は勇み、山路も河原も雲の如き埃。行軍の壮んなる形は何とも言えず。支那の地層、及びそこに生まれた民族と生活も興味深し。古巣の病院懐かしけれど、住みなれれば楡次も部隊も都と思われ、日も短く暮らし居り候。医務室は旅館の跡で立派な診断室と食堂と居間兼寝室あり。患者には親切を尽くしている」（二十七日）。

次の一通は和子宛である。

「しばらくお見舞い申さなかった。北支では気候よりゴミになれるのが大切。もう四ヶ月だからゴミは骨身に沁み込んだだろう。まだ喘息にはなりません。楡次の水は塩辛く少し苦い。だから茶は塩茶のようだがもう慣れた。午後は暇だから広っぱで馬に乗る。馬の名は春名、広っぱは城壁の東北隅にあり、高い壁の下だから乗っているとおとぎ話のナイトのような心持だ。隊付になると将校はごく少数で敬礼の答に多忙です。

外套はほとんど着ない。夏の下着と普通の兵隊シャツとズボン下の上に冬服を着ている。食事は朝は飯と味噌汁、大根漬けか生姜がつく。昼はイワシの缶詰くらい、夜はこの頃は小鯛の煮つけ、しみ豆腐やネギ野菜の味噌汁。

宿舎は支那家屋、あまり荒れていないし『おんどる』とストーブがあって寒くない。魚が並んだようになって寝る。毛布一、二枚、その上に外套マントなどかけて寝る。部屋は寝室、食堂兼の医務室が二つ、壁には支那の額や掛軸が掛かり、その他婦人雑誌、サンデー毎日、週刊朝日の切り抜きを貼っている。大抵女優や芸者の写真であります。これに混じって太原の入城式の写真がある。机の上には書類以外、たばこ、ドロップス、キャラメル類、人形など。武器や薬などは部屋内に並べている」(二月十六日)。

母と弟の手紙

精喜の母きみの教育は多分小学校のみで、手紙を書くのも億劫であったように見える。それでも精喜が出征すると、きみは何とか自筆で手紙を書いて戦地に送った。

「いつもいつもうれしい御たよりほんとうにありがとうございます。ずいぶんお寒くなりますた。今日大金一百円御送付くださいますてまことにありがとうございます。金にくるすんではたらへて居る(苦しんで働いている)母がこんな大金いただいてほんとうにゆめかと思われます。御かげ様で家内一同ほがらかでむかいます(新年を迎えます)。どうぞ御安心ください。

先生(直助)からおかりすた四十円を御かいす(お返し)します。おく様もいろいろ御心配をしてくださいますた。何ほど御よろこびになる事でしょう。和子様の御びょうきが御ながい事です。一日もはやく御ぜんかいをいのります。昌二もいよいよまんしう（満洲）に行きますた。どうぞ御体を御たいせつにしてがいせんをなされ、そればかりたのしみにまって居ります。先ずは御れいかたがた御へんじまで。さよなら。母より」（十二月十三日）

この時前沢のきみの家には精喜からの百円の他に、東邦電力と県庁の精喜へのボーナス百円が直助から送って来たから、きみは奇跡でも起きたように感じ、「ほがらかに新年を迎えた」のである。

次の一通は、さながら野口英世の母の手紙のようである。

「十二月十五日出しの御手紙拝見仕り候。あなた様にはいつも元気の由、うれしく存じ候。おかげ様にて私共も無事にて毎日毎日はたらいて居り申し候。（中略）当地も毎日雪降りにて今日は三尺くらいもあり申し候。雪の降る日も風の吹く日も雨の降る日も天気の日も、一日もあなた方を思うことと仕事しる（する）ことをわしれる（忘れる）ことはありません。朝早くおき、水にて顔を洗い、お日様をたのみ手をあわせて拝みます。これは一日もわしれ（忘れ）ません。そのおかげさまで幸福が迎えられますた。本当にありがたく存じます。今は御七夜で毎日あぶらげ（油揚げ）をあげて居り申し候。何とぞ御安心下されたく候。御壮健ではありましょうが、それにつけても御からだを御大切に御ねがい申し上げ候。早々。まづは御返事まで。

精喜殿　母より。十二月二十八日夜　旧十一月二十六日」

清兵衛の手紙は例の如く、当時の一般的青年の単純な思想をよく表している。

「皇国の弥栄《いやさか》のため、神代よりの大精神を発揮すべき東洋平和の為に身を捧げ、一生懸命に働いている出征将兵に対しては感謝しても感謝しすぎることはありません。ロシアは世界をして赤化すべき大方針に基づいて現に今支那蒋介石政権を援助しており、イギリスは唯貿易上における利害関係に対して支那を援助しつつあります。また東洋平和に対する日支共通の大理想を無視する支那は日本に対して排日抗日を実行しています。今回の戦争はこの排日抗日、および西力を一切撃破し新興アジアを建設し日支両国民の安全を謀り、以て東洋平和を確立せんとするために起こったのであります。要するに今回の戦いは政府のみの戦いでもなくひとり陸海軍の戦でもない国民全体の戦いであります。故に我等国民は第一線で働いている将兵とともに一心一体となって道義的世界を建設すべく邁進せねばなりません」(十二月十三日)。

確かに多くの日本人はこう思ったのであるが、支那人がそう思わないならこの思考法は独りよがりである。福沢諭吉が『文明論の概略』に「世の中の不幸は、政治に関与する人の心の持ち方が悪いから起こるのではなく、彼らに知識と冷静な判断力がないから起こるのだ」という意味のことを書いているが全くその通りであろう。

内地でも人は死ぬ

直助の家では和子の猩紅熱も全快し、昭和十二年暮の二十五日、久しぶりに一家が福岡に会した。ところが、今度は鎌倉の操の母が危篤に陥って一家は十三年の元日に再び上京したが、この時は「小野寺の処方で俄然好転し、親類たちも明日帰るが、結局十日の命が一ヶ月のびたというだけであります」（操の手紙）。操はこう書いたが、母の命は一年半延びて、彼女が死ぬのは昭和十四年四月であった。

ところが操たちが帰ろうとした途端、今度は前沢から、直助の長兄謙良が危篤、という報が入り、謙良は結局一月十二日に死去した。この頃の和子の手紙（一月十七日附）。

「度々お便り、面白いからお父様やお母様と引っ張りだこで読んでいます。またお歳暮までいただいて厚くお礼申し上げます。昨年暮から慌ただしく思い出すと夢のようです。九月半ばから十月初めまで出征軍人のお宿になり、その方達が発つとすぐ上京、十一月初めに帰るつもりだったら猩紅熱に罹ったのですっかり番狂わせ、暮になってやっと福岡に戻ってきました。入院中は本を読んで退屈もしなかったけれど、いつになったら帰れるかと毎晩八幡様に蛋白がでなくなるよう祈っていました。

福岡に帰ってやれやれと思ったら大晦日に鎌倉のお祖母様が危険だと電話があり、また上京しました。でもお父様が打った二種類の注射が奇跡的に効いて快方に向かい、今では半年は大丈夫というくらいになって、鎌倉の人達の間では、お父様は天下の名医ということになっています。それで福岡に帰ろうとしていたら、今度は思いもかけず国の謙良伯父様がお亡くなりなったと電報が来て帰福していたお父様も出てきて三人で前沢に行きました。

本当に人の命は分からぬものです。伯父様お顔は安らかで大往生だったそうです。お祖母様の時にと持って来ていた喪服が変な所で役に立ちました。国（前沢のこと）はすごい雪、景色は素晴らしいけれど、着物は福岡の時のままだから寒いのに閉口です。明日が初七日で明後日東京に帰り、稲田悦子のスケートをみるつもり。お葬式が始まるから今日はこれで。私も二十一になっておばあさんになったみたいで厭よ」。

操からの手紙には精喜の福高時代のラグビー仲間小野正敏氏の訃報があった。「しょっちゅう便りをくれて人が変ったようだと喜んでいる。副官や馬がついて結構な御身分だ。人情味をもってお上げなさいませ。福岡に帰ってみれば、小野鑑正氏の一人息子、お前様の友達正敏氏の訃報に接した。春代さんもすでにこの世に無く、世の無常を感じる。小野さんからは先生とお前様の連名で来たから悔み状をお出しなさい。病名その他は分からない。東京は流感で千数百人も死亡した。ここも相当死亡者がある。

北支は明朗化したそうだが上海は不安なところがあるそうだ。内地は長期戦に持ちこたえる為に課税している。私共も働けるだけ働いてお国の為にお金を出すほかはない。お前様からのお歳暮、大枚二十円恐れ入る。和子にはおっしゃるように一円戴かせ十円はともにやった。ではまた。消息を知らせてね。病気しないように」。(一月三十一日)

小野正敏氏は福高から京大工学部に進学、長崎の三菱重工に奉職したが、父君の許さぬ恋愛問題に悩んで自殺したのである。

本隊復帰（陽泉、楡次、平遥）

精喜は昭和十三年一月三十日に原隊復帰を命じられ、一旦石家荘に戻って軍医部で池山院長に輜重兵中隊のことなどを報告し、食事を御馳走になって二月七日に陽泉の竹俣隊に戻った。彼の隊付軍医経験はわずか一ヶ月だったが、見習士官に色々な経験をさせるというのが軍医部の方針だったのかもしれない。原隊復帰を命じられた時の思いを精喜は「中隊長はじめ各小隊長からも深く感謝され、去り難き思いを致しました。一兵に至るまで親切に誠意を以て診断し、衛生保健にも適切な処置をしたとうぬぼれておりますが、そのせいで復帰を惜しまれたものと思います。仕事もラグビーと似て連携が大切、軍医の行いも最後までトライを試みるのと同じであります」と書いている。

しかし精喜が陽泉に居たのはわずか三日で二月十日には先発隊として下士と兵十名ほどを率いて楡次に行き、十五日にはまた先発して平遥に行き、そこに野戦予備病院を開設し、三月二十七日にはまた先発隊として平遥を発して臨汾に向かった。これは南西方向に前進する日本軍の後を追いながら病院を作って行ったためである。楡次の様子。

「楡次は次第に暖かになり、夕方は地上一米の厚さに靄がかかる。陽泉とは異なり広々とした平野で遠くになだらかな丘陵がみえる。道路の方向にあたっていわゆる『雲気』が立つから、（それによって）軍馬の数量を計測した歴史故事を思い起こす。

寝室のほかに土間の居間があって中央にストーヴ、周りに大きな肘掛けスプリングつき椅子が二つとソファが一つ、テーブルも二つ、椅子もある。大きな鏡の左上には高杉早苗が腕まくりした絵葉書と原節子の金鵄正宗の広告ポスターも掛けてある」。

二月二十二日、楡次から平遥に向かう途中の情景。

「戦場の汽車は脱線もするし、蒸気管が破裂もする。水がなくなってブリキ缶で汲んで来たり燃料がなくて高粱藁や貨物の箱板を燃やしたりして動かす。寒くて水筒の水が凍るが砂糖入りは凍らず。当たり前だが凝固点降下を実感した。科学的発見の動機はこんなものか。鉄路上で焚火して食べ、貨車の荷物を掘り起こしてその中で寝る。平遥付近の道は黄色灰を十センチも敷き詰めたよう。埃の煙幕を巻き上げながらサイドカーが走る。生活は激しいが元気明朗。弾丸ほど気まぐれなものはない。狙っても当たらないし、どこにあたるか分からない。偶然の支配を感じる。

平遥城の内外には支那兵の新しい死体が散らばっていた。日本兵の新しい墓標は畑の中に一つ、城の進撃路になったところに一つあった。城壁には弾痕が著しく刻まれていた。平遥は平野の中で、埃の為に空は曇り、鳶、鴉などの鳥が枯れ木に群れている。死肉を食う犬やカラスがところどころに固まっている」。

平遥

精喜は平遥ではノンビリできた。以下の手紙は長閑な日常を写している。

「すでに桃の節句。楊柳も黄緑、水も凍らず。戦は黄河のほとりに進み、今はノンビリ。病室では蓄音機をならし電燈もある。校庭でフットボールをしているのを屋根なしの風呂から眺めてはしゃぐ兵もいる。三月は昔なら学会準備だが、今は終日、戦傷病者の診断治療。フットボールをしたのはそんなに昔ではないが昔の気がする」。（三月二日）

「病院では数十の良民と十数人の少年を使って、運搬、掃除、食器洗い、ストーブ焚き、洗濯などさせる。食事つきで三十から五十銭やる。付き合ってみると朗らかなもの。夕方は支那少年、兵隊といっしょにフットボール。支那語でプレーするから愉快なり。少年は顔さえ見ればフットボールをしようと言う。先生からラグビーボールを送ってやると言われてとても嬉しいが、今一つあるから無理しなくていい。駐軍になれば暇があろうが今は六〇〇の患者がいるからラグビーをさせたら看護兵が疲れる」。(三月十一日)

最後の一文は、直助がラグビーボールを買って送ってやろう、と手紙に書いていたことへの謝礼

平遥の庶民

平遥で部下と（中央が精喜）

である。直助は「石家荘でラグビーボールを見つけて買って帰った」という精喜の手紙を読んで、兵隊たちに運動をさせ士気と体育を向上させよう、というのはいい考えだ、と思ってボールを送ろうと言ってきたのである。

「西部戦線異状なし。春になり暇もある。停車場で日向ぼっこ。空には雲が出る。蓄音機はあるが軍歌、歌謡曲、浪花節くらい。慰問団が来た。宮野照子のタップダンス、笠原ふみえの歌、東屋えんじゃくまるの浪花節。東邦（福岡の電力会社）の医局から慰問袋が来た。池山院長からは小野寺先生の郭沫若に関する新聞記事を送って来た。麦畑も緑になり、平遥の市場も賑やかになった。支那の本で馬鈴薯とトマトの芽継ぎを知った。じゃがいもとトマトが一緒に獲れる。目呂木の吉之助兄にお知らせ願う」。（三月二十五日）

郭沫若は九大で学び、直助はよく世話をしたから、新聞記事になったのだろう。また精喜は農学校を出たから、野菜の栽培に興味があった。じゃがいもとトマトの話は戦後も一時流行ったが、あまり行われなかったようだ。吉之助兄というのは精喜より少し年長の親戚（岩手県ではえどし「縁同士」と言った）である。

昭和十三年春の世相

ここで昭和十三年春頃の日本社会の様子を操の手紙から見てみよう。

「秋から純木綿がなくなりガーゼを除いてステープルファイバー（スフ）入りになる。浴衣、タオル、晒木綿やらどんな形で出ますやら、今から買占めする人もいて木綿の値段は三倍に暴騰。ガソリン節約のため自動車も夜十二時までに制限。リプトンの紅茶はない。上巳の節句でデパートはお雛様が飾ってあるが、この節は夜間営業しないから夜は淋しく私共は誠に残念に思っている。

先日は松村ますよさんとうちの一家で室見川に白魚を食べに行き、一昨夜は中洲見物の所を方向転換して博多節を聞きに一方亭に参り、昨日も私の親戚と一緒に、舞妓を呼んで一方亭で散財した。その節、お前様のカラコと牡丹の話も聞きました。牡丹は足を洗って朝鮮で店を出しているとのこと、カラコも止したそうであります」。

木綿はなくなったが、この頃までは外食するのは普通にできた。カラコと牡丹は精喜たちが宴会によく呼んでいた芸者である。精喜はカラコに戦地からも手紙を出していたが、彼女たちも廃業したり一旗揚げに海を越えて行ったりしたらしい。

二月二十四日の操の手紙には次のような一節もある。

「昨日は松井総司令官の初凱旋（南京陥落時の指揮官）で門司は感激、司令官も万感胸に迫る様子だったらしい。その日の夕刊に台北に敵機襲来、負傷者ありとの報が出たと思ったら、今、ラジオで『第一線より警報、訓練ではない。杭州方面から敵機十三機東進、山口北九州福岡長崎は非常管制』と五回も繰返した。私共も大緊張、昨日まで三日間防空訓練の後本物に鍛えられる」。

松井磐根氏は東京裁判で南京虐殺の責任を取らされて絞首刑になったが、この当時は情理兼ね備えた軍人と評判が高かった。また支那国民政府の日本本土空襲は結局行われなかった。

以上の操の手紙の側面観として、とものの手紙を並行して読むと面白い。前年暮れに精喜が送った二十円のうち十円はともが貰うことになっていたが、二月八日になってもまだ金は福岡に着かなかった。二月八、九日のとものの手紙。

「（八日）お金はまだ届かないが、先生から女中まで五人分の夜鳴きうどんを私がおごった。物価高でうどんも一銭高、金六銭だ。

修二先生方もお立ち。今回は父上が亡くなった後だから『（素行上の）成績甲の上』（先生の言葉）だったが、とうとう脱線、どこかに行って一泊、翌日四時ごろずっと病院に居たふりをして気どって電話してきた。ふじ子奥様はブスブス言っていたが、寝台車で三日夜お帰りになった。（九日）十円は今日着いた。有難うございました」。

直助の甥、謙良の次男の修二はこの頃満鉄の医師だったが、彼は以前三内科で勉強していた頃に馴染みの芸者がいて、その関係がまだ続いていたのである。

「すっかり春らしくなってヒヤシンス、ボケ、紅梅が咲いている。先生は風邪をひかれたが直ってお元気、九官鳥のカーレンも春になったから病院から帰ってきた（直助は九官鳥を飼っていて、冬場は暖房のある教授室に置いていた）。

支那の飛行機十二台が来たから灯火管制だったが、夜にならないうちに解除。いちばんやかましかったのは家の防護団長の奥様（操）だった。奥様は今、木綿の反物を買い集めている。これからは木綿ものにステーブルファイバーが入るので、そうならぬうちに玉屋岩田屋三越から木綿の手ぬぐい、浴衣地など買い集め、家は小さい反物屋のよう。奥様も我ながらあきれて笑っております」。

（三月八日）

「御無沙汰して申し訳ない。たばこは気がつかなかった。バットを送った。兵隊さんに分けて下さい。湿らないかなと心配。ニュースに出てくる兵隊さんのようにおいしそうに呑んでもらえるだろうと想像して嬉しい。数日前先生一家と松村ますよ様と室見川傍で白魚を食べた。生きたままのもあって先生は少し食べたが、私たちは皆川に放した。ひとり前一円五十銭、おいしくもないのに高い。こんな非常時に勿体ない気がした。愛宕山ではケーブルカーが忙しくしていた」。（四月十七日）

ともは行儀見習い兼女中のような形で直助の家にいたが、客観的にユーモアをもって操奥様や修二先生の挙動を見ていた。身分に上下があった戦前だが、四角四面ではなかったのである。

ともの縁談と和子の映画

戦争があっているからといって内地の人たちが支那の戦争のことしか考えなかったのではない。人々は、昔と同じように生活のことや個人的な幸不幸を喜んだり悲しんだり一喜一憂していた。

操がこの頃気にかかったのは身近な人の不幸で、ともは精喜への手紙に「村上光子様（直助の甥英男の妻）は卵巣に水が溜まる病気で片方をとった。奥様は病院通いで大変。お疲れだろう」とか「村上健先生（三内科の医師、精喜の親友）の奥様が亡くなった。三つくらいの可愛い御嬢さんがいる。美人薄命という人もいる」などと報じている。もう一つの心懸かりはともの縁談であった。操の手紙。

「四月半ばにお前様の母上から『ともに縁談があるからすぐに帰してほしい』と電報が来て驚いた。ともにそんな話があるのかと聞いたらちっとも存じませんという。電信一本では訳が分からず、小野寺は『国では親が一存で決めることがあり、母親は相談する相手もないから電報を寄越したのだろう。帰したらよいと思うが、すぐというとともがのっぴきならぬようになるからもう一度問い合わせるのがいい、それともともが帰りたいのなら止めない』と申した。とも自身は『決して帰りたいなどと言ってやったことはない』と言った。それで前沢に聞いてやったら、急がなくていいから帰れと返電があった。でも結局叔母たちも賛成でなくともも心が進まず、断った。他にも話が二、三あるが、人任せではどうだか。とにかくお前様がいないからこんな時は当惑する」。

この当時は双方見たこともなくて親が決める結婚はままあった。流石に福岡くらいの都会になると少なかったが、田舎ではまだ多かった。このことについてはともが後に、「私の結婚のことで御心配をかけすみません。仲人が来て『どうしても返事を』というから母も仕方なく電報を打ったのです。仲人は夜十時頃まで待っていたが電信が来ないから帰ったそうだ。私は何も立派な人の必要はないが、どこの人で何をしているかくらいは知りたかった。その後しも叔母様から便りがあり、小山村の人で十五から仙台の味噌屋に奉公した人で、今度店を出すのだそうだ。母は私が二十五になったからとても急いでいるが、今回は断ってホッとした。直後は『私の行くところは味噌屋の番頭さんくらいか』と悲観したが今では元のように元気になった」と書いてきている。当時は「行き遅れ」にならないよう、母親は非常に心配したのである。

二月二十五日の和子の手紙には相変わらず映画のことがある。

鬚の精喜、肖像写真

「御無沙汰しました。お便りいつも嬉しく拝見している。フットボールで遊んだり星空を眺めたり乗馬したり、忙しい仕事の半面には楽しそうな様子も窺われ、楽しく読んでいる。英雄閑日月ですわね。精喜さんの髭を生やした顔を初めて見て皆で大笑いした。中老の将官のようだった。

私は相変わらず映画ファンだ。田中絹代とアニタ・ルイズのブロマイドを送る。東京でフィギュアスケートを見てすっかりファンになった。悦ちゃん（稲田悦子）は本当に上手だ。片山と悦ちゃんがエキジビションにやったペアは素敵だった。片山は卒業して兵隊さんになるから引退だそうで残念だ。私はラグビーや野球のような団体スポーツよりテニスやスケートなど個人競技が好き。ラグビーといえば小野正敏さんが亡くなった。精喜さんが（小野先生の）お宅にお呼ばれして行っていた頃を思うと夢のようだ。先日『五人の斥候兵』という映画を見た。小杉勇が部隊長になって好演、初めて日本の映画で涙が出た。その部隊長が精喜さんにそっくりで、本当に精喜さんに会ったようだった」。

この手紙に対して精喜は三月十七日の手紙に次のような返事を出している。

「スケートの曲乗り（フィギアのこと）のファンになられた由、その供覧の姿のみならずその発展過程まで見られれば実の入ったものになるべし。団体競技は、個人競技の技の間に有機的関係を持たせたもので、この『関係性』は世の中で重要なもの、特に戦争では最も重要です。国家の動員がやかましく言われる時には団体競技の精神をそのまま移すことが出来るから今後大いに発揮すべきものと思う。今は北支にいて大きなラグビーをしている心持ちでトライに努めている。以上でスポーツ精神講義は終り。

次はヒゲ物語だが私のヒゲは部隊の中で優秀なものに属している。また言語動作も現役と見間違われるほど、任務の遂行能力も一廉の部隊長に値し、若し金筋を二三本もつければ名実ともに部隊長、乗馬姿などは颯爽たるものでありますよ」。

直助からも二月十六日附けの手紙が来て、大学院生だった永里君がチフス様の疾患で衰弱死したこと、九大に隔離病棟新館が出来て収入は激増したこと、山西には石炭と鉄の驚くべき資源があること、学会のことなどが書いてあった。また支那骨董について「太原あたりは骨董品定めて多かるべし。山西では路傍にある物でも日本では珍しい。埴輪の人形や家畜、家具など、また古い石か金属の仏像など、誰かに預けて呉れれば幸便あるべしと存じ候」と書いてきた。直助は支那の骨董品集めが趣味だったのである。

母と兄弟からの手紙

母のきみからも手紙が来た。

「いつも心配無用のお手紙、誠にありがとうございます。おかげさまにて無事にて働き一同よろこんでよい年をむかいますた。明けましてもざんかん（残寒）はげしくてずいぶん苦労でございます。それでも店が忙しくてコダツ（炬燵）あたるひまがありません。働きながら軍事郵便の配達なるのをたのすんで居ります。時々町から、コクボウフズンカイから、小学校からイモンヒンあるいはなぐさめの言葉をいただきます。ほんとうにうれし涙が浮かぶ時もあります。

昌二からもしじゅう無事のたよりがありますから御安心下され。またこの度は九州の奥様よりお手紙並びにお金をお送り下されますた。金百円とゆう大金、薬屋（武田薬品である）からあなた様へ下さったとあります。いただいてもよいのかわるいのか私はわかりません。ただ有難くいただきますた。あなた様の方からもよろしくお礼をいうて下さい。またあなた様よりもお金をいただき本当に有り難うございます。ただしお手紙には二十円とありますが手形は十円でありますが、どこでまつがい（間違い）があったものやらわかりません。あなたが心当たりがありましょうか。

何から何まで書きたいことばかりありますが、無学の母なれば書きかねます。けんこうなあなたですけれども大事な大切な身体ですからどうぞ御大切に御くらすを願います。それのみ朝晩ねがっております。下らぬことばかり書きますた。さよなら。母より。精喜様。小供らもなるかならなへ（ならない）か一生けん命勉強ぶりです。　二月十日夜」。

ソ連国境の満洲北部に派遣された弟の昌二や前沢の弟たちからも時々便りがあった。

「牡丹江も流れ出した。裏手に行くとビール瓶で花壇の枠ができている。小鳥が木に群がっている。先月特殊演習があって四日間露営した。昨日支那街をみて飯を食った。毎月ともちゃんから『むらさき』（文学雑誌）が送ってくる。写真機を百円で買って帰ろうと思う。日本に行けば五十円は儲かるとのこと」。（三月二十一日）

「兄上はいつもお元気の由安心。五年間の中学生活（一関中学）で『温故知新』の智をみがき『切磋琢磨』の徳を積み『不撓不屈』の勇を練り、社会に出る。東京で旅順工科大学の試験を受けた。二千人受験で百人通る。（清兵衛）

写真拝見。兄上が乗っている馬が意外に大きいので大笑いした。僕は今度四年、背は中くらい、とてもおとなしい。四年では二種を選んだ。一種は実業に就くもの、二種は上の学校に行く者。一生懸命勉強する（得郎）」。（三月二十五日）

第四章　前線の長閑さと国内の統制（昭和十三年四月から十一月まで）

臨汾の長閑な日々と科学研究

平遥に一ト月あまり滞在した精喜は昭和十三年三月二十七日、平遥を発し、三十一日臨汾に着いた。臨汾は戦火も収まり住民も少しづつ戻って町は賑やか、四月初めには杏李桃など咲いて長閑だった。ここは汾水を隔てて姑射山を望む景勝の地で、精喜は西門の半ば崩れた苔むした望楼から山河を眺め、古き昔を偲んだ。四月と六月の操への手紙。

「小野君悲恋の死、運命は測り難きもの。御両親にお悔みを差し上げるのもお気の毒。このような話を聞けば内地も面白くなく、大陸で偶然の下に居る方がよろしいかと思う。臨汾には郵便局もなく家に金も送れない。母のことをよろしくお願いする。

本地は二十五度以上になる。飯の汁には豆腐人参ジャガイモねぎがあり、ホウレンソウ、卵、福神漬けもある。小生は達者でテニス野球フットボールをやり、臨汾廟の鐘を鳴らし、部屋には清初め（十七世紀）とおぼしき花瓶に花を活け、学校や図書館から本を集めて本棚を作り、英文の支那地理、力学、採鉱学の本など読んでいる。
今は天長節運動会（四月二十九日）の練習。病院は暇だが、土地が代れば病気も変わるからそれに対応している」。（四月）
「久しぶりにお手紙拝受。医局歓迎会、室見川の白魚ピクニック、内科学会のことなど委細相分り候。今こちらは麦の刈り取り。家屋は明るく、掛軸と地図を掛け、花瓶にあおい、ナデシコ、野菊、フラスコにはアザミを活け、本棚には本多く御座候。戸外には色々な花、虫多く、ファーブルなら兵馬倥偬《こうそう》の際にもよく観察せんものと羨み候。
先日は書庫で地質学の幻燈の種板をみつけて、時計皿に水を入れてレンズとし、皆に見せ申し候。また気温のグラフから三寒四温の波より顕著なるある動揺を見出し、毎日興味深く観測中に御座候。職務上は熱病患者の担当となり、変な熱病を発見致し『臨汾付近におけるある種の熱病について』と申す抄録を軍医部月報に出し申し候」。（六月）

臨汾の運動会らしい

直助は精喜が臨汾でこの論文を書いたのを喜び、後の手紙（八月二日）で「研究報告落手、多忙の間にかく纏めた努力、感心致し候。この後もこの心掛け必要と存じ候」と激励し、その後も「報告の病気は塹壕病（Trench fever）だろう。Hurst: Medical Disease of the War などに報告がある。山西の池山・小野寺病としてもよかろう。病原体を決めたらよい。虱蚤を注意せねばなるまい。免疫があるかもしれないが捕虜で実験するが早いだろう。すりつぶしてすりこむか注射すればよいではないか。治療に606（サルバルサン）は如何か」などと詳細な注意を与えている。

註：八月三十一日の操の手紙に、「『塹壕病』の研究論文・戦線から小野寺氏が体験し母校九大宛に送る」という新聞切り抜きが同封してある。（福岡日日新聞から）

上に述べたように、臨汾で少暇を得た精喜は医学研究を始めると共に、また生来の科学好きを発揮して動植物や地質、気候などの方面に心を向けた。しかし実際は危ないこともあり、忙しいこともあったのである。六、七月の手紙には次のような一節もある。

「患者は一時九百数十だったが半減した。輜重隊に軍医がいないので、そちらの医務室も兼任。臨汾は弾丸が屋根の上に飛んでくるほど敵は近くにいる。しかし、『たまなどはめったにあたるものにはあらず、あたれば運と思ひ、さほど心配もなく暮し居り候』。砲や銃や機銃の音は、また来たか、というくらい。これらの事はこれまでは書かなかったが今まで無事だったのだから心配なさることはない。御心配を増すかとも思ったが安心なさるかとも思う。郵便局が出来たので、これからは航空便なら早く着きます」。

大雨と洋画輸入禁止

この頃北支は静かだったが南方では日支の激戦が続いていたから、六月中旬の操の手紙には「この頃便りがないから病気か、徐州の方に行っているのか、と心配している」という一節がある。また「内閣が変わって板垣征四郎将軍が中支から戻って大臣になられ、令兄先生（政参）と家の先生もお喜び。東条英機氏が次官、米内将軍が海相だから盛岡中学の当たり年（東条英機氏の父は盛岡在住だった）で、提灯行列で祝賀したそうだ。富田小一郎先生も三人の幼時を思いだしお喜びで記者に色々話されたという」というところもある。富田小一郎先生については本章の末尾で述べる。

板垣征四郎氏は後の東京裁判でA級戦犯として処刑された人であるが、氏は盛岡中学で直助の一年後輩、米内光政氏は数年先輩である。板垣家は盛岡の教育者として著名であったから盛岡農学校に通っていた頃から精喜は知っていたし、その後福岡に来て九大で学んだ時には、板垣大将の実兄、九大医学部生理学教授の政参氏から直接教えを受けた。その上、直助の家と板垣先生宅は近かったから精喜は板垣家の人たちをよく知っていて、先生の長女百合子さんは精喜より十歳ほど年少だったが福岡高等女学校の生徒だった頃から人目を引く美人で、精喜は淡い恋心をもっていた。

註：直助の家は渡辺通五丁目、板垣先生宅は平尾山の上、浄水通を登った所にあった。

この年は日本もシナも大雨だった。六月の操の手紙に「今朝黄河の氾濫を知った。日本軍にも被害があっただろう。民国の人々が可哀想、敵ながら気の毒だ。敵といっても良民もあり、頑是ない子供も年寄りもいる。この悲惨事から救ってやらねばならぬ。ここも四日続きの豪雨で西日本は不祥事続出、山陽線岡山付近で地盤が崩れ、上下列車が衝突し、高等小学校生徒十五人と引率訓導三人が即死、下関も山崩れで死者が出て、炭坑に水が入り爆発」というところがある。

昭和十三年七月の大雨は六月の比ではなく、日本災害史に残るものであった。谷崎潤一郎の『細雪』にも書かれているからご存知の読者もおられるだろう。

「小野寺は学術振興会の満蒙北支衛生研究会委員になったので会議で上京したが、帰途京阪神地方の大水害に遭い、海路、別府経由で三日懸りで帰宅した。東京も神戸も未曽有の被害、一億円の損害と数百人の死傷者だ。住宅地にするために木を切り過ぎたり、川を狭めたりしないようにしなければならない」。

またこの年には物資統制や文化統制なども現れ始めた。七月十三日の和子の手紙。

「東京オリンピックは風前の灯、同時に開催される筈の万国博は事変決着まで延期になった。木綿ものは一切禁止になったから最後の売り出しの時は大変な人、ところが商工省が卸売商のストックを調べたら千五百万反もあったからその半分は省に納め、残りは売り出すことになって皆大喜び。三年後からオールスフになるのだそうだ。革類、金、ゴム、紙も制限になった。東北の実業女学校の生徒が木綿の着物にモンペ姿で東京に修学旅行に来たので新聞写真に『豪華、全木綿姿』なんて出ていた。

西洋映画は昨年九月末から輸入禁止で、今は昔の名画の蒸し返しだ。映画でアメリカに渡る金は二百万円くらいのものらしいですが、このご時世に映画なんか入れる必要はないというのが大蔵省の説なんですって。そうかもしれないがマニアの私は悲しい。ディートリッヒもガルボも縁無き衆生になりそうだ。でも仕方がないと諦めるしかない。

最近の傑作は『オーケストラの少女』で東京では八週間もやっていていつも満員だそうだ。十五歳のディアナ・ダービンという女優がとても可愛くて芸も歌も素晴らしい。珍しく筋もよいのでお父様を連れて行ったらとても喜んでいました。こんないい映画も当分見納めかと思うと涙が出る。未完成交響楽、モロッコ、パリの屋根の下、なんかの新版が引っ張りだこだ。
山西省に夥しい残敵が出たそうですが、精喜さんの所は危なくないのですか」。

慰問団の喜劇と無言の帰郷

ともの手紙には当時の福岡と小野寺家の様子が活写されていて、いつもながら面白い。五月から七月の手紙をまとめてみよう。

「つつじの花盛りだが、ドンタクは華やかでない。『ああそれなのに』などはなく軍歌と愛国行進曲の手踊りがあった。軍事慰問の帰途に金語楼、エンタツアチャコなどの漫才が来て大博劇場で公演した。『向こうでは灯火管制だからローソクで公演、金語楼の頭が光って困った』、とか『兵隊さんから手ぬぐいを借りたら褌だった』とか言って笑わせたが行軍のことを話す時はまじめで涙を流していた。

家に泊まった中で一番いい兵隊で、支那からもよく便りをくれた井上軍曹が江南で戦死された。家じゅう嘆息。一人息子で両親とお嫁さんと二つの女の子、雇人六人で果樹園をしている人です。その方たちの遺骨が帰ったので、私も国防婦人会の一人として大名小学校前でお迎えした。五十五柱の遺骨が戻り、白い喪服を着た若い奥さんが多く、皆泣いた。

小野寺信さんがラトビアから帰ってきて、二郎さん（信氏の弟）も来た。今は姪浜炭鉱の医者だが病院は汚く患者は気が荒いから行かなければよかったと言っている。

先生は元気で遅くまで碁を打って帰って奥様から怒られている。犬の太郎はフィラリアで死んだ。奥様は猫の五郎を可愛がっていて病気になったら奥様が湯たんぽで温めている。和子様はこの頃すっかり軍国少女気分で松村さんのお嬢様と一緒に陸軍病院にお見舞いに行かれる。庭の水蜜桃を近所の子どもたちが狙っていて、もう取られた。アカシアの木から偵察している。油断できない」。

少し後、十月初旬の手紙には、「国防婦人会で毎日のようにモンペで大名小学校に行き、在郷軍人の指揮で訓練。お婆さんもいて『番号』と言ったら左右から一、二と言ったり、『右向け』で左を向いたりしていたが段々うまくなった」というところもある。

満洲に派遣されている昌二からも手紙が来た。

「私もとうとう国境の第一線に来た。双眼鏡で敵を睨んでいる。馬一匹の動きも作戦に影響するから緊張して勤めている。ロシア人の長い脚を眼鏡の中に見ると武者震いがする。陣地は千早山といい、奇岩多く、昼は鷲、鷹、リス、夜はオオカミの声を聴く。銃後の熱誠に報国の念起こる」。（七月二十四日）。

張鼓峰では七月十二日頃からソ連軍の活動が始まり二十九日から戦闘になった。昌二がいた正確な地点は不明だが、張鼓峰の近くではあったのだろう。

石井部隊に入隊希望

本書には、戦後になって「戦争の罪悪」としてマスコミが糾弾するようなエポック的なことはほとんど現れないが、昭和十三年七月六日に旅先で書いた直助の手紙には注意を引きそうなところが一ヶ所ある。直助は国民政府の窮状など国際情勢に触れた後、「今度、学術振興会の満蒙北支衛生研究会に九大から私が入った。七月二日に会合があったが、帰途洪水に見舞われたので別府を経て帰る。

満蒙研究会で軍医学校の防疫研究室の石井部隊長（四郎、京大出）と色々話し、その研究室に行ってみた。非常な大仕掛けで、大学からも軍医でない技術者が数十人も入り、研究費は二千万（物価二千倍として今の四百億円）、滿洲には丸ビルより大きい研究室があり、元の大連の滿洲衛生研究所もこれに併合されて大袈裟なものです。それで石井君に精喜の事を話したらぜひ欲しいと言われました。文官としてとれば月給は高いが恩給も叙勲も悪いから軍医となっては如何ですか、と言うのです。

今のままでは予備少尉となるが、もし短期軍医を志望すれば一度は階級が下がって伍長となるが二ヶ月して曹長、年末に中尉となる由。中尉となって石井部隊に入り何か研究を受け持つというようにすれば如何か、とのこと。厭になったら二年で罷めてもよく、そのまま続けてもよいそうです。

私は軍医もよいと思う。助教授などするより仕事も待遇もよく、研究が進めばどこかの教授にも成れるのだからこの際待遇もよく研究費も多い石井部隊入りのつもりで短期軍医を志願しては如何か。戦はドウセ長引くから、そうする方がよかろうと思う。石井君がしきりに医務局員と交渉していましたから一寸通知しておきます。精喜殿」と書いてきた。

石井部隊は森村誠一の『悪魔の飽食』で悪名が高くなったが、この頃はこのような多額の研究費をもってまっとうな研究をしていたのだろう。直助の勧めもあって精喜は「短期軍医」を志望し、八月二日「短期軍医のための特別の計らい」で石家荘に出張した時には「北支建設のため研究ができれば生涯の喜び」と張り切った手紙を出している。

少し先の話になるが石井部隊のことについてここでまとめて述べると、精喜は短期軍医志望に必要な「医師免許証の写し」や「教練合格書」を福岡から送ってもらい、九月二十六日に「短期軍医志願」の手続きを完了した。しかし石井氏の熱意にもかかわらず、その規則がなかなか決まらなかったらしい。精喜の十一月の手紙には「短期軍医志願の受付期日は不明、追って通知があるとのこと」という一文があり、また直助は十一月三十日の手紙に「石井部隊に入って後は、特に極寒の地方における日本人に適する衣食住を中心に研究しては如何かと存じ候。ただ出先官憲と中央との連絡不十分なるらしく、君の志願が中央に申達せられしや否や心許なし。グズグズして少尉に任官せられるのではないかと心配している」と書いてきた。

そして実際、精喜は昭和十四年一月に見習士官から正式の軍医少尉に昇格したから、彼の石井部隊入隊は実現しなかった。精喜が七三一部隊に入っていたらどのような経験をしたかは無論分からないことであるが、人間の運命は測りがたいものだ、という感が深い。

塹壕病とムーランルージュ

上に述べた八月二日に石家荘から出した精喜の航空便には、「沿路の玉蜀黍、豆、粟、棉など概して良好、羊、山羊も見るべきものがある。今回、過去一年に進軍してきた土地（平遥、太原、楡次、陽泉、井陘）を逆行して石家荘に戻ったが、平和、文化的建設の速やかなる事に驚く。戦の直後を知る者には今昔の感あり。山（太行山脈）から出ると蒸し暑いが病院は暇。石家荘の町は立派、商人多く、物資不自由なし」と平和でノンビリした気分が漂っている。「戦争中」と一言に言っても時と場所によって状況は千差万別だった。

この航空便は五日に福岡に着いたから操と和子はその日のうちに返事を出した。和子の手紙には時代色がよく現れている。

「お手紙拝見してお元気の御様子、喜んでいます。私は毎日ブラブラして本ばかり読んで、夕方から元気が出るのでお父様と猿（孫と名前を付けた台湾猿）を出したり、御台所をしたりしている（偉いでしょう！）。西洋映画は種切れだから、昨晩は九州劇場に行ってムーランルージュの公演を見てきた。座のスターは明日待子という十八歳の子で前沢の警部の娘、前沢小学校に居たそうだ。姉さんはともさんの同級生で、ともさんは昔の面影があると喜んでいた。将来前沢の生んだ名士はこの子と精喜さんだろう、とうちでは噂している。佐野周二も関口伍長となって北京で教育を受けているようだ。

岩田屋は福岡最初の冷房装置をつけたが、僅かに涼しいくらい、窓を閉め切ったからかえって暑

石家荘近郊の羊の群れ

石家荘の露天市場

石家荘の市街

い気がする。東京のデパートの冷房とは大違いだ。戦争のことを思って冷房も止めようという話もあったが、避暑に行けない人がデパートに来るのを楽しみにしているから例年通りになった由だ。

音楽会なんて絶えてないからレコードを聞いている。精喜さんがシンフォニーを聞いていたのを思い出す。今は蓄音機の製造も禁止になったからうちにあるエレクトローラを大切にする。鋼鉄針もなくなったが、ガラスや陶器の針ができるらしい。必要に迫られたら何でも考え出すと感心している。

精喜さんが出征して一年だ。長いようでもあり短くもある。精喜さんの本棚から『フランス通信』を持って来て読んでいる。序文は上野の小父様（上野直昭、後の東京芸大学長、直助の一高同級生）が書いていらっしゃった。精喜さんがまた体の半分くらいあるカバンを提げて大学に通う姿を早く見たいと思う」。

この手紙を受け取った精喜は二十四日に返事を出した。

「五日のお手紙十四日に拝見、博多の街のこと、音楽会のない事、前沢のムーランルージュが来たこと、レコード、映画、台所と広範囲の御報告、誠に嬉しく存じ居り候。

本日池山大佐から隊長宛に、小野寺先生が北京に参られるから小生を北京天津に出張せしめられたし、と通信あり、それ故今は出張先の石家荘に止まり候。この手紙が着くころは先生とお会いし北京料理を楽しみうると思えば、福岡の台所で国策料理を作っている人をけなりがらせ申すべく候。（「けなりい」は「羨ましい」を意味する古語、東北地方ではこの頃まで普通に使われた）

私は満洲については知り申さず候へども、北支は満洲十年の文化を数年で追い越すと思い、北支で勉強する用意はすでに昨年秋からでき居り候。今度北京へは、上陸以来初めての客車に乗りて楽しい旅行を致す可し、と期待いたし候。

今、暇な夕方は屋根に上って、西に宵の明星、東に木星を眺め、その間に天の川や七夕星、本当のサソリに似たさそり座などを見て楽しみおり候。宵の明星は段々南東に進んでおとめ座に近づき、サソリの心臓部をめがけて進むのも知られ申し候。去年の秋はさそり座近くで火星と木星がすれ違いながら東進するを眺め候が、今年はまた別な壮観が空に展開するならん。どうも変な手紙になり申し訳なし」。

コレラと賞詞

前に述べたように精喜は八月二日、石家荘に短期のつもりで出張した。ところが、丁度この頃北支各地でコレラが流行したために石家荘に「コレラ患者収容病院」が設置された。それで精喜も臨汾に戻らず、石家荘に留まってコレラ患者の治療に挺身することになった。それでも精喜の手紙には、「今はコレラ治療で小野寺式ロジャース液、炭酸ソーダ法など試みる。朝夕涼しい」（八月十四日）とか、すぐ前に紹介した「屋根に上って宵の明星や木星を眺めている」という和子宛二十四日の手紙にも「石家荘では外出意の如くならず、二度ばかり支那料理を食べただけ」（二十四日）と書いてあるのみで、それほどの切迫感は感じられない。ただこの手紙の一枚目には大きな文字で「注意！！　手紙をお読みになったら手をお洗い下さい。前に出したものはフォルマリン消毒してありますがこれらは恐らく消毒されていないでしょう。手紙から伝染することはないでしょうが」と書いてあるから、少しは伝染を警戒したらしい。

コレラは八月下旬には終息していたが、精喜はそのまま石家荘に止まり、九月初旬には、満洲を視察に来た直助に会うために北京まで旅行した。その後彼はまた臨汾に戻ってコレラに関する調査書を作ったりしたが、十月初旬この調査書を提出するために太原に出てそのままこの地に止まり、病院勤務をしながら戦地で二度目、昭和十四年の正月を迎えることになった。
少し先走るがコレラの話を続けると、この時の精喜たち「第八野戦予備病院第十九班」の活躍は目を引くものがあったと見えて病院長から賞詞が下付されることになり、十一月七日太原において部隊整列の前で隊長が賞詞を朗読し、それが精喜に伝達された。彼は「私のみならず部隊の名誉に御座候」と書いて来た。以下に全文を掲げる。

賞詞

第八野戦予備病院第十九班附　陸軍衛生部見習士官　小野寺精喜

右者、昭和十三年七月以来北支那各地に「コレラ」病流行するや、第八野戦病院第十九班は「コレラ」検疫並「コレラ」患者収容病院として指定さるるに及び、医官以下班員の大部は検疫要員として他に派遣せられ人少なる際、収容患者の大部は何れも重篤にして診療上一刻も猶予し難き、寔《まこと》に悲惨なる情況なりしが、極めて少数の衛生兵を適切に指導し不眠不休、敢然危険を顧慮する遑なく、然も患者に接するや常に温顔を以て慈愛親切に診療に専念し、従来我国の統計に依れば概ね六〇%死亡率を示すと謂わるる本病に対し僅か十九%弱の死亡率に止めしが如き、治療上画期的の好成績を挙げ、以て多数重症患者をして再起勇躍せしむるに至れり。
之全く勇士の戦場に臨み一死報国の至誠に燃え敵陣に突入する意気と自信とに比すべき衛生部員本然の真姿を顕現したる犠牲的精神の発露にして衛生部員の模範とするに足るものなり。仍て茲に賞詞を付与す。

昭和十三年十月二十日　第八野戦病院長　陸軍軍医中佐　従五位勲四等　丹羽錠輔

この賞詞の現物は今も筆者の家にある。福岡と前沢ではこの賞詞のことを聞いて皆で喜び合ったが、特に直助はそうだった。それは八月初め頃の手紙の末尾に彼が「そのうちコレラなども参るべく、1・3%食塩水の静注（静脈注射）、塩化カルシュウム1%をこれに加えれば更によく、云々」とコレラ患者に対する独特の治療法を教えていたからである。精喜が成功を収めたのにはこの「三内科療法」がヒントになったのだろう。

直助の満洲行きと和子の俳句

前述したようにコレラが収まった後も精喜が石家荘に止まったのは直助に会うためであった。直助は「自分は北支満蒙衛生研究会委員として十七日に門司を発し、北満洲の移民村を視察し、九月三日の満鮮医学会（新京）に出席、それから北京張家口辺まで行く予定」だった。直助が大陸の医学に熱意を持っていた理由は、自分の弟子を沢山大陸に就職させたためである。国内の就職先である色々な病院は先発の一、二内科によって多く占められていたから直助の第三内科は海外に発展するしかなかった。直助の手紙には「満鉄に九大から四十人くらい進出、そのうち小野寺内科は七人、外にも三名参り候えば、本年我が内科から満洲に入りし者は既に十名と相成り候」という箇所がある。

精喜と直助は北京で二日間、行を共にし万寿山にも行った。操も「（小野寺から）元気なお前様の

北京近郊の公園での直助と精喜

様子を聞いて嬉しかった」と書いている。しかも八、九月には日本からの便りが数多くあったから精喜は嬉しかった。まず和子から「『天の川』八月号で初めて私が巻頭をとれました。私は嬉しくて涙が出ました。七月に陸軍病院に行った帰り道、営所でご葬儀があっていたのを見て受けて作ったのです。まぐれ当たりですが、心から感激したのでお見せします。私は三句目が一番好きです」と書いて来た。『天の川』は吉岡禅寺洞氏が福岡で発行していた俳句雑誌で、和子は五年程前から習っていた。なお、この時の五句は以下の通りである。

○御霊据う兵營の巨《おお》き静寂に
○兵舎寂《せき》とはふりの場《にわ》を囲み聳《た》つ
○銃捧ぐ日の寂寞の空に充つ
○あめつちにしろき御霊《みたま》と日輪と
○あめつちに白光《びゃっこう》の喪の時逝《ゆ》けり

九月の手紙は六代目菊五郎の「汐汲」の踊りのブロマイドの裏に書かれている。

「お父様が帰っていらっしゃった。故国を離れての久しぶりの対面で感無量だっただろう。昨晩お母様と六代目の芝居に行った。出し物はみなよかったが、この汐汲は優麗艶冶で六代目と同時代に生まれた幸福をヒシヒシと感じた」。操は若い頃は東京にいたから歌舞伎はよく見に行った。そして実家の林家全体が菊五郎ファンだったのである。

前沢の母きみからも九月五日付の手紙が来た。

「いつも元気の御便りまことにありがたく存じます。御かげ様にてこちらも一同無事にてはたらいて居りますから御安心ください。九州からたびたびいろいろの御品めじらすきもの御金まで御送りくだされてほんとうに御礼の申上げ様もなく、ただかんしゃのなみださえうかぶのであります。あなた様よりもよろしく御れいをのべてください。此のたび先生、マンシュウから北支へ御旅行の由定めし御あいした事と存じます。何ほどうれしかったでしょう。そんな遠いところに行ったりきたりにきけんがないのでしょうか。人のうわさには、はいざん兵とかたくさんいて、あぶない事があるそうですね。よくきをつけてあるいてください。何もやくにもたたない事ばかり心配して居ります。

今年の御盆はひじょうにいそがわしくありますた。小共らは何かのしけんだとかで盛岡に行き五日間とまってきました。幸い合カクはしましたが、さい用にはなるかならないかと気がかりです。すずしくなりますたら昌二にも何か送ると思っております。かいってきた人のはなすには、昌二らはずいぶんなんぎすて居るそうです。昌二一人ではありませんからこれもいたすがたありません。毎日神様を御たのみするよりほかありませんから手をあわせて御がんで居ります。くだらぬ事ばかりかきました。さよなら」。

きみは筆者の祖母であるが、生前に会うことはなかった。しかしきみの手紙を読むと筆者は涙を禁じ得ない。実によい田舎の老媼であったと思う。なお「小共らは何かのしけん」は後に述べる海軍士官学校の入学試験のことであろう。

孝行豆腐

弟たちの手紙も来た。

「(九月十八日、北満綏芬河門脇部隊気附鷲田隊・昌二)　上京(地名)はすごく平穏で退屈するばかり。兵舎まえの大木にブランコがあり朝は気持ちよく揺れる。今日は天気が回復し瑠璃色の空に黄色い山の稜線がはっきり浮かぶ。夜空はいっそう綺麗で天の川が南北に走り、教えてもらった星の名前を言ってみる。勉強はしている。ともちゃんからは便りがあるがきよちゃんからは一ヶ月も音信なし。お体に気を付けて御奉公下さい」。

「(八月十九日、前沢町五十人町・清兵衛)　将兵は古来の武勇、銃後は国民精神総動員で国難に打ち勝つ。こちらはみな元気。海軍兵学校の試験を受けた。合格したようだ。試験終了まで残ったのは(岩手県で)七十名中十名だった。発表は十一月」。

清兵衛と得郎はこの時盛岡であった海軍兵学校の入学試験を受け、学科には合格したが結局盛岡からは一人も採用されなかった。

「(九月二十七日、得郎)　清爽の砌『あんや』にはますます元気で軍務にご精励のことと存じる。こんど『愛国岩手県後藤野飛行場献納式』があり秩父宮ご参列、その際県下中等学校やグライダー団体の競技会が行われ本校優勝。結成後三ヶ月の快挙。私はグライダー部ではないが、乗せて貰って地上わずか三メートルだが五十メートル滑空した。実に愉快。『あんや』はまだ乗ったことがないと思うから威張るのではないが胸を張っている。近況かくの如し。『あんや』殿、学兄（得郎が己のことを言う）」。

得郎はこの時一関中学の生徒である。夫の小野寺秀三郎とともに満洲斉斉哈爾（チチハル）にいる精喜のすぐ下の妹きよも時々手紙をくれた。十一月九日の手紙。

「漢口も落ちた。勇ましいサイレンの響きに手を合わせて拝んだ。伸は大好きだから兵隊さんが通ると出て行って失敬（敬礼をする事）している。伸坊の伯父さんたちも兵隊さんだ、と云うとどうしてうちに来ないの、と聞く。降雪で北満は真っ白。どうぞお体を大切にお励み下さい。おじさまバンザイ。秀三郎、きよ、伸、瑛子」。

直助の一家は昭和十三年十月半ば、兄謙良の少し早い一周忌のために前沢に行ったが、その時のことを操は次のように書いてきた。

「前沢の町を歩いて新築の劇場を見て、帰りに母上と話した。とにかくお前様の所は子供は母親を助け、母は子供のためというように寝食を忘れて働いていて、感激させられた。兄上の一周忌に得郎君が来たがお前様によく似ていて、話しぶりもお前様が福岡に来た時（昭和元年頃）のようで万感こもごも胸が詰まるようだった。とにかく一生懸命勉強して兄さんのように偉くなってお母さんに楽させてあげなさい、と申した。兄弟姉妹一致共同し、支那と同じにお前様の家も明朗化する（生活が楽になるという意味）といい。こちらは別天地で来るたびに引き付けられる」と書いてきた。

この操の感想は真実で、精喜の一家は貧乏の中、兄弟姉妹が助け合って暮らした。帝大出の医者になった後も精喜は郷里に帰れば早起きして大豆を挽き豆腐や油揚げを作っている。それで前沢の町では精喜の家の豆腐を「孝行豆腐」と言ったそうである。

没法子（メイファーズ）

精喜は和子にだけ、やや複雑な心中を明かしたことがある。十月九日の手紙。

「度々のお便りに御礼申し、御無沙汰をお詫びする。七月十三日の大おしゃべりの手紙は臨汾から回達で九月十九日に、『天の川』と『しほくみ』のは九月二十八、九日に戴いた。共に私にはよく分からないが、読んで素直に状況が思われ、芝居も見たい気がする。

（以下、原文通り）戦の荒涼たる、生命の深刻な場面を通過し、生物も無生物も全て破壊の道程を過ぎて、次に建て直しになる径路を幾たびとなく見て参りし後には『没法子（メイファーズ）』という考えの上に一種の明朗さが表れ候。私は顔をそむける如き情況を報告いたさず、戦の惨憺たる苦しみをほとんど誰にも報じ申さず、自分の健康を自負して常に明朗な気分に御座候。これは私の放浪性に負うところ大なるものと存じ居り候。

大きなカバンを下げて学校（九大）に行くことなどは夢の夢にて全支を明朗化せざる間は帰る気もなく、むしろ大陸に放浪するに至るやもわからず候。この度は臨汾より太原、石家荘、北京と、かつて通り過ぎし地を再び見返り、当時の状況を想い出で現在と比較し、ある所は一木一石も想い出となり、ある所は古戦場の想い出となり、又ある所は極めて僅かの差のために無事でありしことを想い出でて喜び、又は文化的施設の進展に目を見張り、道もなかりし所も今は広軌の一等車にふかぶかと座してかつて行軍せし場所を逐次想い出し申し候（以上迄原文通り）。

鉄道で昔五日間もかかった所も今は昼間の内に着くようになった。処々に秋のすすきが日に光り柿が熟れているのを見ると、はるか昔の故郷の遠足などを想い出す。昨年は自動車を止めて柿をもぎとって食べたが、今は熟れた柿の持ち主も帰っているからそれもかなわず苦笑している。初めて征く時は全てのものが意のままになったが、治安が戻った今はかえって不自由だ。そう思えば人の本能とは何だろう、と考える」。

精喜は「顔をそむける如き情況」も「戦の惨憺たる苦しみ」も経験したし、「僅かの差で無事であった」危険にも遭遇した。その結果「人生はなるようになる」、すなわち没法子（メイファーズ）の哲学に到達した。これは善悪や正邪の問題ではない。戦争という状況下でこのような一種の悟りを得たのであって、これが精喜の精神を安定させたのである。戦争に行った人にはこのような意味で「悟った」人が他にもいただろう。

昭和十三年十一月の頃、精喜はのんびりしていた。賞詞を受けた事の他に手紙には、「富田小一郎先生から『日の出』に掲載されたご自分の文章『自慢の教え子』を送ってもらった。その雑誌の原稿料で慰問袋を調整なさったとのこと。私は西南の山を望んで意気軒昂、全支那の地勢図を朝な夕なにながめ、山西を西に過ぎて昔の長安の都に入るのも待たるる気持ち」とか、「太宰府や平尾の野山も色づいただろう。山西に紅葉はないが黄葉は相当にあり、薄氷も張った。太原は都で邦人も多く、店は軒を並べ一部は日本化している。冬はスケートをするつもりだが、今は黄塵にまみれて野球やテニスをしている。病院の設営は完備し、きれいになった。脚気が多く、例の熱病もポツポツ」などと書き送っている。

なお、前段の「富田先生」は岩手県の著名な教育者で盛岡中学でも教えたが、精喜も農学校の頃にお世話になったらしい。「日の出」は新潮社から出ていた雑誌である。

第五章　閑忙さまざま（昭和十三年暮から十四年暮まで）

精喜の賞詞と得郎の陸士合格

　昭和十三年の年末は福岡の小野寺家も前沢の小野寺家も喜びに沸いた。それは「コレラ患者治療の賞詞を付与された」という精喜の手紙が着いたことと、末弟得郎の陸軍士官学校入学が決まったからである。

「お父様（直助）は自分が賞詞をもらったみたいに大自慢」（和子の手紙）して、「これは金鵄勲章ものだ」（操の手紙）と、早速賞詞を事務官に写させて医局に張り出した。操も「お前様の皇国を思う誠心誠意が通じたのだろう。よく努めてくれた。お前様だけの名誉ではなく家門の名誉、我々までも誇れる。北支の青空を眺めるお前様の姿が想見される」と最大限の祝辞を送ったし、前沢の一家中からも祝いの手紙が来た。

　このことは新聞にも出て、和子は「医局に貼ってあった賞詞を見て福日の記者が記事を書いてくれたから同封します。甥とか博士とか出鱈目もあるけれどまあ読んで御覧なさい。ひげを生やした写真を貸したから部隊長のように写っています。私もお稽古に行く先で、先生やお友達から『お宅の兵隊さんおめでとう』と言われています」と書いてきた。手紙には、福岡日日新聞の「勇士に劣らぬ『博士軍医』、コレラ退治に勲功・九大出身の小野寺精喜氏に賞詞」なる記事が同封されているが、その中に、精喜が直助の甥とか、医学博士とか間違った記述があるのである。

十一月二十八日には前沢の得郎宛に「陸軍士官学校合格、十二月二日に着校可能か」という電報が来た。ただ、この数日前、二十五日の手紙に得郎は「海兵は不合格、非常に残念。今は第一志望たる来年三月の一高理科試験に向けて猛勉強中。天下の一高だが通る自信はたっぷりだ」と書いているから、陸士合格は思いがけないことだったらしい。一関中学の卒業前に、何か推薦入学のようなことがあったのかもしれない。得郎は通るならどんな上級学校でもよかったからすぐ入学を決めた。入学後の住所は「本村町予科士官学校生徒隊第五中隊第二区隊」である。入学直後の精喜宛手紙には、

「突然陸軍士官学校に入学した。三十日に母とともに出発、上野に定雄さんと叔母様（母方の親戚）出迎え。皇居参拝。翌朝入校式。今日日曜は中隊ごとに皇居と靖国神社参拝。十時までに整頓掃除をすませ、五時まで自由行動。酒保でカレーライスと汁粉を食べた。九州っ子と江戸っ子が多くて言葉が通じかね、何を言っているのか一向分からず」、と東北の田舎者らしい感想を書いている。

一月の手紙には「軍隊生活一ヶ月、冬期休暇で一週間帰郷後、帰校した。今年十一月に卒業、三ヶ月の隊付後、本科に入りその後隊付少尉になる。軍人になった以上立派に国の為に尽す決心。語

陸士に合格した頃の得郎

学はロシア語をとった。字引、典範令など買うが家には黙っているつもり。清兵衛兄も弘前高校を受けたいが何しろ受験料がないから困っている。一生懸命やる。さようなら。学兄」とある。国費の学校に入学しても貧乏は付いて回ったのである。得郎は大正十一年（一九二二）生まれで、この時十六歳だった。

　精喜の弟の清兵衛は、二つ年少の得郎が陸士に入ったのに、己は春に受けた旅順工大の試験にも海兵の試験にも落ちたから失望した。ともは清兵衛を思いやって精喜への手紙に、「賞詞をお貰いになったことを先生から伺った。前沢でも大喜びだろう。得郎も陸士に合格して夢ではないかと思う。清兵衛と代れたらよかったが仕方がない。先生（直助）は力になってやるからどの方面でもいいから勉強せよ、とおっしゃっている。奥様は気が早いからわがことのように喜んで得郎に手紙を書き五円お祝いに下さった」と書いてきた。しかし清兵衛も立派な態度を取っていた。

「賞詞付与は家門の名誉。得郎が合格して嬉しい。母も弟と一緒に上京し十二月四日に帰ってきた。私は母を助けつつ、目的に向かって進む。七転び八起き、悲観せず目的を達する」と決意し、昭和十四年一月には零下三十度、北上川が凍る寒さの中で「（清兵衛は）兄弟四人分を引き受けて『これが俺の尽忠報国だ』と碾き臼を廻し油鍋を上下して揚げ豆腐を作っていた」（叔母しもの手紙）。

昭和十三年暮の医学部の様子

昭和十三年十一月末の直助の手紙からは福岡の医学や三内科の様子が覗われる。「傷痍軍人療養所（結核、五百床）が古賀の松林中にでき十一月中旬に開所につき、台湾の小田定文教授がその所長として来ることに決定、台北の後任に澤田君が渡台することになりその手続き中なり」。この傷痍軍人療養所は現在古賀市にある福岡東医療センターの前身である。筆者が一歳であった昭和二十一年、我が家一家五人（直助は満洲にいた）はしばらく古賀の職員宿舎に住んでいたが、その頃も小田先生が所長であった。

その他に直助は「澤田君の後は野村君を助教授にして矢野君は二度目の応召だから貝田君を講師、澤田君には佐藤君を助教授にしてつけてやった。赴任は明春以後。樋口、枡屋君は九江辺、松本君はパイヤース湾に上陸して広東占領軍に加わり、菅野寛一博士は蕪湖か南京辺にいるらしい、云々」と自分の内科の弟子たちの動静を伝えている。

操からも月に二度ほどずつ手紙が来て、時節のこと、家のこと、ラグビーのこと、親類縁者のこと、精喜の友人のことなどをとりとめなく書いてきた。例えば、「そちらは門松があるというがこちらは廃止、しめ飾りのみです。時局柄（正月にも）うちに医局の人はお招きせず、和子のお友達、澤田さんの留守宅をお呼びして羽根つきかるたをしたくらい。（先生も）碁はたまさかになった。

お前様は（外地でノビノビして）内地のこせこせした事に当たるのは嫌になったでしょうが、戦が済めば帰らねばならず、家でも前沢のお前様の家でも一日千秋の思いで待っている。家（直助）もあと数年で定年になるし、和子も二十二、ともも二十六になるから今年中にはどれも片付けねばと寝る間も忘れず考えている。手紙では相談できないから凱旋の日を待っている。

何年振りかにラグビー場を覗いてお前様を思い出した。試合はあまり面白くなかった。ゲームについての名前（ノックオンとかオフサイドなどのこと）もだいぶ忘れたが、お前様に教わったことや雨の降るのに見に行った時などヒシヒシと思い出した。

小野寺信さんが上海行きの途中飛行機欠航で家に泊まられた。信さんは秋から上海で重い任務に当たられているらしい（諜報部である）。軍服ならぬ背広の軍人さんだ。二郎君は兄としみじみ話ができるので腰巾着のようにくっついていた。

高木の健ちゃんも新潟医大の助教授になって近く赴任する。寒国に行って病にかからぬよう祈っている。お嫁さんの実家の御家族は喜んでいるだろう」。

最後の「高木の健ちゃん」こと高木健太郎氏はラグビーをいっしょにやった精喜の親友で、後の名古屋大学生理学教授、参議院議員である。健太郎氏の父君、繁先生は直助の一高時代からの友人で、この時は九大泌尿器科教授であったから両家は家族同様の付き合いがあった。

『麦と兵隊』・戦死者の墓参・戦地慰問文

昭和十三年十二月七日附けの和子の手紙には文化、娯楽的なことが書いてある。

「今度洋画が解禁になって来年一年は今度の輸入分で間に合うらしいから大喜びしている。今、内地では火野葦平の『土と兵隊』『麦と兵隊』が大評判、お父様は読んで感心していた。小説を書こうという山っ気がなくて、他何々と記録的に書いてあるのがいいのだろう。お母様の読後感は『これくらいなら精喜さんも書けるよ』だって。

ドイツから来たコンドル機は大歓迎を受けたけれど立川からマニラに行く途中発動機の故障で海に不時着しちゃった。ガッカリだ。その点神風の塚越（飛行士）は偉いわね。

これほどの大戦争をしているのに、内地は戦前と変わらず大して不自由せずに済んでいるのに驚いている。案外日本には底力があるのだろう。有難いことだ。

レターペーパーがなくなったからこれでおしまい。この便箋は可憐でしょう。松村のおじさまからお土産に戴いた。お父様は『こりゃいかん、まるで肺病のような女だ』と言った（中原淳一筆の細身の女の子の絵入り便箋を使っている）」。

ともの手紙には戦争の悲劇が書いてある。

「一月三日に先生、奥様、和子様、私、陸軍病院入院中の白衣の勇士二人の六人で、うちにお泊りになった戦死者の家（井上伍長）に墓参りに行った。朝倉街道は道路がよくハイヤーが滑るように走った。戦死者のお宅は果樹園で広い土間、七十くらいの父上ととても若いお嫁さんと三歳の女の子。梨に被せる新聞紙の袋張りをしていた。お墓は裏の山、下を見ると一面の麦畑。一緒の兵隊さんは『あそこに機関銃を据え付けて思い切り支那兵をやっつけたら愉快だろう』とか何かにつけ戦地を思い出していた。火野葦平の『麦と兵隊』の実地を聞くようだった。未亡人が白衣の勇士を見て言った『ほんとにあの方たちはようございましたね』という言葉が耳に残った」。

以下は別の話であるが、当時は「戦地慰問文」というものがあった。内地の女学生などが個人的には知らない兵隊さんに送る手紙で、多くはその地方出身の部隊に送られたらしい。精喜の部下の衛生兵の所にもこれが配達されて来たが、その差し出し主は偶然にも岩手県胆沢郡姉体の立野絹子さん（直助の姪の娘）であった。それでその兵隊は絹子に返事を出して「小野寺少尉からあなたの九州時代の事を聞いて知っている、精喜さんは明るい面白い人だ」と書いて来たので絹子は吃驚した。絹子は直助の家から福岡女学院に通ったから、精喜とは長く一緒に一つ屋根の下に住んだのである。

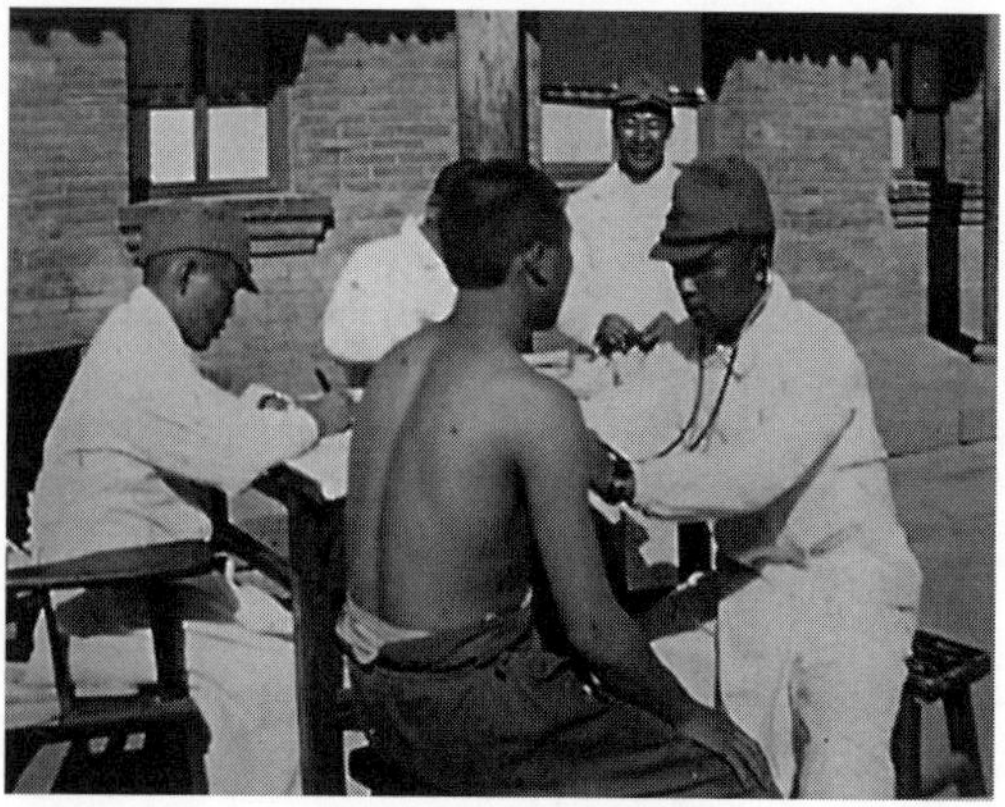

臨汾か太原での診察風景

ノンビリした半年と多忙な半年

精喜は昭和十三年十月初旬に太原の野戦病院勤務となって以来ほぼ一年太原に止まったが、その間昭和十四年一月二十日に少尉に任官した。そして一月末には精喜が応召以来所属していた「野戦予備病院第十九班」は解散、同時に太原の野戦病院も伝染病患者のみを収容する陸軍病院として再編成されたが、精喜はそのままそこで診療を続けた。三月までは職務は暇で、精喜は本土から手紙をゆっくり読んで返事も書いていられた。その頃の手紙をいくつか紹介する。

まず、直助宛の手紙には、「賞詞のお祝い恐縮に存じ候。特に新しいことをした訳には無之、先生に習ったことを不充分ながら行ったまでに候へば、今後はますます任務に精励すべく候。太原の野戦予備病院にては伝染病、内科を受け持ち候が、十二月初めまでの患者はほとんどが脚気にて、他に診断名は神経痛、ロイマチスなどにて云々（診断知見、治療法を述べる）。衰弱で死んだ者の多くは、解剖すると大腸に多数の潰瘍あり候。

十二月上旬に患者全員は後送され、今は一名も無之候へば『気候と文明』『科学と仮説』など読書致し居り候。一年以上つけた気温のグラフから何か引き出したし、と考え候。太原の町は戦火の跡消えて、酒保のビールは二十三銭、同じものが町では一円十銭なり。下給は酒が週に一回、たばこは四十本、時々冷凍魚があり候」のように医学や科学的なことも報告したが、操に宛てた手紙には、

「西北の風に蹴球用ホイッスルの音を楽しんでいる」とか「粉雪。新民公園の池でスケート」などスポーツの他には「宿営はレンガ作り、漆喰の土間にベッド、壁は白くストーブと机がある。標本棚の本箱、壁には支那全土、戦闘経過図、山西省地図、太原地図など貼る。床にアンペラをしいて新聞、脚絆、スケート靴、机には茶道具と本、タバコ、定規など。巻いた気温のグラフもある。書生部屋と似たようなもの」という軍医の生活空間や「少尉任官の被服装具一切は百三十円で整えた。背嚢、行李、外套は官物だが、戦帽、腹帯、水筒、服、下着など皆私物。服装手当で四百円貰って母に百円送った。俸給は百三十円余、本俸七十円は留守宅渡しなり」など給金のことを書いている。

和子宛には、「十二月七日の航空便拝見、赤い着物の絵は胸の形に魅力がないが可憐だから、レターペーパーは絵入りのがいい。羽子板をお送り下される由、今より楽しみにしている。コレラに止まらず、平常の訓練は実に恐ろしい底力を有するもので、スポーツも学問も同じと思う。蘭学に端を発する日本科学も今やその効果を自然に発揮し空前の消費と建設を縦横無尽に行使している。『消費』は一般宇宙の方向と軌を一にするもの（エントロピーの増大方向と言う意味だろう）にして、『建設』は物質又はエネルギーの消費過程における精錬作用と見做すべきもの（熱として放散されず仕事として残るエネルギーの消費という意味か）と思う。かくて宇宙も地球も次第に磨滅する道程を辿る事には変わりがない。食堂的科学論（福岡の家の食堂で精喜は勝手な気炎を上げていた）はこれにてヤメ。

『土と兵隊』『麦と兵隊』は現地に居れば全くの日常、日記を発表するようなもので同様なことは相当にあるし、書いてないこともあって、もし書けば読む人は面白いだろう。読んでみて著者（火野葦平）も我らと同様だったな、と心中でうれしくなった。太原には常設館が一つある。画面は震動し言葉は不明だが、先日『祇園の姉妹』を見た。この手紙が着くころはお正月、火鉢で焼いた餅に海苔をつけて食べたのを思い出す」（東宝映画のチラシ同封：『五分の魂』（小林重四郎、明日待子）、『ラヂオの女王』（千葉早智子、宇留木浩）、『軍艦旗に栄光あれ』（海軍練習艦の記録映画）のように映画や小説、それに書生的科学論議などを書いてきたし、昭和十四年三月下旬も「滑冰場（スケートリンク）は最早使用に堪えず、羽子板到着し、早速羽根つきをしたが兵隊には長い袖がないから淋しい」とノンビリしていた。精喜はこの頃太原の町の写真も撮っていた。

太原風景（人力車）

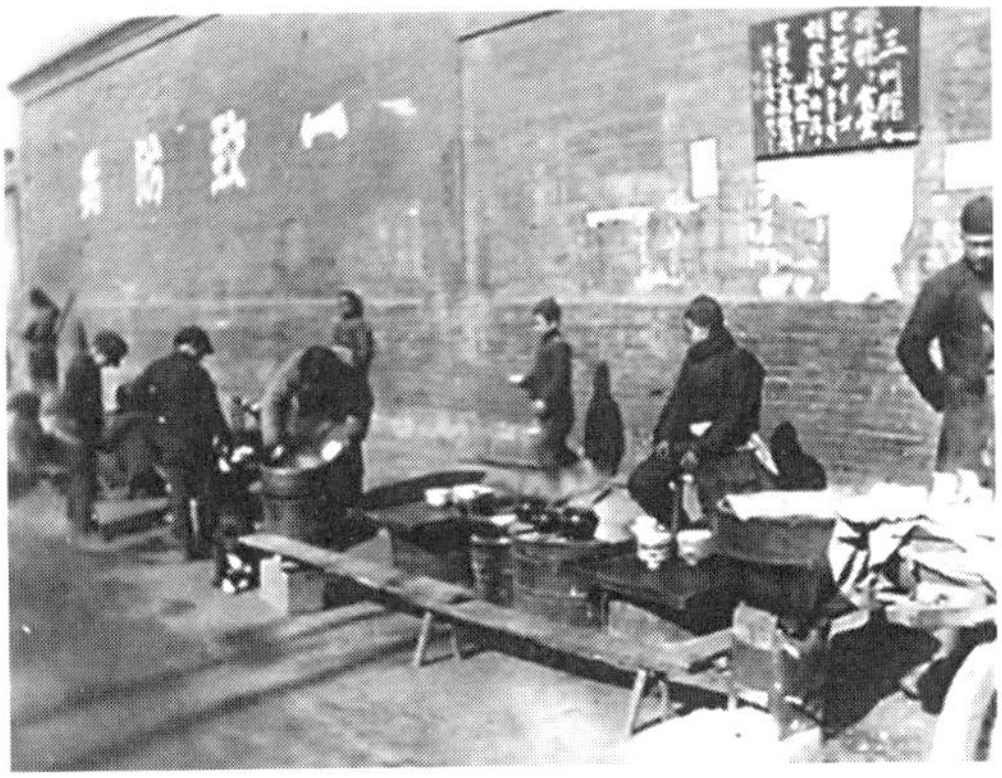

太原風景（飯売り）

太原風景（子供たち）

昭和十四年春夏の家族の状況

しかし四月になると急に患者が増え、精喜は伝染病治療に忙殺されて半年ほどは手紙を書く暇も無くなった。他方、この間に前沢の家ではいろいろなことがあった。清兵衛は三月末に弘前高校入試に失敗したが、七月に新設の盛岡高等工業採鉱科に合格し、「合格祝として操奥様から五円、直助先生から英式製図機械を戴き感激」した。しかし清兵衛は入学当初から、「俺だけではなくお前たちも大学を出ろ」という兄精喜の言を思い出して、「大学に入りたいな」と思っていた。

陸軍士官学校生の得郎は富士の裾野の野外演習を愉快に終えて、夏休みには伊勢神宮を参拝し奈良を見物してから帰郷した。この頃、士官学校は親元に成績を送ってきていたが、それによると「得郎の体格は中、学科は中以下だが伸びる余地がある、性格は温順すぎるほどおとなしい、そして真面目」だったそうである。また「本人は航空科を志望しているが、家人はそれで良いか」と区隊長から問い合わせがあった。しも叔母は「危ないから別のがいい」と言ったが母きみは「本人の希望ならそれでいい」と返事した。昔の母親は子供が望むことをさせたのである。

得郎は夏休みの間、盛岡から戻った清兵衛と「取っ組み合いなどせず、学校のことなど話し」（ともの手紙）、毎日のように北上川で泳ぎ、二週間の休みの後東京に戻ったが、九月十七日に精喜に毛筆の手紙を寄こした。

「秋冷の候いかが御消光遊ばさるるや。小生は希望せる航空操縦兵に決定し、十一月半ば卒業後、航空士官学校に入校致すことに相成候。母は航空兵を心配すると思いの外かえって賛成なされ候。偵察、戦闘、爆撃のいずれとなるかは二年後に決まり、将校となる予定に御座候」。

ともは四月には福岡にいて「桜や菜の花の盛りの頃奥様たちと宗像神社にお参りし、神ノ湊でお魚料理を食べたら隣が昔女中をしていた栄さんの家だったのでびっくり。栄さんはラジオ屋にお嫁に行ったが別れて、今は若松で家政婦をしている。栄さんはその後五丁目の家に来て一週間泊まって行った。兄様が出征して以来女中は五人目、みないい人だったがお嫁に行ったり料理の先生になる勉強のためなどでいなくなった。今、大濠公園で聖戦博覧会があっている」などと福岡の様子を書いてきたが、六月六日に福岡を発って前沢に戻って行った。

それは操が「友は足掛け五年居たが良縁もなく、お前様もいつ凱旋になるか分からないし、いつまでも手伝いばかりでは心苦しいから一旦家に帰した。良縁があれば嫁に行くし、また戻ってきてもいい。よく辛抱してくれたと感謝している。お母さんも手助けができ賑やかになって喜んでいるだろう」と考えたからである。ともはこの時のことを、「奥様は都合が良ければまた帰って手伝ってと言われた。お金や着物を沢山いただいた。奥様は一人旅を大変心配なさったが、寝台の向かい合わせの人は子供連れの奥さんで東京までずっと一緒でとてもよかった。駅にはふく叔母と定雄兄さんが来ていて一泊した。東京では明治神宮と宮城を拝んで銀座に出た。日曜ではないから得郎には会えなかった」と書いてきた。女が一人旅をする時代ではなかったのである。

一年少し前、昭和十三年一月に死線をさまよった操の母は四月二十九日に死去した。直助は二十四日に南支那（広東）から戻った直後だったが、一家三人で上京、鎌倉で看病したから操も「母も満足し静かな往生だった」と諦めがついた。その後、四十九日で上京した時のことを操は「私は生まれて初めて一人で鎌倉に来た。心配やら嬉しいやらだったが無事着の電報を打って落ち着いた」と書いている。ものような田舎者のみならず大学教授夫人でもめったに一人旅はしなかったのである。初盆の時は直助一家が東京から前沢に帰郷して、ともと三か月ぶりに出合い、皆で喜び合った。

北京に移る

昭和十四年夏、精喜は太原の伝染病病院で忙しく働いたが、それが一段落したのであろう、彼は九月十四日附けで「北支那防疫部部員」を命じられ、太原を去って二十六日に北京に着いた。今回の異動に伴って精喜の宛名は「北支派遣軍多田部隊本部気付西村（英）部隊軍医少尉」に変わっている。北京着後、精喜は半年ぶりに手紙を書いて勤務の変化を直助に報じた。

「四月頃より伝染病患者多数発生、私は一日だけ下痢で休んだのみにて毎日出勤致し候。患者はすでに四桁に達し、それ故手紙を書く暇もなく御無沙汰致し、申し訳なきことに御座候。東京の御母堂のご逝去、お悔み申し上げ候。夏にとも帰省、長年兄妹でお世話になり、実家の憂いなく奉公できるのは先生のお蔭と感謝感激致し居り候。北京の部隊で、先生のこと、石井部隊のことなどの話を承り、まことに有難くお礼申し上げ候」。

最後の一節を見れば、今回の異動には直助の意向が幾分か働いていたのかもしれない。なおこの時ヨーロッパではすでに第二次世界大戦が始まっていたが、精喜の手紙にはそれに関する言及はない。精喜は自然科学以外にそれほど興味がなかったのである。

精喜の手紙が着いたから福岡では安心と喜びで十月には皆がこぞって手紙を出した。直助の手紙は医局の人々の動静を詳しく報じた後「医局からは海軍に三人陸軍に五人行ったので、目下二十人くらいしかこれ無く寂しく相成り候」と書いている。また「本年から各医科大学に臨時附属専門部が設置され、九大も六十名募集養成しているから角帽学生の姿が学内に増えた。」という箇所もある。国民総動員が現実となり始めていた。

操は例によって長文の手紙を書いたが、抄録すると次のようである。

「心にかかっていたお前様の手紙が来たから思わず『精喜から手紙が来たよ』と大声を出した。今度はあんまり長いから本当に心配した。郷里の母上とも問い合わせ、ノモンハンで戦傷を受けたのではないか、山西でも激戦があった、と悪い方にばかり考えたが、まずまず七ヵ月分の安心だった。これからは一行でもいいから書いてよこしなさい。

内地は物資が少なくなり統制統制だ。まず砂糖、玉子、炭、石炭まで、味の素なんかも全くない。雨が少なくて渇水状態で電力不足、十日から断水になりそうだ。ガスも制限されコメは上がる一方。でも欧州に比べれば平穏と存じます。

菅原東吾君（精喜と同じ頃にいた書生）は陸軍病院から退院後チブスで水沢鈴木病院に入院、私共は面会したがそれから十日もしないうちに腹膜炎になって亡くなった。可哀想でした。ただ戦傷死となって母親にはお金が下るそうだ。国でお前様の弟たちに出迎えられ、得郎君は母上とともに目呂木に来たのでしばらく話した。お前様に生き写しだ。とももいて家の中はきれいになった、肥って色も焼けて働いております。

大平先生（得三氏。直助の同僚、衛生学）は満洲国厚生大臣みたいなお役になられるそうで大学を辞められたが未発表だ。年俸は二万（今なら四千万くらい）ということです。お前様といつになったら顔を見て話ができるか、浦島太郎のようになって帰ると思う。でもこの際だから達者でいれば最上の幸福だろう。スポーツシーズンだから切抜き（東京朝日新聞の東大立大のラグビー戦記事）を同封した」。

また前沢に戻ったともからも元気な手紙が来た。このような手紙を貰ったから精喜も十月中旬に返事を書いた。操宛の手紙には「お手紙拝見。内地の放送を聞いたよう也。こちらも変わったが、お家も医局も国内もずいぶん変化、回り灯籠の如し。菅原君死去、嘘のようだ。北京の秋は世界一という。是非ご一見を願う。今の勤務は朝九時自動車で天壇内の仕事場に出勤、十七時退庁」と書いてある。また直助宛（十一月中旬）には、「医局のことなどお知らせくださり有難し。奥様からやつはし、手紙、新聞をいただいた。明日から十日間太原出張。不明熱の問題再燃、赤痢とその後の栄養不良も大なる問題。第十番目の肋骨孤立問題も心に掛けている。この問題は下痢など腸管系疾患の罹患、経過、予後に関係あるらしいので出張から帰って調査するつもり。体質、発育、遺伝に関連するかどうか分からないが、赤痢で死んだ者、栄養不良になったものは第十肋骨が離れている。下痢患者にも離れた肋骨の者が多い（統計データあり）」のような記述があるから、精喜は臨床治療にかかりきりではなく、研究的仕事ができるような状況に変わったのだろう。なお、この浮動肋骨研究は精喜の学位論文（博士論文）のテーマになった。

科学の話

和子も手紙を書いた。操の手紙と重複する部分を除くと次のようである。

「お母様が飛行機ならすぐだから会いに行ってみようなんて言うから、私も行きたくて早速ツーリストビューローで飛行機の時間を調べたら朝十時に出て午後五時前に着くことが分かった。そしたら父母から『冗談を言うとすぐ本気にする、命にのしをつけて出す奴があるか』って言われた。ダグラスなら大丈夫って言ってもダメなのよ。飛行機に乗りたくてたまらないし、一度は北京も行ってみたい。その点精喜さんは羨しい。よい所でしょうね。早く凱旋してきておみやげ話を聞きたい。

今年（昭和十四年）は私の当たり年で、こんなに旅行をしたことはない。一人で汽車に四度も乗った。鎌倉に行ったし、従姉の睦ちゃん武ちゃんと長崎や鹿児島に遊びにも行った。夏にはまた上京して前沢に二週間いて盛岡や湯瀬温泉に行った。名古屋にも一人で遊びに行ったし、この頃はお父様の消化器病学会について行って京都見物をして帰りは別府に寄って一昨日帰ってきた。明日は又菊池の伯父さまや武ちゃんと長崎に行く。今年は遊び暮らして夢のように過ぎてゆく。精喜さんは忙しく働いてその暇に手紙をくれたのにこんな呑気な事ばかり書いて気を悪くしないで下さいね。

内地は欧州大戦とノモンハンの話でもちきり、ノモンハンは読んだり聞いたりするごとに悲壮の感に打たれ、犠牲者には感謝以上の悲痛な気持ちになる。戦争は恐ろしいものです。ソ連の辣腕には恐ろしくなったり感心したり憎らしくなったりします。欧州大戦は一向はかばかしく進みませんね。全く弱肉強食で物凄い感じがします。ポーランドは実に哀れね。とにかく日本に住んでいて幸せです。

映画マニアは直りませんが、旅行したおかげで大分本が読めました。家にいると母に叱られるからちっとも読めない。中々感心なものを読んでいます。『細菌の猟人』やメチニコフ、野口英世、キュリー夫人伝などを読んで感激している。こんな偉い人の何分の一かの頭をもって生まれたかったけれど、昔から数学が全然ダメで、精喜さんに習っても分からなかった。『ベルツの日記』もとてもよかった。精喜さんは本を読む暇がありますか。秋も深まって星空が美しくなって楽しみでしょう。先日東京でプラネタリウムを見てとても面白かった。説明を聞いて物凄い宇宙に恐ろしくなり、怖い怖いと言うから笑われた。お祖父様（林健）から、でもこれだけのことを小さい人間が探ったと思えば大したもんじゃないかと言われた。それもそうね」。

この手紙への精喜の返事。

「春の初めから便りを出そうと思いながら、実に兵馬倥偬の間とも云うべき時が多く、遂に果たさなかった。春は黄塵が舞って天日は月の如くだったが、これは午後に決まって起きる風のせいだ。早春のリンゴの紅白の花、次に柳の花と種子が堆積し、点火すれば爆発的に燃焼して火薬の代用品になるようだった。次にライラック、白と紫の匂いのよい花が営内に沢山咲き今は種がはじけている。この花の終わると夏の初めで、雨が降って一面の緑。盛夏には草木の葉は萎れるが、初秋に再び鮮緑が出て第二の春が出現する。

概して気温は一日のうちの寒暖差が大きく、いわゆる文明的気候の要素を具備している（ハンチントン『気候と文明』にあるのだろう）。太原の宿営の庭に朝顔の芽が出たから高粱の支柱を立てたら、夏秋には一朝に数百の赤、紫、白、その他雑色の花が咲いた。アカシアの花は晩春の頃匂い、今は黄葉。郊外のススキは銀色に遠方の山紫の間に波打っている。太原や北京は樹木が多く福岡よりは

太原での宿営の朝顔棚（左から２人目が精喜）

良い気候と思う。以上気候の挨拶完了。

今年は大そう旅行されし由、結構な事。独りで切符を買い、計画を立て、星や太陽で時を測るようになれば一人前、また旅費を稼ぎ出すほどなれば一人前と申し得べく候。最近は科学味のある本も御覧なさるよし、大慶の至りに存じ候。七ヶ月の無沙汰中にこの方面に長足の進歩を遂げたと称すべきもので、細菌、周期律、天文など、その研究熱心に驚異するものに御座候。科学はこのくらいで止め。

北京には活動館（映画館）数多くあり、日本物だけ、西洋物だけのもある。いつか行ってみる。北京に空路来る計画がダメになって残念のことと察する。旅行も科学も自分で実際にやれるようになると止められなくなる。変な手紙で気を悪くされないように」。

戦時中でも人間は普通の生活をし、普通の興味を持ち続けていたのである。

精喜の結婚に対するシモさんと操の態度

精喜は明治三十九年の端午の節句に生れたからこの時満三十三歳であって、本人にその気はなかったが結婚の話はいくつかあった。故郷では特に気にかけていて、昭和十四年五月にはしも叔母から「二十人町の阿部文さんの娘のことだが、向こうは約束だけでもしてくれたら戦争が終わるまで待っている、と言っている。母もだんだん老いていくし良縁だと思う。九州の和子様もお婿さんが決まっていないそうだが、お前にめあわせようとは思ってもいないと思うが、そんな話があるか。九州の奥様はいつも、いいのがあったらお貰い、とおっしゃるから異存はないと思う。先生は、第一に身体強健、第二は頭脳明晰、第三は系統というお話だった。今度の人は背も高いから母も気に入っている。向こうでも待っているから取り急ぎ返事を下さい」と言ってきた。

もともと精喜は見たこともない娘と結婚する気はなかったし、春夏は多忙だったから漸く十月になって「結婚は福岡の奥様と母が勧める人にする」と婉曲に断りの返事を出した。返事をもらったしもさんは、これを言葉通りに受け取って、すぐ福岡に「精喜に結婚を勧めてくれ」と言ってきた。操は困ったが返事をしないわけにはいかないから次のような返事を出した。当時の女の考え方や表現の仕方が面白いからそのまま転載する。

「十二月二日、しも殿。　とりいそぎ乱筆御判じ願上候。師走と相成、寒さも身に染み申候。其後御変りなく御喜び申上候。扨て先日の御手紙のこと、小野寺へも相談いたし、結婚の事は第一本人、第二親家族の意見次第なれば私共がとやかく申す処に無く候へ共、本人より私共へ相談してくれ、と申よこされ候との事ゆえ、御参考にもならばと思いつくまま申上候。

精喜殿在福中にもそこここの何れも相当な家様より縁談申込まれ、出征中にもまだ帰られぬかときかれ候程に候へば、今、殊更いそいで御きめにならずとも無事帰還致し候節に本人の意見もよくきき、先方のお人にも会はせて最善の方法をもってとりきめた方がよろしからんと存じ候。とにかく生涯の重大な事に候へば軽はづみな事はあとのためによくないと存じ候。男は女とちがひ少し位年をとりすぎても打げきはない事にて学位とってからでもこれまでの縁談に遜色ない処から縁組できると存じ候。私共も本人の前途、御家族の力になる最適当な処より物色したいと存じをり候。十数年肉親の如く親密に相暮し候へば、及ばずながら幸福になるように考えをり申候。

然しながら私共のために良縁を失したといふ事にでもなりては申訳なき次第に候間、今一通り精喜殿へおきき合をなされては如何に候や。女の方は一つでも年多くなれば、と考え申候より、今年の内にと申され候家の多く候へ共、精喜殿本人は何にも知らぬ故、よくよくお考え遊され、後に手軽だったといふ事のないよう、成るべく精喜殿の期待に添ふやうな縁をおたのみ申上候。夏時分の話では媒介者が先方よりとてものり気になってをられるやう一寸耳にいたし候。国の方はとかくさような事も之有り候間、くれぐれも慎重な体度《ママ》をとられ、おせきならぬよう。

精喜殿帰りてさへ来れば遜色ない処から降るようにお嫁さんはあるべく、まあ気ながにたのしみにおまちなされてもよろしからんと存じ候。単に阿部氏というわけにては之無く、とかく婚約の長きは考へものにて候。まずは取敢えず御返事まで」。

結婚話を断る

操は以上のような返事を書いたことを北京の精喜にも報せた。一方、操の手紙を受け取ったしもさんは不服だった。それで操の手紙を受け取った三日後、精喜宛に次のように書き送った。

「前にお前から『縁談は母上と九州の奥様の相談で決めてくれ』という便りがあったから母も喜んで早速九州に問い合わせたら、予期に反して案外の返事であっけにとられている。母も年とり御身も三十四歳だから、今さら学位をとってからというようなら心細くてならない。また帰還してからでもいい結婚があるというが、都会はそうでも田舎ではそんなことは絶対ない。家の人たちはこっちの人でなければ懐かしみも出ないと言っている。また阿部文さんは家柄も当人も相当で都会人に劣らず、恥ずかしくない。これがまとまれば母上を始め兄弟姉妹、私達までどんなに嬉しいかしれない。結婚後、帰省する時も何の心置きもない。知れあった同士だから、どんなにいいかわからない。

それに娘当人もやさしい気だて、そしてこんな貧乏な家へでも喜んできてくれるといふその心構えがいい。向こうは約束さえできればいつまでも待つというから帰ってきたらすぐ結婚できる。九州からはお前の心底を聞いた上で決めたらいいだろうというから、もう一度お前の意志を確かめたい。九州も参考までに、と言うているから、こっちできめたって、そんなに叱られることもなかろう。三、四年前からの話だから急いで返事したい。親孝行するのもこの時ではあるまいか。だから貰ふ事にしてどうか」。

このような手紙を受け取ったから精喜も放っておくことは出来ず、はっきり断りの手紙を出した。彼の気持ちは十二月半ばの操宛の手紙に書いてある。

「しも叔母から縁談を非常に勧められたが、相手を全然知らぬこと、帰国後の方針も決まらぬことを述べて断った。妻帯は仕事の邪魔になるかもしれず、相手の条件が全て良いということがあるはずはない。私は社会を知らないから奥様と家の母が勧めるものを選ぶつもり。戦地に来て二年半、同僚など見ると嫁が欲しくなるが、菅野先生から『戦争から帰るとどんな女もよく見えるから結婚は慎重に』と言われたことを思い出す。これは『戦争性助平症』といわれる症状なり。女の話を聞くと帰心が起こる。戦いに独り者が向く理由の一つ也」。当時は「戦争性助平症」のような言葉を作って笑い合ったのだろう。

この手紙を見て操は「御許様の御心境はよく分かった。私共も同感です。お国に捧げた体と心、他の事に心引かれず立派に御奉公してお帰り下さいませ。その時こそ恥ずかしからぬベターハーフをお世話いたします。孝行はその時でもできる」と返事し、その手紙の末尾に「そちらの支那料理はおいしいそうですね。そして支那の女はきれいだというじゃないの。小野寺は北京から帰って福岡の女はみな綺麗でないようだ、と言ってた時がありました。でも支那の女をお嫁さんにもできないわね」と軽口を書いてきた。

また断りの手紙を貰ったしもさんもあきらめて、「お前の手紙で私たちの浅薄な考えがわかった。せまい前沢での媒介者のみの話に乗ったのだからいい縁談と言われようがない。お前の立場からもやっぱり帰還した後の方がいいと考え直した。母も伯母も納得した。写真も送らず人物調査もせず貰えと言っても返事に困っただろう。ただ縁談が決まれば手紙の慰問袋も出すと向こうが言っていたから、そんな潤いのある手紙を受け取り損ねたお前が気の毒でもある。とにかく帰ってからのことにしよう」という手紙を寄こした。しもさんは残念だったが、精喜の意志が固そうなのでやむなく納得したのである。

Ⅱ　召集解除

第一章　科学・文学・映画その一（昭和十五年）

戦に行きても死なれず畳の上にてこの事あり

昭和十五年の初め、精喜の妹のきよはハルビンに、弟の昌二は満洲に、清兵衛は盛岡の高等工業に、得郎は航空士官学校十中隊第三区隊に居て、得郎は二月に「今度飛行機に乗る。楽しみにしている」と張り切った手紙を書いて来た。昨年六月に福岡から前沢に戻ったともは、彼女の手紙によれば「近所というのを年寄りたちが喜ぶので、しも叔母様などに勧められて」、平泉小学校の教諭太田信夫と結婚した。

二月十五日の直助の手紙には九大医学部人事の他に、小野寺二郎さんの訃報や日本の政治に関することが少し書いてある。

「人々はそろそろ召集解除となり医局の松本君もそのうち、香江君も除隊、東邦横山君も弘前までは帰り候由。君もそろそろお鉢が廻るものと考えられ候。

小野寺二郎君は面白い仕事を致し、（学位論文に）まとめてもよいと思うていたが一月十四日に発病、約二週間下熱せず外科で手術したが、腹膜炎を起こしたからここ数日で死亡すると思う。妹さんと信さんも参られたが、気の毒に堪えず悲痛極まりなく候。人間の命は戦に行きても死なれず、畳の上にてこの事有之、感慨無量に候。

米内さん（首相）に、文部大臣は大学総長より選ぶよう手紙を出せしに、松浦さん（松浦鎮次郎氏。もと九大総長）大臣となり誠に目出度く、この時温研を大いに拡張する積りに御座候。昨年末より広田弘毅氏厳父ウレシー（病名と思われる）にて入院、今は全治退院するばかりとなり候。弘毅氏も一ヶ月病院に詰めて看護せられ候」。

別府の温泉治療学研究所は昭和六年に設置されたが、これは直助の尽力によるところが大きかった。だから直助は温研に愛着を持っていて、盛岡中学先輩の米内首相や旧知の松浦氏に働きかけて温研を拡張しようと図ったのである。また広田弘毅氏の父君は福岡の石屋さんで、病気をすると三内科に入院されていた。弘毅氏は、帰郷して父君を見舞いに来ると「おとっつぁん、どげんな」と話しかけるような人柄だったそうである。

この頃の操の手紙には、自分が脚気になって困っていること、高木健太郎さんが学位を取られ、新潟医大付属医専の教授になること、などの他に、「水沢の鈴木勇先生の子息の勇夫君が名誉の戦死なされました。お前様と同じ軍医だったと思うが、前線に立たれたのでしょうか。多分中支だったと思う。夫人は二十五歳くらいで遺児は二名です。勇さんも覚悟はされていたでしょうが前途をたよりにしておられたようだから御心を察しております」という悲報が書かれている。精喜はこの手紙を読んで「鈴木さん戦死の由、軍医の戦死は歩兵の次という話、何と言うべきか、名誉に御座候」とだけ感想を述べた。確かに何とも言いようはなかったに違いない。

精喜は和子のために北京の映画新聞『電影新報』（B3表裏）や北京の映画館のチラシなどを送ってやった。チラシには佐分利信主演『暖流』、原節子、高嶺秀子『東遊記』（満映東宝提携作品）ジャネット・マクドナルド『歌う密使』、ジンジャー・ロジャース『五番街の女』、J・デュビビエ監督『グレートワルツ』などの広告がある。和子は、「映画新聞やニュースをどうも有難うございました。なかなかしゃれたものがある。『グレートワルツ』をご覧になったらしいけれど、楽しいことは楽しいがアメリカ物らしく、『未完成交響楽』と比べるとだいぶ落ちると思う。『暖流』は朝日の連載（岸田国士の小説）を読んでいたけれど映画の方がなお良かった。あの日疋という人物（佐分利信が演じた人物）が断然好きになったが、あんな人は実際にはいないわね、って友達と悲観した。電影新報は漢文を知らないからチンプンカンプン、西洋人の名前をあんな漢字で書いてよく読めるわね。支那人は学者だと感心している。呉服町に新しい洋画館ができた。古いものだけど『ターザンの猛襲』をやるからお父様に連れて行ってもらう約束をした。

今晩ラヂオでベートーベンの田園を聞きました。昔よくレコードを聞きましたね。またお便りを下さい。わたしが書かないのに虫がいいけれど」という返事を書いた。

『物理学はいかに創られたか』

昭和十四年秋に北京に移って以来精喜は暇だったようで、友人と御馳走を食べたり、北京の風景を写真に撮ったりしている。また「スケートのし過ぎで足が太くなった。北京の冬は凌ぎやすく外套着用は十日ほど。高木健ちゃんにお祝いを差し上げる。仁科先生と夜遅くまで医局の地下室の話をした」などとノンビリした手紙も書いている。仁科先生は物理学者仁科芳雄氏の令弟であって、直助の医局で勉強していた。次の手紙にあるように精喜は量子力学の考え方に興味をもったが、それについて仁科先生から何か聞いたのかもしれない。

北京でのご馳走（右端が精喜）

スケートを楽しむ精喜

「私はこの頃、物質とか原子を飛び越えて粒子も波動も一律に数学で置き換えるという現代科学の先鋒を研究いたし居り候。全く夢のような事に候えども、可能に候えば何とも致し方これなく、かくする方が森羅万象の整頓まことによろしく感じられ候。科学は理想を追うが現象は全て理想的には行かず、されどすべての現象は理想的なる方則に

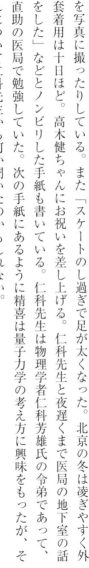

北京風景

北京風景

北京の部隊司令部（「にしむらぶたい」と書いてある）

よって説明せられ、なかなか興味も深く候。私はこのようなことを考えるようになって以来自分でも妙な事と思っているが、休みの日など私が一人でかけて聞いたことのあるレコードの綺麗な音律をむやみに聞きたく相成り候。思い出しても見るが、もちろん音楽などは分からないがそれを聞いている時の頭の感じをいつも思い出すことが出来申し候。毎日、山や海や風や気象や土民などの事を太古から現在まで種々と考えてみたりなどして居り候。私は達者で去年の夏は54キロだったのが今は61キロに増え候（原文ママ）」。

このような手紙を貰ったから、和子は『物理学はいかに創られたか』を送ってやった。三月十八日の手紙。

「今年は二六〇〇年のよき年のせいか、空にも金星など三つ（他は忘れた）の星が一直線になると新聞に出ていたから眺めてみたが分からなかった。精喜さんはきっと興味深く見ているだろう。『物理学はいかに創られたか』上下を送る予定だが、今はお父様が読んでいる。今は本屋にもなく岩波本店にも無いからお父様が読み終わったら送りましょう。この本の初めの方に、『物理の理論では、例えば物の運動に外部から何の影響も与えなければそれは永遠に等速で動いてゆく、そういうことは実際には無いけれどそんな理想的場合を仮定して一つの理論を組み立てる』ということが書いてあったの。ところが今度精喜さんから頂いたお便りにそんなことが書いてありましたね。それでひょいとこの本を送ろうかと思ったのです。アインシュタインが書いた本です。

お父様はこの頃『思想の建築』という本を買って読んでいます。済んだら私も読むつもり。私はこの頃自分が何も知らないのに悲観しています。読んでみれば物理とか科学の本は面白いのに何も知らない。学校の頃はどうしてあんなにつまらなかったのだろう。

池山大佐が北満から帰って昨日お寄りになった。朗らかで面白そうな方ですね。精喜さんがまだ北支だと聞いて驚いていらしった。精喜さんは良い音楽が聴きたいそうですね。私もですがこの頃は良い音楽会など滅多にありません。レコードも税で高くなったからお小遣いで買う私には痛手です。前にお送りした本『ベートーヴェン』は評判の良い本でした。読む時は第六や第九のレコードを思い出して下さい。お芝居に行くからこれで」。

『物理学はいかに創られたか』が北京に着いた後、精喜は「私は昔、食堂で訳も分からぬ変なことを得意になって話していたが、この本から偉大な物理学者数学者の言葉を通して科学の最前線を窺いうることを大いに喜んでいる」と書いて来た。

昌二君の身の振り方

満洲にいた弟の昌二は除隊になって昭和十五年三月十四日に家に戻ってきてしばらく家にいた。彼にはある種のナルシシズムがあり、自分が皆から注目、尊敬されている、乃至はそうであるべきだ、と思い込む性癖があった。例えば帰国した時の様子を報せるともの手紙には次のような所がある。

「昌二が戦地から帰って来て町の人たちからバンザイを受けた際、帰国の挨拶を年長の目呂木の人がしたが、昌二は後で『自分は挨拶の言葉をずっと考えてきたのにできなくて口惜しい』と言った。近所の人達との宴会の時に『挨拶しろ』といったらこんなに人が少ないと語る力が出ないとか大きなことを言っていた」。

昌二は四月五日に人を頼って東京に行き、高校受験を目的に勉強を始めた。彼は徴用される以前、東京物理学校に通っていたからそこに戻ろうと思えば戻れたのだが、どうしても高等学校、大学と進みたかったのである。この頃精喜に宛てて、「皆に心配をかけているが、全ての人の同情を集める今が一番幸福かもしれない。新宿高等予備校に行っているが午前で終わるからその後は弁当持ちで夜九時まで図書館」と書いて来ている。そして夏休みには「勉強は昔くらいにはなった。一九一人中一番だからこのままなら来春は一高にも楽々通る。二学期はますます勉強して皆の親切に報いたい」と自信満々だった。ついでにここで、この後一年間余りの彼の進路を述べておく。

昌二は翌十六年三月に仙台の第二高等学校を受験し、一三〇〇人から三〇〇人を選抜する一次試験には合格したが二次で落第した。ただ、物理学校に戻ることはできたのでそこに通っていたが、間もなく「高校に入る者には不必要だから」というので止めてしまった。丁度そこに直助から「台北大学予科が新設されたから受けてみないか」という報せが来た。台北にはもともと台北高等学校があったが、そこを卒業しても台北大学への志願者が少なかったから、台北大学予科は「台北大学に進む」ことを条件に新設されたのである。戦後の大学教養部と同じである。

直助は「浪人などするものではない。学問は熱心にやればどんな方面でも面白い。入れる所に入ってそれからの勉強が勝負だ」と思っていたから台大予科を勧めたが、操は精喜に宛てて「昌二さんは本当は内地を受けたいようだ。それなら兵役問題はないのだからもう一年して二高か、あるいは弘前山形などを受けてもいいのではないか。学費ならお前様の帰るまで家で助けてもよい。何しろ気の進まない所に入って後悔しないようにしたらいい。ラジオで二高の発表を聞いていた皆の様子を思うと涙が出るようだ」と昌二の心を察した。直助の報せを受けた昌二は迷った。その頃の精喜宛の手紙。

「落第は私の実力不足。私は生産に協力もせず受験勉強で時間を浪費して実に贅沢、ほんとに楽しい一年でした。誰に感謝したらいいかわからない。台北も落ちることは確実だが、それと知りつつ努力している。台北で受験は打ち止め、玉砕しようと思う。勉強は一生のものと思うが、現代の形式化した教育制度では、高等学校学力検定試験にパスし帝大に進むのが唯一の道と信じる」。

この手紙を読むと昌二は台北帝大にはあまり魅力を感じなかったようだが、とにかく彼は五月に福岡で台北帝大予科の試験を受けた。手紙によると「福岡は明るくて実に愉快、先生が帰宅の時は大変な御馳走で少し太った。兄上の部屋を見たら元のままで、『化学実験』の本をもって帰った。工学部も見た。こんな所で学びたいと思った」そうである。一五〇人定員の台北帝大予科にも二〇〇〇人の応募があったが昌二は今回は合格した。なお、この頃高校の志望者が激増したのは、帝大に入れば徴兵されなかったからである。昌二も合格してみると流石に嬉しかった。だから彼は精喜に、「これは自分のせいではなく、この受験を知るものすべての人の精神的大きな力が神に通じてかくの如き結果を得る事が出来たのだと、一途に感謝の意を表します。入学は六月二十日、南方発展の先端を敢然と邁進する。人生の朗らかな一歩を踏み出す」と書いて来た。筆者は「すべての人の精神的大きな力が神に通じた」のではなく、直助と操の御蔭だと思うが、昌二はそのように「事実を淡々と見る」性質の人間ではなかった。

それでも旅費も生活費も直助から出して貰うのだから、いよいよ台湾に渡る際には、「あまり（直助先生に）お世話になってなんだか気味が悪いよう、台湾でも澤田先生のお世話になる事だろう。船の切符も買っていただいた。兄上からもお礼を申し上げて下さい」と書いてきた。それで精喜も操に宛てて「昌二お世話になり感謝感激。途方に暮れた私ども兄弟の面倒を見ていただきお礼の申し上げ様もない」という礼状を書いた。昌二は昭和十六年六月、台北大予科に通うようになってから操に、

「（下宿先の）澤田先生の家では名目は家庭教師なれど仕事はなく、先生の息子のように致しおり候。それ故毎月の経費は二十五円（月謝は毎月分納）で充分と存じ候。澤田先生には本箱、机、スタンドを買っていただき、制服は夏冬共通の霜降りコクラで二十円位との事。下駄ばきに二条白線の颯爽たる登校姿、御想像下され度」と溌溂とした手紙を送って来た。

操の身辺雑事と直助の支那行き

話は昌二のことから昭和十五年春に戻る。相変わらず精喜の許へは操や和子それに前沢の家から手紙が頻繁に来た。その内容は大抵、親類知人の消息や自分たちの旅行、それに池の緋ブナが死んだとか猫を貰った、とかの身辺雑事であるが、操は時折、親類縁者や知人の家族関係、人間関係がつくづく面倒に感じられた。そういう時、操は、「得郎君は初飛行された由、大空を仰いで国のた

めに余念なく働いてるものは幸福とも思います」とか「御許様のように、生活は単純で死を賭してのことと思えば何でもが重苦しくないようですね。日夜考えることは尽忠報国のみだから」のように軍隊生活の単純、明朗さに憧れたような手紙を書いて来た。これはある面真実であって、精喜は結婚後和子に「兵隊程楽なものはない。命じられた通りのことをしていればいいのだから、何も考えないで済む」と言っていた。

現在、「戦争」というと、その何から何まで苦しく不快なものであるように報じる風潮にあるが、これは「そう言わなければならないことになっている」嘘であって、戦争中の兵隊たちはある意味では単純で面倒のない生活を送り、その中でそれなりに楽しみ、笑い、喜んだのである。その証拠に戦後復員した兵隊たちの多くが何よりの楽しみにしたのは「戦友会」であったことから察せられる。小津安二郎の映画にはそのような「真実の戦後」が所どころに描かれている。

操の手紙には「東京はじめ大都会はすべて外米です。白米食べるなら田舎に行けというそうです。小豆もありません」（五月三日）、「中洲のビール園も橋から見えないよう家の中になってしまいました。時節柄あんなむき出しではいけないというのでしょう」（六月十五日）のように、段々戦争の影が射し始めた様子も書いてある。

四月、精喜は『物理学はいかに創られたか』の本を送ってもらったお礼に「今は天壇その他北京の公園には数多のリラが咲き、香水を雨降らせたようだ」と書いてリラの一房をセロファンに包んで和子宛に送ってきた。それで和子は仁左衛門の遊女皐月のブロマイドの裏に、「ライラックの香り床しきお便り有難うございます。東京では新派、歌舞伎、新響の演奏会と遊びまわって、どれも面白く良い思い出です。このブロマイドは仁左衛門の御所五郎蔵の中の遊女皐月の扮装。この時局だが衣装の豪勢なことは驚くばかり、金銀の織物で元禄時代の華やかな夢を見るようでした。歌舞伎にだけはスフを着せたくない感じがします。新響ではベートーベンの田園を聞き、福岡では聞けない美しさでした。もっと書きたいがお父様に手紙を書いたばかりで疲れたからこれでやめます」と書いて寄こした。

直助は五月二日から六月十八日まで「九大から命じられた学術研究と同仁会（日清戦争後日本が中国で行った医療や医学教育のための団体）嘱託」を兼ねて中支北支を見て回った。その途次、空路北京に行って精喜と二年ぶりに会った。

精喜の手紙によれば「五月二十九日に飛行場で先生に会い、小田倉中佐同行して鹿鳴春で支那料理。その後も毎日支那料理だが、北京大学の先生に馳走になった春華楼のが一番優秀だった」そうである。六月一日は部隊を見た後一同で兵食を食べ、二日は張家口に行った。張家口は北京の北西一五〇キロ、蒙古の入り口だから「窪地には雪が残り、緑の草は短く枯草のみ長く、砂漠化」していた。三日は大同（雲崗）の石仏を見て、直助は興味をもった。大同は張家口の西南西一三〇キロ程の所にある。

後の手紙で操は張家口について「伊東忠太博士が学士会月報で、『張家口で必見なのは大境門の壁の石垣に積まれている三枚の趙の石で、この三枚には特別の波紋状の彫りがかすかに残っている』と紹介されたから日本中に知れ渡ったそうだ。忠太博士が伊東先生の御養子で今承徳の古蹟保存事業に働いている方（忠太の次男祐信が、忠太の兄の伊東祐彦（九州帝大小児科教授）の養子になったのだろう）に『二千年以上前の石がたった三枚だけ、なぜあの石垣に紛れ込んだのか不思議だ』と言われたそうだ。もしまだ見ていないなら御見落としのないよう、次の時に御覧くださいませ」と精喜に教えている。

直助と精喜は四日朝に北京に帰って、直助は直ちに天津に発ち、六日に戻ってきた。その日は農学院の佐々木教授を訪問、午後は医学院を視察した後骨董屋に入った。七日は医学院で劉先登先生の通訳で圧診法の講演をして夜は烤鴨子（ペーピンダックである）を食べた。八日、精喜は直助を送って承徳行き列車に乗り、長城外の古北口（北京の北東一〇〇キロ程）で別れた。「会者定離にして万里の長城を境にしてお別れするのは何とも申し上げ様もなき別れの気分に御座候」。直助はこの後満洲に行って満鉄勤務の医者である甥の修二に会ってから六月十八日に福岡に戻った。

紀元二千六百年と窮屈になる生活

ヨーロッパの戦争（第二次世界大戦）は昭和十四年（一九三九）九月に始まったが、昭和十五年五月に独軍はベルギー方面から侵攻してマジノ線を突破しフランスを降伏させた。所謂電撃戦である。軍人の卵である得郎は強い印象を受け、精喜に、「支那大陸では皇軍の進撃破竹の勢い。欧州では独軍の鋭鋒ベルギーの要塞を陥れ、パリに向かう。独軍の科学的戦力には驚嘆の外なし。マジノ線でも砲弾爆弾の威力に感服。航空は近代科学の粋なれば研究せざるべからず。されど戦闘員は戦術的方面にも頭を向ける必要があり、今のところ私は戦術に集中している」と書いて来た。

科学が軍事に必須であることは一次大戦の時から識者には分かっていたが、一般がそう考えるようになったのは二次大戦からである。精喜も直助に次のように書いている。

「近来ヨーロッパ、ロシア、アメリカ、それに国内の話を聞き、多事なる日本は自立自行のためますます学徒の奮励が必要なことを痛感致し候。科学技術が国防に必要なことが時代によって認識せられたのは結構なり。先生が現地を視察されそれを医局や学生にお話し下さるのも有益と存じ候。私は今、赤痢の治療に飲料水と粘滑剤を導入せんと考え居り候。なお八月一日を以て中尉に進級致し候」。

また和子も少し科学に関係があることを書いて来た。

「私は『木石』と『小島の春』を見ました。後者は愛生園の女医さんがレプラの患者を収容する話、前者は伝染病研究所の中の話です。こんな映画が評判になるのは科学というものに一般人が興味をもつようになったからだろう、と生意気なことを思っています。『小島の春』は本も読んで感激していたから、珍しく涙が止まらなかった。『木石』は映画としては感心しなかったが、研究所の場面は今までの日本物のように作り物じみていなくてよくできていた」という感想を送ってきた。『小島の春』は長島愛生園の医師であった小川正子の著書である。我国のライ病患者が救われたのは、愛生園園長の光田健輔氏や小川正子さんの献身的努力があったからである。

昭和十五年は紀元二千六百年で日本中お祝いムード、各地も賑わった。九大でも奉祝式典があって、直助は古参順ということで総長代理が回ってきて勅語拝読や万歳をしなければならなかった。しかし世界大戦勃発の頃から生活も少しづつ窮迫、窮屈になってきた。操や和子は国策に賛成したり批判したりしている。

「混合米（外米と国産米の混合）にも慣れて今は白米よりいいくらい。丼ものや寿司には合わないがこれも種々研究されている。そちらは支那料理がおいしいそうだが、こっちは材料が来なくてまずくなった」、

「こちらではまたパーマネントが喧しくなりました。長所も沢山あるからあまり突飛な格好でなければ構わない、と私は思うが、中止させると言って強硬だ。お父様は大喜び」、

「今日は北白川殿下の御敬弔式があり内地は歌舞音曲停止で慎んでいる。雲の上のお方にもこのようなお大事が起きるから、下、萬民はますます滅私奉公の誠を尽さねば、と女でも感激した（北白川宮永久王は陸軍軍人であったがこの年九月、満洲で事故に遭い死去された）」、

「全国で新体制によって質実剛健となりつつある。呉服なぞも五六年前にかえった。一方がよければ一方で故障が起きるが、大局的に良いという事なれば忍ばねばならない。これまでが華美だったから引き締まったようで気持ちがいい」、

「来月からは野菜も魚類も計り売りになる。新体制であります。野球も日本語で言うのだそうだ。ラグビーはどんなことになりますやら」、

「小野寺信さんも外国武官になって近日スエーデンに出発される。お前様に申し上げたいことも山々あるが、滅多に申せない時節だから、面白いニュースもない」。

最後の一文にあるように私的な言論も窮屈になりだしたが、まだ旅行だけは自由に行えた。和子は母方の親類と一緒に阿蘇観光ホテルに泊まって「阿蘇は素敵で、雲が素晴らしかった」などと書

いて来たし、一家で鎌倉や前沢にも帰省した。八月の操の手紙には、「十二日博多を出て鎌倉に寄ってお盆を済ませ、十六日夜、雲集する乗客に混じって上野発で帰省した。二十日は目呂木で法事、それから盛岡に行った。新体制下で細事まで改革されつつあるが、この地はさほど変化もなくノンビリしている。お前様の弟たちが揃って前途希望に満ちた様子を見て、嬉しかった。ともも年末には母になる由、興亜の赤ちゃんにふさわしい丈夫な体質を祈っている」というところがある。

三紀子人形・『民族の祭典』・コーヒー

昭和十五年十二月八日の和子の手紙には「時代」を感じさせるものが多い。

「百米競争で中隊の記録をお出しになったそうで『精喜さん未だ老いず』の感を深くしました。美しい北京の町もすっかり冬枯れの景色でしょう。

輝かしい二六〇〇年もぢきにお別れ、記念行事や事が多かったせいか今年は余計早く経ったように感じます。私は毎年、年の終わりになると自分がすごした無為な日々を振り返って厭な情けない気持ちになります。昔は今頃になるといつも夜遅くまでわけのわからない試験勉強をウンウン言ってしていました。あの時分はどうしてあんなに勉強が嫌いだったのだろうと思いますが、後悔先に立たずです。

一昨日お年玉を送りました。その中のセルロイドの大きな人形は三紀子といいます（デパートなどでこう名付けたのだろう）。紀元二六〇〇年と教育勅語下賜五〇周年と新体制の三つの紀念の子という意味です。可愛いからお揃いで買ってきて一つは、今、食堂に飾っています。北京の三紀子は私たちの代りに新年の挨拶をしにわざわざ旅行したのだから可愛がって下さい。(人形の三紀子が北京に着いた後、精喜は『三紀子安着した。御安心願う。私のみならず同僚も可愛がっている』と返事を出している)。

三紀子人形だろう

精喜さんも『民族の祭典』を御覧になったそうだが、感想はどうですか。私ははじめ東京で見てよかったから、福岡でお父様を誘ってまた見ました。最初のギリシャ彫刻から人間にダブって聖火リレーの到着まで息もつかせない。カメラの素晴らしいこと、競技場とスタンドを適当に織り交ぜて退屈させない運び方などいろいろ感心したし、殊にヒットラーの人間味には一番興味がありました。

ヒットラーは偉いだけでなく本当に善良な人間味があるようです。もうだいぶ前だけど、ドイツのパリ占領後ヒットラーが初めてベルリンに凱旋するニュースを見ましたが、その盛んな事は驚くばかりでした。その中でほんの一瞬間でしたがヒットラーがゲーリングの肩に手をかけて素早く自分の眼をぬぐうところがあったのが印象深い場面でした。こんなものが見られるからつくづく映画は有難いと思います。先日の二六〇〇年式典のニュースでも高松宮さまの祝詞御奉読や陛下万歳の御姿に接し本当に涙が出ました。

今、ラヂオでは『紅緒のカッコ』の歌を歌っています。精喜さんもよく歌っていましたね。『スカンポスカンポドレミファソ』も相変わらずやっています（共に北原白秋の作詩である）。精喜さんは今度で戦地四度目のお正月だとか、吃驚です。

西園寺（公望）さんはお亡くなりになられました。立派に生きて天寿を全うされた幸福な方だと思います。お母様がコーヒーが手に入るなら二ポンドでも一ポンドでも送って下さいと言っています」。

コーヒーは精喜が北京で見つけて送ってやった。翌年一月末の操の手紙には「待望のコーヒーが着いて小野寺は小躍りして喜んでいた。特にお前様からの初めての贈物だから。紐を解くと香りがプンプンしていた」とあり、直助の手紙に「先日コーヒー豆到着、早速自分で挽いて一同で試飲しその芳香に感服致し候。何々の混合なるか序での折、店に聞いてお知らせ下され度し」というくだりがある。直助は大正時代の初めに欧州に留学して飲んで以来のコーヒー好きで、帰国するとわざわざパーコレーター（今はサイフォンという）を買って、コーヒーを淹れて飲んでいたのである。

ヒットラーは当時多くの人に「人間味豊かな人」と思われた。和子には賢い所があったから戦後「私はヒットラーに騙されたからその後は『二度と騙されないぞ』と思った」と言っていて、知識社会が共産主義に傾いた昭和二、三十年代もスターリンや毛沢東に「騙される」ことはなかった。ヒットラーは宣伝の天才であって、ソ連で始まった「プロパガンダ」はナチスドイツによって大成されたのである。

この頃斉斉哈爾（チチハル）にいる妹のきよからも時々手紙が届いた。

「お便り有難うございました。もう出征後幾年になるでしょう。また冬になりました。こちらはみな元気です。兄様が大学最後の夏休みに帰省された時（昭和六年）兄弟姉妹としも叔母、みっちゃん、かほちゃんと中尊寺まで歩いて行って、帰りに軍歌を歌って帰ったことがありました。瀬原町（衣川の近く）の人が皆出てきて見ていました。また夏の夜に大声で唱歌を歌ったこともあり、みな懐かしい思い出です。機会があったら満洲に来て伸と瑛子を見て下さい。母上も来てくれるといい」。故郷を遠く離れた満洲にいるきよにとって、若い日々の記憶は真に懐かしいものであったに違いない。

第二章　科学・文学・映画その二（昭和十六年春夏）

母の病気と親友の死

昭和十六年の正月、前沢の家にはともが生後間もない長女陽子とともに里帰りしていて、清兵衛・得郎も帰省した。得郎は手紙で「母上はじめ皆様のお心尽しで明朗に楽しく過した。昌二兄は帰国せず東京で勉強（台北帝大予科に入学する以前である）、清兵衛兄は満腹状態で若干減少した体重を回復した。私も大いに飯その他を食った。本年はいよいよ操縦訓練で夏季休暇もない。だから今回孝養をつもうと思ったが、家は赤ん坊の世話などで忙しいから、小生はただうまいものを食うのみで十日間過ごした」と報じてきた。

ところが子供たちが帰った直後、精喜の母きみは長年の働きすぎが祟ったのだろう、急性心臓衰弱で寝込んでしまい、一週間ほど何も食べられなかった。ともが清兵衛に電報を打ったから彼はすぐに盛岡から戻ってともと共に看病し、報せを受けた直助が福岡から甥の純一に電報で指図してビタミンBを飲ませたりブドウ糖注射をしたりしたのできみは一応回復した。その後もともはよく看病し「熱さましを貰って、牛乳、卵、味噌汁、おかゆ、自家製のアイスクリームなどを食べさせた」ので、きみは二月中旬にはかなり元気になった。そして二月中旬にはきよが満洲から戻ってきて一週間ほど手伝ってくれたから、生まれて二か月の子を育てていたともはとても助かった。

精喜は「母、重病」の知らせを受けとったが、操に宛てて「先生（直助）にお世話になって重々有難い。ただ軍務にある以上、自分はすぐには帰れない、もしものことがあればそれは仕方がないと覚悟している」（この時の手紙は和子の返信によれば「心がこもったもの」だった由だが、その手紙は現存しない）と言ってきた。

操は「御文面を承知いたしまして天晴それでこそ帝国の軍人と思いました。御許様はよい母を、母上も孝行な子供を沢山持たれて嬉しいだろう。今回快方に向かったのも清兵衛さんとともさんが一生懸命看病したからだろう。本当に涙ぐましい状況だと私も感激している。純一さんも三時間も経過を見ていたのは並々ならぬ親切、とても都会の開業医にはできない。生計の不足は私共で何とでもする。本当に危機を脱してよかった」と返事を書き、精喜の家に五十円送ってやった。

操は精喜の友人のことも知らせてやっていた。この年二月には安尾君の訃報がある。精喜は九大ラグビー仲間としてはこの安尾君と高木健太郎君とが一番親しかった。昭和七年三月に安尾君が卒業して福岡を去った晩に日記に「安尾が電話して来て僕は出かけ、瓢箪（店の名）で彼と飲み、六年間の思い出を語った。彼は今夜出発しなければならない。カフェ『ピュービル』で楽しく過ごし、明治製菓でレモンティーを飲んだ後駅で別れた。僕は汽車が遠くの暗闇に消えるまで彼を見送った」と書いている。戦争で死なずとも、この時代は若くして病魔に倒れる人が後を絶たなかった。

街は暗くなり肉もなくなる

直助は一年に一度くらいしか精喜に手紙を書かなかったし、書いても医学と医学部人事のことが多いが、昭和十六年一月末の手紙には結核のことが書いてある。

「今春の福岡の内科、消化器病、伝染病、結核、循環器諸学会の準備で医局員は多忙、殊に貝田君の結核病学会の宿題報告のため医局の連中は大馬力で働いている。BCG予防注射の成績は素晴らしく、中等学校学生八〇〇〇名のレントゲン、血沈試験、喀痰胃液などの結核菌培養試験など大袈裟な実験結果は相当人気を呼ぶと存じ居り候」。

貝田君は後に九大結核研究所教授になった貝田勝美博士で、この時は、台北に去った沢田藤一郎博士の後をうけて第三内科助教授であった。戦後はツベルクリン反応とBCG接種が小学校全部で行われたが、この頃の研究はそのはしりだったのだろう。

右の医学会に関する操の手紙には時代相が写されている。

「学会も今日（三月末日）の循環器から始まり、小野寺は五日間モーニングの着づめ。今日の操先生の宿題報告『電波による心音研究』は木村登さんが助手で説明されたそうだ。先日記者との会見談が写真付きで出ていた。あのお坊ちゃんがこんなになったかと思うと今昔の感に堪えない（木村氏は後の久留米大教授である。直助と氏の父君は同郷だったから氏は昭和の初め、山口高校生徒だった頃から福岡の直助の家に屡々来ていた）。明日は澤田さんの発表がある由、お前様がいてエレクトロでも戦場での研究の発表でもあれば小野寺は満足、医局でも喜ばれたろうにと一抹の淋しさがある。

明晩は一方亭に百名くらいご招待し、美妓たちが博多節黒田節など郷土情調あるものを紹介するとのこと、ただ遺憾なのは那珂川べりの福岡のナポリ（東洋のナポリ?）と申すような清流の夜景や寿通りの鈴蘭灯、賑やかな博多道頓堀を見せることが出来ないことだ。夕方からは黒一色、今は月さえなく、皆さん手に手に懐中電灯をもって帰宿される。気の毒で不便だがこれも戦時学会にふさわしい風景と存じます。

東京、東北、北海道、台湾、朝鮮の方々は福岡には物資があると喜んでいた。博多ホテルの洋食も『東京の肉は今こんなじゃない』と舌鼓を打たれたそうだ。澤田さんも（台湾では）去年の秋から玉子を見たことがない、三度の飯も二度は混合米だが一度は必ずうどんだ、と言っていた。でも三月から受験や学会その他で福岡もパンが不足してきた。ブタ、鶏肉も手に入り難い。バナナ、ジャガイモ、サツマイモも同様です」。

一月の手紙には「この間から豆腐が無くなったが、この頃満洲から大豆が来たのか、やっと二三日前から又出た」という所があるし、和子も三月の手紙に「この頃駅には『急がぬ旅は控えましょう』というポスターが沢山貼ってある。新体制になっていろんなことが変わった。四年前どころか一年前のことを考えても嘘みたいだ。私なんかもいつの間にかものの見方が変わった気がする。こんなに長く戦争していても大した不自由も感じないから日本には思ったより底力があるようだが、この頃は毎日親子三人で新聞を読んで議論している」と書いて来た。ヨーロッパでは戦争が始まり日支事変は長引いているから、小野寺家でも時局のことが話題になり出したのである。

『美の祭典』と『大自然科学史』

昭和十五年の秋から翌年の夏に掛けて精喜の軍医の仕事はそう忙しくはなかったらしい。内地からの手紙とは裏腹に、その頃の写真はテニス、剣道、遊山など楽しそうなものが多い。また操から「一行でいいから便りをしなさい」と言われたから、昭和十五年頃から精喜は絵葉書をこまめに出している。筆者の家には四十数枚が残っているが裏面の絵は「黄河の渡舟」、「蒙古の夜」、「娘子關遠望」など支那の風景画や「陸の荒鷲」、「戦の後」のような戦争画が多い。

ただ精喜は長く書くのは面倒なたちだったから、それらのハガキ文はお礼とか受け取りとか、是

場所不明（砂漠の入り口）

勤務先での風呂行き

勤務先でのテニス

秋の休日

非書かねばならぬことを簡単に報じたものが大半である。例えば母の病気が直った時は「先日は母病気にていろいろお世話になり、純一先生には親身も及ばぬ御診療にあづかり候。おかげさまで一命を取り留め、有難く感謝いたし候」と礼を述べているが、本人に関することは昭和十五年五、六月に「約一ケ月宿舎に戻らず部隊勤務、戻れば天壇は樹木繁茂、鳥や獣が騒ぎ申し候。砂塵少なくなり大雨降って道は川の如し。アカシアは散って合歓《ねむ》の花、樗《おうち》の緑、まもなく槐《えんじゅ》の花咲くならん。

先生ご多忙、健康をお祈りする。暑くなって伝染病患者増え候」と簡単な報告がある程度である。

ただ和子には気楽に書けたから、昭和十六年二月には、「話によると新体制で内地は大変変わった由。一月下旬に『美の祭典』を見たが『民族の祭典』より迫力が乏しいように感じた。支那の子供はたこを揚げたりコマをまわして遊んでいる。私もコマを二つ買って時々回している。玩具はみな三紀ちゃんの側に置いている。相変わらず科学の本を読んでいる。そちらはこの頃のお勉強は如何にや。今日は種々のことを書いたから四、五回分の通信とお考え下され度、また気が向いたら乱筆で申し上げる。先生と奥様によろしく」という身辺雑事をハガキ三枚に書いている。

ちょうどこの頃和子も入れ違いに「三紀子は相変わらず大きな目をクリクリさせていますか。先日父と『美の祭典』に行きました。『民族の祭典』ほどまとまりや迫力がなく散漫が感じがするがさすがに写真は綺麗、ドイツには素晴らしいカメラがある。ヨットに九大のが出るかと思ったけれど日本は出なかった」という手紙を出していた。ベルリンオリンピックのヨット競技には九大が出場したのだろうか。

精喜のハガキが着いたから和子はすぐに返事を書いた。（三月六日）

「三紀子や『美の祭典』のことなど偶然同じことが書いてあるので可笑しくなった。精喜さんのお便りはいつも明朗活溌で羨ましくなる。ダンネマンの『大自然科学史』が出て、父が精喜さんに送る様申しましたから丸善から来たら送ります。毎月一冊だそうです。

郷古小父様（郷古潔氏、すぐ下に書く及川古志郎氏とともに直助の盛岡中学同級生）は三菱重工の社長、一流の実業家になられた。父は先日上京の折及川海相の官邸で同窓会があり、大喜びで帰って来た。

友達はいつまでもいいものだ、と言っていました。

『蘭印探訪記』という映画を見て、蘭印の古い踊や芝居の型が歌舞伎の所作とよく似ているのでびっくりしました。こんな映画を見ると白人は人種差別観念がひどくて残酷なところがありますね。でも町をつくるととても上手に垢抜けて綺麗です」。

以上の手紙を読んだ精喜は「軍営の庭に咲いた黒っぽい楡の花、杏、李の赤白の花」を押し花にして送り、「『大自然科学史』受納した。どうぞ続きもお願いする。年度末賞与をいただいたから（和子さんの）お小遣いの食い込み分を補充する」とか「純一先生よりの慰問袋に高峰秀子のブロマイドがあった。世界全図の下に貼っている。書生部屋に貼ったらおかしいだろうが戦地のこととてそれほどでもない」とか書いて来た。


『万葉秀歌』


和子は四月から万葉集の講義を受け始めた。精喜宛に、「この頃は俳句のお稽古にもあまり行きません。何をやっても熱心さがないからダメです。今は一ヶ月に二度児玉先生（九大医学部生理学教授）のお宅に万葉集の講義に行くのが楽しみ、他が皆奥様方で私一人若いので困ったけれどこの頃は少し慣れました。とても良い先生（福高教授の穴山弘道氏）です。精喜さんがお読みになるなら本を送ります。

別のことですが、お母様は羽黒山が精喜さんに似ているから贔屓にしていましたが、今度優勝して横綱になりました。小杉勇も精喜さんに似ているそうだから、精喜さん型の人相は成功者型かもしれませんね。フフフ」という手紙を書き、本屋で斎藤茂吉の『万葉秀歌』上下を探したが、上巻しかなかったからそれを精喜に送った。

精喜は数か月たった六月、次のような返事を書いている。

「青葉も過ぎ真夏、雨も時折土砂降りで降る。健兵対策のため毎日兵とともにラヂオ体操をしている。勉強の暇に万葉集はほとんど読み返し（下巻は北京で買い求め候）、初めの方の歌は繰り返してほぼ諳んじた。『わたつみの豊旗雲』については藤原咲平さんの『天気のお話』に『豊旗雲というのが何か長年苦しんできたが、蜘蛛の巣やすだれのように糸筋状をなしたもので雨の前後に出るものである。雨の前に出るのはまっすぐに上り、晴の前のは吹き流しのようにうねうねと登る』というところがある」などと、万葉集中の雲の詠について詳しく書いてきた。

科学人間の精喜が珍しく文学に興味を持ったのが嬉しくて、和子はすぐに長文の返事を認めた。

「福岡は珍しい大雨でその後も雨が多く『今宵の月夜明らけくこそ』にはなりませんが、涼しくて水かけの苦労はありません。四月から教育会館で源氏物語の講義が一年間あるからお友達と行っています。今は時勢のせいか国文学が盛んなようです。

精喜さんの万葉の雲についての抜書き、深い感銘を受けました。すぐにお返事を書こうと思ったのですが、伊藤さん（岩手から来た書生）の失踪事件で気が落ち着かず御無沙汰しました。伊藤さんは七月一日の夕方お腹を空かして正体なく帰ってきてご飯を食べたら元気回復して一人で黒石に帰ってゆきました。ヤレヤレと一安心ですが、これまでは純朴な東北の人ばかりだったので伊藤さんの心が解せません。

精喜さんが万葉をよく読んで下さって嬉しゅうございました。万葉は誰が読んでも驚異でしょうね。私も本当にびっくりしました。現代の歌より千年前の歌の方がピンとくるなんて不思議ね。齋藤茂吉さんの注釈はそれだけ読んでも楽しいです。

私も初めの方の歌はほとんど覚えています。豊旗雲は御製の中でも一番好きな歌で初めて読んだ時に感動しました。近頃の歌を読んで繊細な詠嘆的なものが短歌だと思っていたけれど、こんな爽々しい大きな朗らかで健康な歌もあるのかと驚きました。そして精喜さんからの抜書きを拝見して別の感動を覚えました。万葉の頃の人は私達よりずっとよく自然を観て嘘をつかなかったのですね。天気予報がない時代だから自然を見分けなければならなかったのでしょう。写実写実と先生に言われてもそれが難しくて私は出来ませんが、この時代の人は何の苦も無くやっているのですね。

こんなことを言うのはおかしいけれど、私が、日本人が立派な素質をもっていると思うようになったのは万葉を読んでからです。素朴で純真で嘘のない、人情の豊かな時代に戻れないかしら。豊旗雲と言う言葉が美しいから感心して読んでいましたが、藤原さんのように研究的に見る読み方が大切だと思って、私は何を読んでも浅いと悲しくなりました。また皇室の方の歌に秀歌が多い。日本は上に立つ方がお立派だから有難いと思った。長々とおしゃべりして御免なさい。精喜さんのお便りから色々考えたのでつい書きました。

先月からまた新しい子猫が来ました。緒方先生のお宅で生まれた猫です。雄でクマという名前はすごいがなかなか縹緻よしでいたずらで毎日大騒ぎです。聖戦四周年ももう直き、精喜さんも出征四周年ですね」。

筆者の時代には「万葉集」は学校でも習い、よく知られていたが、昭和前期までは歌を詠む人の評価もそれほど高くなかったのだろう。そういう意味で斎藤茂吉の『万葉秀歌』は画期的なものだったと思われる。

和子の旅行と清兵衛、得郎君の進路

昭和十六年五月に直助、操、和子は前沢に行き、直助は十日に福岡に戻ったが、操と和子は鎌倉に十日間ほど逗留して、その後操の父林健などと高松琴平などを見物してから帰福した。のんびりと三週間も旅行したのである。

和子は精喜に宛てて、前沢のともさんの赤ん坊のことを「とても可愛い。皮膚が綺麗で丸々太って男の子のようだ。太田さんでもご両親が下にも置かないように愛撫している」と報じ、瀬戸内旅行の感想を次のような手紙を出した。

「香川は明るく海が美しい。金毘羅様は思ったよりずっと簡素で、景色も雄大な所や幽邃な所があって期待以上だったし、高松も落ち着いた風雅な所で栗林公園は素晴らしかった。福岡の黒田さんももう少し名園とか名城を残して下さったら良かった。古い町ながら福岡のように粗雑で垢抜けない町はありません。近頃あちこちで工事をしているから福岡は発展しているのだろうが、なかなか工事が捗らない。どこもぐずぐずしてでき上がらずウンザリだ。日本人は都市美に疎いようだ。

美には敏感な国民なのにどうしてだろう。外国の写真を見ると町の作り方は上手だ」などと精喜に報じてきた。黒田の殿様は立派な公園は造らなかったが広いお城の跡は残って、昭和初期は練兵場、今は広大な公園になっている。だから福岡市民も黒田のお殿様の恩恵を受けているともいえる。

昭和十六年の五月頃、得郎は陸軍航空士官学校の操縦専攻学生として筑波山麓に居り、来年（昭和十七年）三月に卒業、少尉に任官する予定だった。筑波から精喜に宛てて

「こちらは春霞で視界が悪い。私は操縦と専門が決まり一意本分に邁進。操縦は絶対危険ではないが、練習機から実用機に移る時は慎重を要すると思う。軍装品は軍刀、行李、図嚢など買い入れ、夏冬服外套マント長靴などは注文中。あとは下着水筒指揮刀などを買うだけ。拳銃は兄上が買い入れられた由、眼鏡は支給される」と書いて来た。

少尉任官の際には四百五十円位掛かり、そのうち二百五十円は軍が出してくれるが、残りは自費だったそうである。だから直助は軍刀代として二百五十円出してやった。案外沢山自費で賄わなければならない装備品があったらしい。そして昭和十七年四月から得郎は三重県宇治山田市（現伊勢市）に移って、明野陸軍飛行学校で戦闘機の操縦技術向上に邁進した。

清兵衛は盛岡高等工業採鉱科生徒として滿洲国政府の滿洲鉱業特技隊への参加を命じられ、他大学の採鉱冶金生徒二百名とともに満洲に渡り、昭和十六年七月いっぱい本渓湖煤鉄公司の現場で働いた。満洲各地を見た清兵衛は帰国後精喜に「我等のため、あの広野に血を流し肉を散らした勇士の英霊に対し自然頭が下がる思いを強く感じる」と感動を伝えて来た。

清兵衛は入学時から大学に行きたいと思っていてその思いは二年経っても変わらず、それを精喜

や直助に告げ、高専教授の瀬戸先生（元東北帝大理学部岩石鉱物鉱床学助教授）にも相談した。当時は高専から帝大に入ろうとする場合は学校長の推薦が必要だったが、清兵衛はその推薦は受けられたのである。そして結局九大を受けることにした。操の十月の精喜宛手紙は委曲を尽くしている。

「清兵衛さんは、家が困っているから就職しようと思ったが学費の心配さえなければ大学に行きたい、高専の瀬戸先生から徹夜で話を聞いてそのつもりで勉強していると手紙を寄越した。その手紙を小野寺に見せたら賛成して工科の三瀬先生（九大土木工学教授）に尋ねたら、採鉱を受けられない時は理科（理学部）を受けるということで便宜を図って下さることになった。当地なら下宿代もいらずお前様からの送金でやっていけるからとにかく九大を受けるよう清兵衛さんにも申したところ、快諾して来春受験に来ることになった。兄弟たちはみな、お前様御留守の間にそれぞれになったから安心されたい」。

翌昭和十七年二月に九大採鉱学科に欠員があることが分かったから、清兵衛は三月に受験して合格し、晴れて帝大生になることができた。

日米戦争前の国内の状況

日本は昭和十五年九月に「援蒋ルート」を遮断するため北部仏印（ベトナム）に侵攻し、同じ頃日独伊三国同盟を結び、十月には大政翼賛会が出来て政党は終りを告げた。そして昭和十六年四月には日ソ中立条約を締結して北方の憂いを緩和し、支那の経営に集中しようとしたが、石油など物資の不足は深刻だったから七月には南部仏印に侵攻した。これを見たアメリカは日本の膨張主義は抑えられないと考え、八月に日本への石油輸出を禁止した。この禁輸は致命的だったから、日本は「英米と交渉は続けるが、要求が通らなければ戦争を辞さない」と決定した。この間も中国の各地で戦闘は断続的に続き、またヨーロッパでは六月、ドイツは独ソ不可侵条約を破ってソ連邦に侵入した。

以上のように日一日と情勢が緊迫してきたので、日本国内の状況も色々な面で変わってきた。操の手紙には、九大ヨット部の写真やラグビーの規則改正、あるいは東工大グループ（竹内時男助教授など）の「ラジウム照射した食塩に放射能あり」との主張に理研側（仁科芳雄博士など）の反論など、精喜が喜びそうなスポーツあるいは科学記事の新聞切り抜きもあるが、社会や人心の変化を活写した観察もある。

八月二十一日「北海道の医学部の学会は時局のため中止、連れて行ってもらう予定だったから和子は大落胆、私共も国（前沢）に行かなかった。今年は避暑、遊覧の旅行は差し止められ帰省もしにくくなり、ホテルも旅館も一夜泊まりが多かったそうだ。

内地は様子も人心も雰囲気も変わりましたよ。乗物なんかも職工なんかの天下のようで殺風景になりました。とても混み合います。郵便の第三種印刷物はなくなったから学士会月報はよします。国の方もお盆は八月十三日から、すなわちこちらと同じになった、正月も多分新暦にするでしょう」。

旧盆、旧正月をする地方は段々なくなりつつあったが、それを加速したのは戦争であったらしい。

九月十九日「内地も急激に（規制が）強化され、静かな中にも何となくざわめくようになった。男女とも有閑者の無いよう働くべし、ということで、未婚者はこの年末までにいつでも徴用できることになった。これからは女中も使用し難くなる。和子も勤労に召し出される時があろう。次は貯蓄で、事変後一ヶ年は引き出すことはできず、割り当て額になった。その他国債納税など負担はかさむ一方だ。さりながらこれもお国が強くなるため、皇軍将兵に尽くす一端と思えば、極力生活を質素簡単にして御奉公したいと存じる。

小野寺も三日間護国神社の勤労奉仕で学生の監督として半日出かけ除草などして、年と慣れない労働で疲れた。学生も一週間兵営で兵隊と同じ生活をした由。中等学校以上はいつでも国の守りの楯になれるようになったそうだ。物資もずっと窮屈になったが他の戦争国に比べれば極楽だ。でもお前様が御覧になれば今昔の感があるだろう。豆腐が食べられないのは淋しい。書きたいこともあるがそうは書けないから想像されたい」。

十月四日「矢野さん（後の九大温泉研究所教授矢野良一氏）は三度目の御奉公、医局は五人くらい少なくなった。本日は大学防護団結成式で小野寺も戦闘帽国民服で参列した」。

「職工の天下」とか「女中が使用できない」とかの文言は、まだ「身分・階級」の名残があった戦前の社会通念を映し出している。操にとってそれは当然のことであったが、「戦時中」という状況はそのような社会通念を打ち破るのに貢献した。則ち戦争は社会を「民主化・大衆化」したのである。

第三章　精喜と和子の結婚と除隊（昭和十六年秋から昭和十七年夏）

精喜と和子の結婚話

このように昭和十六年の夏からは国内の体制引き締めが強化され、それに伴って人心も変化し始めたが、福岡と前沢の両小野寺家にとってそれは大したことではなかった。それとは比べものにならない大事件、すなわち精喜と和子の結婚問題が始まったからである。

和子は既に二十三歳であったが結婚する気がなかった。「自分のように家事も家計もできない者は奥さんになんかなれない、本を読んでいる方がいい」と思っていて、精喜宛の四月の手紙に「『男の人は試験試験っていやだわね』と言ったらお母様は『試験は当落がはっきりするからいい、困るのは女の子だ』と言った。そうかもしれない。でも私が男だったら勉強はしないし数学は出来ないいし、父母は青息吐息だったろう。フフフ」などと書いていた。母親の操も「こんな娘を他人様には遣れない」と感じていて、同じ頃「和子はまだ子供気分で困る。あれさえ片付けば安心なのだが呑気な事ばかり言って一向その気にならない。親甲斐もないが一人っ子の欠点だろう」と精喜に愚痴をこぼした。

それでも周りの人たちは心配してくれた。特に台北大学に赴任したもとの三内科助教授の沢田先生は親身になってくれて、「結局精喜君がいい」と直助や操に勧めた。操もそれしかない、と思い始めていたから十月半ば、精喜に書きにくい手紙を書いた。

「次にお前様に折り入ってご相談ですが、この事はお会いしてからと御帰還を指折りお待ちしていたのですけれども、前途覚束なくありますから手紙では申しにくい事ですが幾度か幾度か考えた末に筆とる事に致しました。実は澤田さんからでもと存じましたが御許様と私共の間は親身も同じようですから、本当に率直ですが申上げるのであります。どうか誤解しないように私共の潔白な心を信じて読んで下さいませ。

前置きが長くなりましたが実は御許様にうちの娘和子を貰って呉れないでしょうか。御承知の通りの世間知らずの不束者でとても御許様及び親弟妹たちにも気に入るまいと思う故、押し付けがましいことは決して申さぬのであります。又もともとこんなことを考えて（御許様を）お世話したのでもないので、今となりて、目的があって弟たちや家の事を世話したかのように思われるが誠に本意ないので、勧める人もありましたけれども今までは御許様には何とも申さなかったのであります。私共もこんな話を持ち出さないで御許様には相当のお嫁さんを世話してあげるのが本意なのであります。

それ故どうか御許様もそこの処をよく諒解して下されて、恩や義理は全然ぬきまして御許様のご意見をもらして下さりませ。たとえこのことは不賛成とあっても今までといささかも変りはないのであります。御許様の帰還まではできるだけの事はお世話致します。お前様が世の中に立派に立って行けるよう御力添えするのが小野寺の本意であります。（小野寺は）自分は停年になっても満洲に渡って一働きするから、学問の出来るものにはさせてやらねばならぬと清兵衛さんの時も言って我が子のように思っております。繰り返し申しますが、どうか私共の心を察して冷静に考えて下さい。

あのような娘でも二、三は縁談がありましたが、どうも一人手放しゃるのが安心でありませず、和子自身も、自分という者をよく知ってる人でなければいや、と申し、お嫁に行くのは早い早いと言って聞きませんので、まあまあと言ってるうちに廿四（数え年である）になってしまいました。小野寺も来年は六十になりますし、だんだん年寄りらしくなりますからお前様が承知してくれるようなれば約束だけでもしておいてと思うのであります。幾らもお前様には縁談のあったのを断らせて、うちの娘をふりつけると思うかもしれぬけれどそんなことは決してありません。腹蔵なくいやならいやと言って下さい。また他をさがしてお前様にはよいお嫁さんをお世話致します。

和子にもちょっと申しました処、そんな事どうぞ言わないで、精喜さんが可哀想だと申しました。自分は生涯居られるものなら家に居て親に離れたらその時はどうにかなるだろうと申してますが、御許様が貰って呉れれば一番和子を知ってる人だから良いのじゃないかと思います。お前様の知ってる通り財産もないのですが、まだ小野寺も達者ですから二人暮らせる位はしておかれると思います。（和子も）お前様がいた時よりは身体も動き仕事も出来るようになりました。又お前様と一緒になれるようなら私共も一層きびしく教育いたします。

私の書きようも拙くて分かり難い処もあり、気に障る処もあるかもしれぬけれど、要は、お前様を家に呼んだ時、又は出征後、（お前様の）家の世話弟の世話をしたのがこの事の下心であったと誤解して貰わない事、たとえこれが成立せずとも今までと一寸も変わらぬ事を申したいのです。もしこの事が成立しない時は親兄弟にも申されぬ方を希望いたします。それは、お前様はよく私共の心持ちを知っておられるけれど、他はそれほどもない故、もしかお前様に諒解して貰えぬ時は心外のことに成行かぬとも限らず（精喜あるいは操と精喜の親兄弟の間がギクシャクする、という意味）、またこれから世話するにも支障致す事と存じます。どうぞあっさりと返事して下さい」。（以上ほとんど原文ママ）

そして最後に「どうか御許様、私共の心を察し和子の幸いを思って、貰えるものなら貰って下さいませ。小野寺もどんなに安心、喜びます事と存じます。来春は三内科開講二十五周年でもありできる事なら今年中に取り決めたいと思っております。ただ北京で祝言という訳にもいかないからいつまでも待っています」と結んだ。

以上の手紙には、精喜を婿にするつもりで世話したのではなかった、という操の気持ちがよく表れている。昔の女が自分の気持ちをどのように表現したか、の一例として面白いから長文を厭わず掲げた。筆者が子供の頃、操は孫の我々が言いつけたことをすぐしないと怒ったから、筆者と兄は、うるさいな、と思っていた。しかし現在彼女の手紙を読むと、なかなか立派な女だった、と感心するところがある。

この手紙を受け取った精喜は直ちに返事を書いた。

「拝啓、十月十四日付けのお手紙有難く拝見。御申し越しのお話、小生には異存これなく嬉しく申し受け候。露営の夢に度々心には考え居りしことに御座候へど、ままごと遊びより漸次結婚にまで進展しつつあることは、縁とは言いながら実に自然的な展開と存じ居り候。先ずは腹蔵なく申し上げ、母と相談の上おって取り決め致し申すべく候。早々。十月二十二日。奥様、精喜」。

「拝啓、この度清兵衛のこと（九大受験の件である）につき種々御配慮にあづかり感謝の至りに存じ、母もありがたく喜び居ることと存じ候。いつも母を始め兄弟妹皆絶大なるお世話を蒙り、その上また和子様を貰うことは恩に狎れたるようにてまことに心苦しく御座候へども、国のため家のため、またお互いのためにも一番良い組み合わせと存じ候間。お申し越しのお話に承知申上げ候。母も喜び安心する事と存じ居り候。先ずは右申し上げ候。十月二十四日」。

手紙の最後に精喜が「国のため」と書いたのは、操が前の手紙の最後に「国家も結婚を奨励している」と書いたからである。

精喜が直助の助力を得て福岡に来たのは大正末年（一九二五）、十九の歳で、その時和子は七つだった。だから精喜が「ままごと遊びより」と書いたのは事実であって、それから二人は兄妹のようにして同じ家で過ごした。和子は女学校の試験前にはいつも精喜に家庭教師をしてもらっていて、後年「精喜さんに習うと数学もよく分かった」と言っていた。また精喜の方も和子が国文学や映画、時事のことを話すとかなり的確な批評をするから話して面白い、と思っていた。そして何より青春期の男女が一緒に居るのだから、恋情や性的感情が湧いてくるのは当然であったろう。

しかし二人とも結婚の希望を親たちに打ち明けることは決してなかったし、二人きりの場合でさえ「結婚」が話に出たことはなかったと思われる。これは精喜の場合には当然であった。自分の生活から家族の面倒まで非常に世話になった直助と操に「お嬢さんを下さい」というのはそれこそ「恩に狎れる」ものだったからである。和子の方も「自分のように家事も家計もできない者を貰う人は気の毒だ」と心から思っていたから、母親に、精喜さんと結婚したい、とは決して言わなかった。だが、二人は好き合っていて、二人が他の結婚話を次々に断ったのはそのせいであったに違いない。だから一旦話が出るとあとは早かった。

精喜の報せを受けた前沢からは「和子様との縁談ありとのこと、母も伯母も城内の人達も漢口の陥落以上に喜んでいる。これまで並大抵でないお世話になった上にお嬢様を貰っては申訳ない気がするが、よく知っている同士だからこれ以上ない縁談だ。これなら何年軍隊に居ても安心だと伯母も言っている。勿体ないがこっちからお願いしたいくらいだと九州には返事を出して下さい」というしも叔母から手紙が来た。

操は十一月中に四度も手紙を書いて、「結婚の順序として福岡ではすみ酒、結納それから結婚式という順序だが、お前様が帰らぬうちにすみ酒と結納をしておくか、あるいは来年国（前沢）に行った時するか、何にしても国風にやりたいから母上にも同時に手紙を出しておく。鎌倉の父に話したらとても喜んだ。他の親せきには話していないが、このように三国一の婿殿で和子は幸福者と皆から喜ばれるだろう。」と浮かれた。

精喜と和子が結婚する

折もよし、精喜は帰省の休暇が取れた。すでに四年以上北支で軍医の勤務に精励したのだから当然ではあったろう。十二月に帰省するという手紙に福岡も前沢も「今回の休暇は夢想だにしないことで全く神様のお蔭と感謝致しております」（操の手紙）と天にも昇るように喜び、和子と精喜も互いに手紙を出した。

和子は「この度のことでは私から精喜さんにお話ししたいこともありましたが、何しろ遠く離れているし手紙では意を尽さないから、今度お目に掛かった時申し上げます。ただ私のように何もできない者を貰っていただくということは何とお詫び申し上げてよいか分からないほどです。私としては何もできない私のことをよく分かって下さっている精喜さんの御承諾をいただきましたことは本当にありがたく存じますが、それだけに精喜さんに申し訳がない気持ちで、そのために父母や周りの方がおっしゃって下さった時もためらっていた。私の生活は意志が弱く努力もしない有様で、これが私の性格ではないかといつも心配していました。その上、ものができないという引け目あるのでいつも引っ込み思案で今の生活から抜け出すのが恐ろしく、父母に済まないとは思いながら親不孝をしていました。だがこれからはこんなことではいけないから真面目に努力しようと思っています」と殊勝なことを書いている。ただこれは御挨拶ではなく彼女の本音であった。和子は怠け者、努力しない性分であったが、その反面、それは悪いことだ、と自責の念も強かったのである。

精喜はこの手紙を読んだが、そんなことはどうにかなる、と思っていたから、「お便り昨日拝見。早く手紙を差し上げるべきだったが、演習、教育、行軍などの業務に紛れて延引し誠に申し訳なし。この度の話は誠に嬉しき事にて、私共を知る多くの人より非常に喜ばれ満足の至りに存じ候。これまでに御決心下されしことには厚く御礼申し上げ候。この後は一緒に人生を勉強してゆき、皆様のためお国の為になるように力を尽そうと存じ居り候」と簡単な返事を書いた。

丁度この時、昭和十六年十二月八日に真珠湾攻撃があり日本は英米とも戦闘状態に入ったが、結婚話は着々と進み、十二月十日には岩手県水沢町に住んでいる直助の兄の村上恭助夫妻が親代わりとして精喜の家に行き結納を終えた。本人二人ともに不在の式であった。

その後結婚式をいつにしようか、精喜の休暇は何日間取れるのだろう、と福岡と前沢の間で織るように手紙が往復したが、結局精喜は十二月二十八日に福岡に戻れたから、精喜と直助一家は一緒に前沢に行き、昭和十七年一月八日に五十人町の精喜の家で結婚式を挙げることができた。当時の田舎の結婚は親類縁者や近隣一円への披露が非常に面倒であった。和子の日記（抄録）によれば、

「八日、十二時に五十人町に行って挙式。式後お膳が出る。宴が済んで皆高畑（純一の家、直助の生家）に戻り披露宴。宴果てて九時に五十人町に行き、近所振る舞いのお酌。

九日、九時半に髪結いさんが迎えに来て高畑に行く。二時に精喜さんが来て、縁同志（エドシ）の御振舞。お餅のお膳が済んで酒宴になりお酌する。さんさ時雨、長持歌、お謡い、精喜さんが黒田節まで歌う」という風で、披露宴（お振舞）のようなものが三度もあった事が分かる。しかし

精喜の母きみ

昭和 16 年頃の前沢の精喜の実家

精喜の実家での結婚式（母たちと）

これでも「正式の披露宴」は割愛したのである。この時直助の名で知り合いの人々に出した挨拶状には「時局益々重大を加ふるの秋、諸事御遠慮致すべきものと存じ、甚だ勝手乍ら右御招待を省き、聊か献金を致し国策に順応」することにして、胆沢郡目呂木国民学校にお金を寄付した、と書かれている。

結婚式の後の五日間、和子は五十人町の家で台所仕事など嫁らしい仕事をしたが、一月十三日に精喜夫婦は直助操と共に夜行で前沢を発ち鎌倉で操の親戚たちに会い、そこでも郷古夫妻などをお呼びして海浜ホテルで内輪の披露があった。

一同は十五日に福岡に戻ったが、十七日には安本写真館で福岡在住の親類たちとの写真撮り、十九日は共進亭ホテルで三内科出身の先生方や在局の先生方をお呼びして披露宴があった。和子は「何遍人前で並ばせられることか。(精喜と)お互い同情し合う」と書いている。福岡での披露宴の諸経費は以下のようであった。

○引き出物　(風呂敷)十六円と桐箱(五十銭)六五組　(含荷造り代)
　　　　　　　　　　一〇八二　円　東京牛込区　大貫
○美容代　　　　　五三・五円　東中洲仲ノ町ヴィナス美容院
○宴会代　八二人分　七八七　円　上呉服町片倉ビル　共進亭ホテル
○写真代　　　　　七三・五円　蔵本町　安本江陽写真場

当時の貨幣価値を現在の約千倍と見れば、食事代はあまり変わりないようだが引き出物は高価なようである。

そして一月二十日に家族全員は下関に行き、支那に戻る精喜を見送った。精喜が北京に戻ったのは昭和十七年一月二十三日であった。なお、二人は結婚したが戸籍は当分元のまま、今の言葉で言えば同棲状態だった。これについて後にちょっと面倒なことが起こったが、それについては後にまとめて述べる。

福岡での親族写真
（後列は左から修二夫妻、純一、村上英男夫妻、絹子）

三内科出身の先生方を招待した披露宴

御許様と六十通の礼状

精喜が発ってすぐ和子は手紙を書いた。

「慌ただしい一ヶ月でした。今頃は連絡船の中で精喜さんもこの一ヶ月を振り返っていらっしゃるでしょう。今、純一さんと父はニュース映画を見に行き、昨日まで賑やかで楽しかったから余計に淋しくなった。気のせいか精喜さんも昨夜から淋しそうに時々黙り込んでいらしったようです。全部行事が終わった後あと二三日ゆっくりできたらよかったのにやれやれと思ったらもうお発ちでした。でも公務だから仕方がありませんね。

どうにかこの一月を過ごせたのは精喜さんが庇って下さったからだと有難く思っています。でも面と向かっては昔のようにいい気になって失礼な事ばかり申しました。何とぞお許しください。そのうち母につれられてあちこち挨拶に廻らなければならないから、二人で今から苦にしています。八幡様にお参りできなかったのは本当に残念だったから今度行って二人分拝んできます。

母が言うには私が手紙に精喜さんと書くのはとてもおかしい、御許様と書くのだそうです。でも変ね。精喜さんはどちらがいいですか。くれぐれもお体を大切に」。

この後操と和子は二日かけて知人宅二十五、六軒に挨拶回りをし、箱崎八幡宮にお参りして「長いこと二人分お祈りし」て、精喜に煙草「光」や「金鵄」を送った。

操も手紙を書いた。「この度は、そのための休暇とは言いながら、お前様に苦労ばかり掛けて本当に気の毒だった。数日でも自由な時間があればよかったのに誠に可哀想だったとそれのみ心残りだ。どうか過労にならぬように御無事で御国のために尽くして御帰還して下さい。和子も一層修養を積ませるべく、飾り物のような嫁さんでは親弟妹の手前も気兼ねされるだろうから、お前様にすまないし、またその点はお前様にお願いして家族円満に行くように御執り成しを願う。五月には是非行きたいと和子が行っているが旅券が出るだろうか（日支事変中も渡航には旅券が必要だったのである）。繊維製物品は来月から切符制になるから、純一さんは土産物も買えないと腐っている」。

精喜の母きみは誰よりも喜び、精喜が北京に着いた後に次のような手紙を書いた。

「安着の御たよりまことにありがたくはいけん仕り候。おかげ様にてこちらも何のかわりなくし（過）ごして居ります。御あん心ください。先日和子様より御しんせつなる御でがみいただきほんたうにうれしく思います。此たびの事については福岡の御せわになりました。何とも御れいの申上げ様ありせん。二月二十日ごろ清兵衛は福岡へまいられる由、又これも御さわ（世話）様になる事です（清兵衛の九大工学部採鉱学科編入試験のこと）。くり事ながら御申わけありせん。だうぞ御身体を御たいせつに御いのりいたします。先はさよなら。母より二月五日。精喜殿」（原文ママ）。

清兵衛の手紙には「母が安心したことは、あれ以来体の調子がめきめきよくなったことから察せられます。母は『こんなに嬉しい事は一生でただ一度だろう』と言い、私は涙が出ました。姉上様は（前沢の家に見えた時）朝は一番早く起きてよくお働きになり母は幸福で、家の中の明るさは格別でした」と書いてある。きみは「ほんたうに嬉しかった」のである

一方、北京に戻った精喜は礼状書きに追われた。「問題の御礼状、国方面二十九通、鎌倉東京方

面六通、福岡方面十五通、盛岡方面四通、台湾方面二通書いた。郷古潔様の住所ご一報願う」と書いている。これを読んで和子は二月四日に次のような返事を書いた。

「お葉書を何遍も有難うございました。礼状を多方面に大量にお書きになったそうで感心しました。葉書にしろ相当以上のご苦労だったとお察しします。私もお礼状には悩まされました。十四、五通ですがみんな封書で四、五枚書くから量は精喜さんとあまり変わりません。礼状書きの自慢をし合っても仕方がありませんが、互いに筆不精同志だから大いに同情しました。郷古さんのお所は神奈川県大船町山ノ内です。写真は二月十二日に出来上がるそうです。随分長くかかります。（中略）

五十人町のお二人がお元気で何よりです。先日は母上から御自筆で懇ろなお手紙をいただいてほんとに嬉しゅうございました。大切に仕舞っています。得郎さんもご卒業、軍装品に三百円御入用の由、先日お送りしました。今年は良いことが次々にあるようですね」。

軍務解除と別府温研勤務

精喜は四年半北支で勤務したが、この年、昭和十七年二月十一日に国府台陸軍病院への転属命令を受けた。これを和子に報じるハガキに「（北支を）去る心地と（内地に）帰る心地交々で夢かとも思われる。日直室にて」と書いている。

彼は二月二十二日に福岡に戻り、翌日は新三浦（水炊き専門の料亭）で開かれた直助の満洲行き送

精喜の離任記念写真だろう（前列右から４人目）

別会に出席、その翌日二十四日には直助の出発を見送り、夜は和子と帝国館に行って「愛の一家」とニュース映画を見、魚すきを食べ、レコードを聞いた。そして福岡に居ること五日弱、二月二十六日に新任地の千葉県市川市の国府台陸軍病院に向かって出発したが、市川についてみると命令は変更されて、精喜は「長期間服務したから徴用解除」となっていた。そしてその書類が完備するまでの二週間、三月五日から十八日までは休暇をあたえられ、彼は故郷前沢に戻って母に会った。

「突然の帰省で母も驚いた。血色もよく肥えて元気になり嬉しく思った。昨日は高畑に行って純一様、かつえ様と色々お話し夕飯を頂いて十時過ぎに戻った。当地は大変暖かで日陰に雪が残り、そこに雨が降って雪解けで小川には豊かに水が流れ、南向きの土手には緑の草が萌え出ている。コタツの程も無い。私も暇で昌二はいつ来るかと待っている。昨日はともとしも叔母が来て賑やかだった」。

北支の戦場の雪や北京の雪にも思い出があったろうから、故郷の雪解けは精喜にいろいろのことを感じさせただろう。この時昌二も台北から福岡を経て帰省したから、二人は久しぶりに生まれた家の屋根の下で、夜を徹して積もる話を交わした。

この後の詳しい経過は不明だが、精喜は予定通り除隊になって福岡に戻り、しばらく福岡で勤務したが、七月になると別府の温泉研究所勤めになった。これは直助が決めたのであろう。温研赴任直後は家の準備が出来ていなかったから精喜は単身赴任で、彼は別府の澄んだ空を眺めて浮世離れした楽しみに耽った。七月五日の和子宛手紙。

街頭の精喜と和子（昭和 17 年の福岡）

「昨日は雨降り、今日は晴れて海岸は暑く御座候。今晩は米屋で夕食を食べご両親様（直助と操）を駅で見送り、北浜からバスで鶴見園に行き徒歩で帰り候。温研行きバスは八時までなく、鬱蒼たる山中のアスファルト道を歩いて帰り、涼しく夢のように感じ候。気は澄み、白きうろこ雲は高くして動かず、茜の雲は速く西より東に動き居り候。

家には本棚一つ、踏み継ぎ一つ、束ねたすだれ二ヶが縁側にあるのみにて、風呂は今日湯管を掃除したため熱くて入れず、岡湯を使い候。山には種々の植物があり、その名を知るだけにても興味ある事と存じ候。丸善か町の古本屋に植物図譜があれば買い求め下さるべく候。今晩は松風の音強くさそり座の赤い星は南にかかり居り候。戸開け放しにて虫多く灯火に集まり来たり候。今晩は蚊多きようなれば線香焚き居り候」。

和子は早く別府に行きたかったが、この頃は内地の輸送もおいそれとはいかず福岡から別府までの荷物も駅から「持って来なさい」と通知があるまでは出せなかった。それでもようやく七月七日に家財道具を送った。その時の操の手紙「枠を取る時は横を外して取り出すとまたあとで使えるそうです。両方は釘を曲げて打ってなくて、上下は曲げて打っているそうだ。その旨職人さんにご注意くださいませ」には時代色が出ている。荷物の枠の木材も、勿体ないから何度も使ったのである。こうして精喜と和子は昭和十七年七月十日頃から別府市別府荘園雲雀ヶ丘一一三の家で新婚生活を始めた。

第四章　精喜の母の死と昭和十七年の世相（昭和十七年夏から冬）

精喜の母の死

しかしやっと落ち着いたと思った数日後、「母きみ重病」の報せが届き、精喜と和子は直ちに前沢に向けて旅立った。そしてきみの意識がまだはっきりしている内に会うことができた。この時のことはともの操に宛てた手紙に（七月二十四日付）書いてある。

「純一先生にもこれ以上の治療はないという所まで手を尽していただき何とお礼を申し上げてよいか分かりません。御姉様には別府にいらしたばかりの所、又汽車に揺られて、その疲れも取れないうちに夜遅くまで看護に働かれ、亡くなった後も今日で一週間何かと忙しくしていらっしゃいます。お疲れでしょうとお聞きしても、いえちっとも、友さんこそ疲れたでしょう、とおっしゃって下さって、有難くて涙がこぼれます。

母は御姉様たちが福岡をお発ちになるとの電報を拝見した時はまだ元気で『別府に行ったばかりなのにそんなに心配してくるには及ばない、こんなに良くなったのだから早く電報を打って止めなさい』と、自分で電文を作って出させたのでございました。でもこうなってみれば来ていただいて私は助かりました。母もお二人に会った時は随分嬉しそうでした。そして二、三日経つと今度は帰る日を気にして、いつ帰るのか、お土産はどうしようと私に言って居りました。母は死ぬまで意識がはっきりしておりました。

細々とお悔みのお手紙を戴き有難うございました。行き届いた御奥様のおやさしい心根に心ゆくまで泣きました。亡くなる朝、軍隊から兄に御金が下るという報せがあり、御姉様（和子）に読んで頂いて母は嬉し泣きに泣いていたようでした。チチハルから姉が参りまして、昌二は帰国しないからよろしくと言ってよこしました。大してわるいという報せもしていない所に死去の電信が参りましたから随分吃驚した事と思います」。

妹しもの手紙によれば、きみは死ぬ前にただ一言「自分は死んでいく」と言ったそうだが、生前「おれは死んでも惜しくはない、いつでも安心して死んでいける、子供たちは皆九州の御世話でどうにか立っていくだろうし、嫁も迎えたし何の心配もない、ただ一人の大姉（きのさん）を考えると死なれない、一緒に死んでいきたい」と云っていたそうである。だから精喜や和子にみとられて死ねて本望であったろう。

きみは明治二十一年生まれだから、満五十四歳、精喜は十八歳で産んだ子である。きみは六人の子を産み育てて、旅行もせず映画演劇のような娯楽もなく、一生を働き詰めで過ごし、五十四歳ですでに全くの老婆であった。だから現代人から見ると彼女の生涯は不幸に見えるだろう。しかし彼女が精喜の結婚を見た時の喜びは何物にも代えがたかったろう。その喜びの深さは現代人には感じる事の出来ないほどのものであったに違いない。人間の幸不幸は外面では測れないと筆者は思う。

直助・操・精喜の感慨

七月十九日の直助と操の悔やみ状にはそれぞれの人格が浮かび出ている。

「直助より精喜へ‥　午前二時半、操が電話に出て、どこの病人のことかと聞いていたら御母堂の御訃報と知り一同驚愕仕り候。和子の手紙で腎臓炎と尿毒症らしいこと、いずれにしろ危険界は脱したものと思っていたので全く驚いた。心臓病の予後は専門の医師でもわからぬ事が多い。せめて遠路の長男夫婦（精喜たち）だけは間に合ってよかった。清兵衛君は明朝鹿児島熊本地方にエキスカーションに出発するはずで、出発後なら連絡に大変だったろうがこれも不幸中の幸いだった。得郎君は一度は帰郷できるだろうか。台湾満洲組は遅れるのは仕方がない。費用の事は万事、和子に純一と相談させるから心配なく十分に葬儀を執り行われ度し。

小生は八月七日の満洲出張を控え、操も清兵衛君と一緒の強行軍はできそうもない。この数時間は君のモーニング、和子の礼装などの取り揃えに汗を流して精一杯だった。電燈はあまりつけられず、九州は連日酷暑炎天にて人皆疲れ居り、こういう騒ぎがあって始めて警戒下の不自由さを痛感した。

操より精喜へ‥　ご愁傷の程心からお察し申し候。御許様にも御両親を亡くされ感慨無量ならん。大切な偉い母上を御恩報じもなされずに御永別なされ候こと、如何ばかり御遺憾に思召され候御事と御同情申し上げ候。一週間でもお側で御看病おできになりしはせめてものお諦めと思う。それに引き替え昌二さんやきよさんは嘸かしと察する。私も参らねばならないが失礼する。お許し下されたく候。和子も気の付かぬ事多々あるべく、お心づけの程お願いする。

操より和子へ‥ 電報を聞いて茫然とした。皆さんお嘆きだろうが特にともさんは身も世もあらぬ悲しみと存じます。清兵衛さんに喪服をとりそろえて託けた。モーニングが精喜さんに合いますかどうか。黒紋付き二組あり、お前様の以前のはともさんになければ帯も帯上げ紐も入れてありますから上げて下さい。よければそのままお上げ下され。色の紋付ももしお前様が着ることなければ、お若い方にでもと思って入れておきました。長じばんの衿はありませんから入れません。呉服屋からお買いなさい。白絣でも。

お客様も多く取り込みだろうからよく気をつけてね。お通夜もお墓参りも、居る間は毎日致してよく、御仏壇のお線香も絶えないようにお気をつけ下さいませ」。

精喜は葬儀が終わった七月二十六日に直助宛に巻紙の挨拶状を送った（原文ママ）。

「拝啓、この度母死去に際しては過分の御配慮に與り御鄭重なる御悔状並に多大の御香奠を賜り誠に難有、厚く御礼申上候。又清兵衛帰省の節は深夜警戒管制下に於て酷暑を冒して種々万端御準備被成下、実に親身も及ばぬ御世話様に相成り我等兄弟及び親戚一同感激感謝の至りに存じ居り候。

（中略）

子等のために長い間苦労を続け来りし一人の母に孝養をつくす時もなく別れしことは、かえらぬことながら残念至極に存じ居り候。先生の御助けにより私初め弟等、皆、大学又は陸士に学ぶことを得、妹等も亦適当なる所に縁づき母の重病も数年間をもちこたえ、思えば高き御恩にて感涙にむせび申し候。この海よりも深き御恩の万分の一に報ゆるために身も心もひきしめて自分の本務に奮闘努力いたす覚悟を一層あらたに致し申し候。先ずは右御礼旁々右御しらせ申上げ候。早々。七月二十六日。精喜　小野寺先生、御奥様」。

きみが死んだために精喜の家では相続人を決めなければならなくなり、この年の九月二十二日に精喜が伯母きのの養子になった。精喜の家の戸主は「きの」だからである。

昌二と得郎の感想

昌二は兄弟姉妹の中でただ一人帰郷せず、精喜につぎのような感想を書いて来た。

「『母上の逝去を悼む』（敬語を使わないことを謝す）

母上の訃報を受けとり暫し呆然、為すことを知らなかった。しかし男子だけあって一滴も涙を流さなかった。こんなに早いとは思わなかった。心臓病だからあと十年とは言わぬが、せめてあと一年と思っていた。そうすれば東北帝大にでも帰って日曜ごとに家に帰って母上を慰めることもできただろう、と考えた。時には学校をやめて帰って孝養しようかとも考えたこともある。しかしそれも夢と化した。

母上は安心して死んでいったのは事実である。春に帰った時は『もう心配ない』と言っていたし、今度も兄上とともちゃんが世話したのだから満足して死んでいったと思う。人は心に残る事があれば決して死ぬものではない。学者にしても仕事を仕上げると同時に椅子にもたれた死ぬことがある。思い残すことはなかったに違いない。

母上は偉かった。つたない私ですら人から褒められることがあるほど立派に育ててくれた。しかし母の死と共に我々を育ててくれた古い伝統も消えてしまった。我々の誰も充分にその伝統を受け継いでいない。我々は故郷をもたざる、アスファルトの上に降った雨のようにパサパサした潤いのない人情の中に生きていく人間になる事を恐れる。ばっぱ（きみの姉きの）の為にも我々は二倍もしげく故郷を訪わなければならない。

母上は大きなゴミ捨て場だった。子供たちの鬱憤もばっぱの我儘もすべて聞いてやった。そして自分の鬱憤は深く心中にしまっていた。今やこれらの人は心中のゴミを捨てる場所を失ったのだ。僅かながら母上の鬱憤を聞いてやったのは私であると思っている。

今は孝養と言う目的は夢と化し、学問という一つの目的になってしまった。一身を捧げて学問の道に進む事をはっきり覚った。そして兄弟姉妹は一層固くスクラムを組んで。私は得郎を気の毒に思う。一番年少で母を失ったし、また道が道（軍人ということだろう）だからである。でもすきになればいい。そして偏らない人間になればよいのだ」。

昌二の感覚は筆者には分からない。人は心に残ることが多くても死ぬときは死ぬだろう。きみに一番心配をかけたのは昌二であった。彼は故郷近くに居ようと思えばいられたのに好んで東京に出て、しかも郷里に戻ることが他の兄弟より少なかった。また後に示す得郎の手紙にあるように手紙も出さなかった。それなのに「自分が一番愚痴を聞いてやった」とか「孝養を尽くしたかった」とか「しげく故郷を訪わなければならない」とか書いている。歯に衣着せず言えば、筆者は「どの面下げて言うか」と思う。

得郎は短期の服喪休暇を貰って母の葬儀に列席し、その後すぐに宇治山田に帰って行った。彼は和子宛の手紙にほとんど母のことを書いていない。八月五日には「先般出発に方り色々御心配をおかけ申し、誠に申し訳なし。東京駅にては運よく特急に乗車、二時間早く神風寮に帰り申し候。今は学校の指示により宇治山田市の素人下宿に同戦隊中隊長と同宿いたし居り候。感じの良き處にて、風通しの好き事は無類に候。

清兵衛兄、参拝がてら宿に来るとの事、大いに歓待すべく今より待ち居り候。お手紙差し上げようと思い居り候えども毎日空中戦闘の訓練に追われ日課時限の関係上失礼いたし候。何卒お許し下され度願い上げ候」と書いてきて、八月二十日には、「前略、十八日付のお手紙本日拝見仕り候。盆の事お知らせ下され、小生は家の方では旧暦にて実施するものと、未だ長閑致し居り候。私も母上がまだ郷里の前沢に居らるる気が致し候。昨日及び今日は供覧演習有之、戦闘戦隊の四十八機、全天を掩い壮観に御座候。小生は編隊戦闘を実施致し候。先日は清兵衛殿来り楽しく存じ候。明日より学校と存じ候。昌二兄殿とは全く文通致し居らず候。当方も漸次涼しく相成り候。先ずは。早々」という手紙を寄こした。得郎はさっぱりした気持ちの良い性格であった。

得郎の手紙の最後にあるように、清兵衛は八月十五日のお盆まで前沢に居て「全てを整理し、心細くもおば（きの）一人を残して」姉きよとともに前沢を後にした。そして東京駅で、斉斉哈爾に戻るきよと別れ、十八日早朝宇治山田に着き内宮外宮を参拝、「小学校で習ったことをつぶさに感じ日本人として非常に嬉しく思」った。

参拝後、清兵衛は汗だくになって得郎の下宿を探し、漸く探し当てた。当時の下宿屋はとても親切で、清兵衛に冷たい甘い水を飲ませてくれた上、ワイシャツまで洗濯してくれた。御蔭で清兵衛は二時間ほどぐっすり寝ることができ、帰ってきた得郎と下宿で夕飯を食べながら思う存分話し又食べた。それから街に出て記念写真を撮り、アイスクリームを二杯づつ、ミルクを飲んで別れた。

当時のお付き合いと日常生活

精喜と和子は八月初め頃前沢から別府に戻り、八月下旬には別府の生活にも慣れてきた。操は手紙魔だったから八月二十二日から九月終わりまでのおよそ四十日間に二十一通の手紙やはがきを和子に出した。それには家族親族の動静、知人の慶弔事、他人との付き合い方、食べ物のやり取り、着物や洋服のこと、ペットや歌舞伎や映画の話、台風の状況、それに日独ソの関係から徴兵のことまでが脈絡なく書かれているが、その中から当時の「お付き合い」や戦時中の生活ぶりを抜き出してみる。

「(高安先生(温研所長)母堂が御病気だから)新しいお野菜が手に入ったらおもちなされませ。そしてお玄関ででもお容体お伺いして、お前様ではかが行く事はさせておもらいなさいませ。お宜しくなられるまで隔日くらいはお伺い致さねばなりませんよ。精喜さんに朝出がけにでもちょっと顔出し致されるようお申し下されませ。お世話になる時ばかり伺ってはいけません。人はこのようなことが大切でありますよ」

「（ご馳走になったお礼に）カゴヤにいって花活けか、または精喜さんが使ってるような蓋付きの料紙箱のようなものでも送ったらよい、六円くらいの品ならよいと思う。住所は東京市豊島区・・、田健一（健一氏の娘は操の弟嫁であった。ニュースキャスターだった田英夫氏は健一氏の甥である）」

「椎茸が手に入った時、寿美ちゃん（操の妹）の處へ、百五十から二百目（匁）くらい送りなされ。お金は上げます。先日世話になったから上等でないといけませんよ」

中には「音楽会の通知（九月二十六日、記念館。講演は平野春逸氏、レコード鑑賞のみ）が来たから封入する。あなたが聞きに来ると言ったのはこの人でしょ。でも得郎さんも来るのだから我儘を言って一人で出てきてはいけません。精喜さんをひとりにして音楽を聴きに来たなんて人に聞こえてもいけないでしょ。今度は我慢なさい。精喜さんも快く許さないと思う」のようなものもある。何か十代の女学生に言って聞かせているようである。操が「和子は何もできない」と思い込んでいたのは彼女の教育が描く、娘に「自分で考えて責任をもって行動すること」を教えなかったからだろう。

大東亜戦争開戦以来、段々もの（主に食料）が乏しくなった。操の手紙には、

「町に出る毎に玉子シャンプーを買いなさい。こちらでは洗濯に使うのでなくなったそうです。カネボウの粉石けんを二箱入れてあります。高安様御入用なればあなたにはまた送りますから二つともお上げなされませ」

「とにかく何もない。困った世の中になりそうだ。でもうちはまだどうなりこうなり間に合ってます。昨日、凪洲屋の隣の八百屋（凪洲屋は天神交差点近くで、今の福岡ビルの東隣にあった）に女中を

やったら、西の方の配給日だからこちらには何もないと言って、奥からごぼうを一把出してくれたそうです。今日は十一時から二時頃までかかって小芋と冬がんを買ってきました。ナス、ネギ、普段草は永積さん（九大工学部教授）に貰います。魚屋は相変わらず何か配給してくれますが、電話では言ってくれるな、と申します。通りがかりの人が聞いているからだそうです（闇で買うのである）」

「光（煙草）はこの頃ないそうで、英男さん（専売局勤め）に頼んでおく」

「今はとても買物が大変らしく、会う人毎に悲鳴を上げている。高木さん（九大泌尿器学教授繁先生の夫人、健太郎氏の母堂）は肴をうちまで買いに来られる。うちは大抵毎日あるが、月末は（支払が）ビックリする位だろうと思う。でも昨日は牛肉も中□から分けて貰った。野菜は永積さん、オバサンヨイ（行商のお上さんだろう）であります。御地（別府）の事を話すと高木さんも別府に引っ込もうかと申された」

などの記述がある。家庭菜園のものを貰ったり、出入りの店から闇で買ったり、親類の英男が勤め先の専売局から役得のタバコを分けてもらったりしたのである。

もう一つ操の逸話を書いておく。彼女の手紙に「電車が面倒で乗るのが厭になる。まだ鎌倉（の方）がよいそうだ」という所がある。これは電車に乗る回数が制限されるとか、乗る時の服装に規定ができたとか、そのようなことがあったのかもしれないが、筆者には分からない。

ただ操は他のことで市内電車を嫌う理由があった。それは当時軍の命令で、電車が箱崎八幡宮の前を通る時、車掌が乗客たちを立たせてお辞儀させたことである。操はこれを嫌った。操はキリスト者ではなかったし、まして無神論者でもなかった。彼女は本心から神仏を尊崇しており、出征者のためには必ず箱崎様に参って武運長久を祈ったし、毎朝仏壇にお供えを上げていた。彼女が不快に感じたのは、「信じてもいないくせにお上に言われれば立って拝む人たちとそれを強要する軍人ども」であった。拝むのは人に言われてするものではない、自分の本心から拝むのだ、というのが彼女の信念だったのである。

福岡の台風と前沢の法事

昭和十七年八月から九月初め頃、直助は満洲の新京に居り精喜と和子は別府だったから、操は一人福岡の渡辺通五丁目の家に居て、皆と会える日を指折り数えて待っていた。和子も早く帰って市川寿美蔵（後の寿海だろう）の歌舞伎を見たかったが、精喜の都合で九月半ばにしか帰れず芝居見物は叶わなかった。また芝居自体も台風のために危うかった。

昭和十七年八月二十七日に西日本を強い台風が襲って下関や大牟田など各地に被害が出て、福岡でも瓦、看板、煙突が飛んで歩けず、五丁目の家の泰山木も倒れた。東京行きの小包が不通になり、その余波で寿美蔵たちの歌舞伎道具や衣装が届かず、四日間興行のところが二日になった。和子が行くことにしていた花柳章太郎の新派劇も十三日からの福岡興行が怪しくなったが、これは何とか行われたらしい。

精喜と和子は九月十二日に福岡に行き、四日ほど滞在した。丁度その時直助も満洲から帰ったから一家は楽しい日々を過ごしたが、それだけの別れた後は猶更寂しさが増した。和子たちが帰った翌日の十七日に操は「待ちに待った御里帰りも数日で過ぎてしまった。この一両日を思い出すと、二人もボンヤリしますでしょ（この数日が懐かしく茫然とする、という意味だろう）。色々手伝って頂いて有難う。二人に会えた嬉しさは忘れられない。本と梨の箱今日送りました。明日お菓子とチーズを送る」という手紙を和子に出している。しかしその後も九月末や十月初めに操と和子は会っていて、それほど淋しがる必要もなかったのである。

母が死んだので精喜は前沢の家の相続人になったから伯母のきのとの間に手紙のやり取りが増えた。きのが精喜と和子に宛てた八月三十一日の手紙には、「皆々様お元気の由お喜び申します。私も無事です。昨日は結構な品（反物らしい）をお送り下さり誠に有り難う存じいます。今年は例年と異なりいつまでも暑いので浴衣に致します。涼しそうなよい柄だと皆にほめられます。

今日は送りお盆なのでお墓参りを致しました。久しぶりの雨で道は少しぬかるみましたが大したことはございませんでした。九月四日は四十九日、こちらではこの日に百ヶ日の法要を致しますので親類と近所の人をお招きして御法事をしようと思うています。時節柄ウンと切り詰めて、呼ばねばならぬ人だけを呼び簡単に済ます考えです。それに百ヶ日はお餅なので困っています。砂糖は不足、もち米も不足の折で餅か御飯か本当に何もなくて困ります。あなたの方でも野菜など不足で大困りとのことですね。ご苦労様です」と書いてあり、法事が終わった九月六日には次のような手紙が来た。

「和子様のお手紙今朝ほど落手致しました。いつもおやさしいお便り何より有難うございました。四日には簡単ながら四十九日と百ヶ日の法要を合せて致しましたから御安心願います。時局柄御馳走もなくお餅の御馳走を致しました。方々問い合わせ、闇かもしれませんが糯米もやっと買い求め、砂糖も『法事についての特配は全く相成らぬ』とのことなので知り合いや従兄たちから百、二百匁と譲り受けて間に合わせ小豆餅もずんだ餅も作ることが出来ました。目呂木高畑合わせて五家、それに隣家、下町、親類で、丁度二十家を招きました。和尚さんもお招きしてよく供養していただきました。御引き物は少々だったけれどお菓子商組合がかなえてくれたのでお菓子を使いました。今どきだからみんな喜んでくれました。こじんまりとした集いでしたからゆっくりと昔を偲び、夕暮れまで亡き人を懐かしみ、目呂木のいとこたちは暗くなって帰りました。みなであと十年、せめて五年生かしておきたかったと繰り返しました。次のお彼岸に仏様が帰られた時、またみんなでお詣り致します。

この頃は秋晴れの天気、涼風に秋の実りを嗅ぎながら静かに暮らしています。御地はひどい暴風雨だったそうですがお宅の方はお変わりなかったとのことよろしゅうございました。先だって抄本と一緒に養子縁組届の御捺印をお願い致しましたが、今頃は届いたと推察申しております」。

この頃の人は早く死んだから残された人たちは本当に惜しんだし、近所や親類の付き合いも心のこもった暖かいものであったことが覗われる。

直助とキヨの満洲雑感

直助は昭和十七年二月から満洲の新京特別市立第一医院顧問であった。それでこの年八月から九月にかけて新京（現・長春）に出張し、ヤマトホテルから「満洲博覧会華北館と満洲美人」の絵葉書を精喜・和子に送った。

「新京も八月二十一日までは内地の夏の如く暑く、二十九度続きしも昨日は二十四度に下がり窓を閉じ候。（精喜殿は）論文も片付きたる上は将来の学問の途の打開に思いを練られたく候。小生は来月十日頃本土着の予定なれど、大連経由、船なれば確かではない。先日皇帝陛下に拝謁し、直接お礼のお言葉を頂き候（皇帝溥儀の皇后を診察したのである）。博覧会華北館にて求めたる絵葉書御覧に入れる。この時局に見事な博覧会が開かれ、吾国生産の著しい進歩にただ驚き入り候。一昨日は市営酪農会社に参り乳牛千頭の偉観に驚き、新平（姪の子でこの時宮崎高等農林の学生）も卒業後にあんな所に住むならばよかろうと思った」。

このように満洲の首府新京のこの頃の発展ぶりは目覚ましいものがあったが、もう少し経つと今度は「物資豊富」が満洲の魅力になった。昭和十七年十一月の直助の手紙は回教寺院清真寺の絵葉書に書いてある。

「予定通り新京着。晴天続きだが今朝八時は零下九度。耳痛くなりたり。室内はどこも快適。グリルはなお豪華版にて、今夜はポタージュ、仔牛の肉、マカロニチーズで腹いっぱい。鰒も毎日でも食べられ、味も劣りません」。年末に福岡に戻った時も「牛肉、鳥、魚、野菜などは何でもあって室内は暖かでとても暮らし良い」と操に新京を礼賛した。品物総てが逼迫し特に食料が不足した日本内地から来ると満洲は別天地、極楽であった。

満洲にいる精喜の妹きよからも時々手紙が来た（操宛）。

「私も（前沢から）こちらに帰りましてからは冬ごもりの支度に日をすごしております。今年はいつもよりも暖かなようで毎日よいお天気が続いて助かりますが、子どもたちのセーターから靴下、手袋、帽子など防寒の用意もこれからですから、気が気でない日を過ごしています。今は品物が思うように手に入りませんから、この間、着古しの丹前があったのでそれで服を作って幼稚園に着せてやりましたら、瑛子が先生に『これは丹前の洋服よ』と申したそうでございます。先生が笑っていらっしゃいました。先日和子御姉上様から頂いた服地は瑛子も大変に好きで、寒くなってからも『この服を着る』と申します。『これは夏服だから来年着るの』と言って聞かせますが、やっぱり嬉しいのでございましょう。

学校行事も次々にあって母親も随分忙しい日を過ごしています。秋の運動会もやっとすみ、昨日は斉斉哈爾神社のお祭りで子供と一緒にお参り致しました。春秋二回ありますが今年は特別、満洲国建国十周年のお祝いのためとても賑やかでした。

和子姉上様も、別府もお慣れ遊ばしたでしょうが、でもやっぱりお母上様のお側がお懐かしいと思います。私もこちらに参った当時はそれこそ毎日泣いたものでございました。でも遠いものですから諦めるより仕方がありませんでした。今度帰りましたらつくづく内地がいいなあと思いました。どうせ貧乏なら内地の方がいいと思いましたのです。いつになったら内地に帰れることでございましょう。この頃はいろいろ考えて、おしまいは母のことを思い出し泣き出すのでございます」。

発展しつつあったとは言ってもやはり満洲は異郷で、きよは日本が恋しかったのである。

清兵衛の工場見学と得郎の渡満

清兵衛はこの年昭和十七年四月に九大工学部採鉱学科に入学したが、秋になると工場見学・実習のコースが始まった。彼は九月二十一日に住友系の新居浜選鉱場と精錬所を見学したが、工場を出た直後から「大暴風雨に遭い端出場駅で二時間ほど待避。会社から雨具を持って来て貰って事務所まで行き、そこから坑内電車に乗って立坑を二〇〇〇尺上り、東平（トウナル）採鉱課事務室に行き小さな旅館に入りました。今日は坑内見学、明日から測量実習で二十八日に下山、翌日船で別府に到着の予定です」と和子に書いて来た。当時は戦時中でもあり、「安全第一」ではなくて、「まず仕事」だったのである。

別府から福岡に戻った後、清兵衛は和子に次のような礼状を書いている。

「帰福に際してはわざわざ駅までお見送り下さり有難うございました。別子鉱山測量に続き日本一の温泉地別府を巡り、或いは岩石採取に或いは休養に、別府滞在の想い出は末永く心に滲みこんで忘れることはないでしょう。車中で、頂戴したオニギリを開き久しぶりにデンガクヤキメシをおいしく食べました。ただ買っていただいたお茶は器が素焼きだったのですっかり浸透してしまい飲めませんで残念でした。

得郎は十月四日の朝、来福のようです。それから釘箱の中に含銅硫化鉄鉱と紅簾片岩、フィルムを忘れました。ついでの時にお願いします」。

清兵衛の手紙の最後にある得郎の来福には次のような事情があった。彼は昭和十三年暮に陸士に入学、十四年暮からは筑波の航空士官学校で勉強し十七年三月に卒業、陸軍士官に任官してその後半年ほど宇治山田（現伊勢市）市近くにある明野陸軍飛行学校に居たが、今度は満洲に移って訓練を受けることになった。それで寒い満洲に移るにあたって彼は精喜に荷物の受取りと寝具や冬物衣類の準備を頼んできたのである。

「衣料切符も無之、又作戦開始せば無用と相成り候故、旧きものにて結構にて、1、蒲団（掛敷）各二、2、冬シャツ、ズボン下各一、3、飛行用スエーター、4、靴下若干、右お願い致し候。官舎生活なれば寒さは大した事無きものと存じ居り候」。

得郎は渡満前、一旦前沢に戻ってきの伯母に会い、彼女が縫ってくれた布団を土産にもらって、その後下関に来て操や精喜夫婦、それに清兵衛と会って歓を尽して別れた。

軍艦乗組員の戦争体験談

千葉巳代子《ミヨシ》氏は精喜の後に直助の家で書生をしながら夜間学校に通った人であるが、彼はその後満洲に渡って職に就いた。大東亜戦争が始まると海軍主計科員として徴用されたが、千葉さんと小野寺一家との付き合いはその後も続き、彼は昭和十七年十月に軍艦生活をありのままに綴った手紙をくれた。この手紙は精喜の生涯とは関係ないが、当時徴用された人の心情がありのままに書かれていて興味深いから掲載する。

「懇篤な御書簡を有難うございました。私も元気でおります。去る五月中旬軍艦に乗り組んでからは手紙差し出し禁止の場合が多く失礼いたしました。殊に戦争に参加してからは気が長くなり、また頭も雑になったように感じられ、手紙を書くのがピッタリ来ないのであります。

戦争といっても陸軍とは違って一人で突進して敵をやっつけるというような事はなく、戦争は極めて遠距離なので落ち着いて行われます。主計科は直接戦闘行為をしないからその傾向が特に強いですが、でも私は機銃員として戦闘行為もしてきました。機銃台に鉄兜を被って立った時の感想はただ生も死もなく、敵機がよせ来たらば一機も逃さず撃ち落とすぞ、という気持ちだけでありました。

主計科員は烹炊作業が主です。何の飯炊きくらいと世間では馬鹿にしますが、私達素人にとっては決して生易しいものではありませんでした。飯を炊くのは容易ですが副食を作り漬物をそろえて前立てするのはなかなか容易ではありません。海軍は陸軍と違って食事がとても贅沢、献立を覚えるだけでも大変です。水炊き、酢豚、ポアンソンアムエール（ポアンソンはポアソンで魚、アムエールはムニエルだろうか）からビーフステーキ、豚カツを作るにしても頭と脚付きの豚を卸して料理します。鰹の刺身を作るのも鰹を卸すのです。鮪などが来るとあきれて物が言えません（大きいからだろう）。肉と魚を大体毎日使用しますが、肉を使う日本料理は水炊きとすき焼きくらい、あとは支那料理と西洋料理だからややこしくってなりません。しかしおかしいもので、苦労してようやく馴れたら今度は経理にきてしまいました。でも、来てしまったというより実はほっとしました。調理術が本当に自分のものなれば面白かったでしょうけれど。

軍艦に乗ってからの行動は書けませんが、十日間も航行すれば冬から夏に早変わりしますから並みの体では勤まりません。ある時は毛布を重ねて着ても風邪をひいて扁桃腺炎になって苦しみ、ある時は真っ裸でデッキに転がって寝ても汗びっしょり、体中に田虫汗も（たむしとあせもは違う病気だが一見似ている。これはあせもだろう）ができて苦しんだ事もあります。実際、全身の田虫が内地に来ると数日のうちに快癒しました。これで見ても内地の有難さがしみじみ分かります。東京で寝ていて隅田川の船の汽笛をきくと、あれは配置につけの号音かと思ったり、車の軋りに合戦準備のラッパかと目覚めることも度々です。戦地の緊張は自覚していなくても張っているのでしょう。

船が軍港に着いてマザーカントリーを見た時は涙が流れました。知らない土地でも故国と聞いただけでこのような状態になります。歌を詠む柄でもありませんが、第一回出撃を終えて〇〇に帰った日は雨上がりの雲がだんだん消えて島山が静かに現れて来る日でした。その日（六月十四日）の日記に次の歌を書きました。

ふるさとの　青き島山　見し時ぞ　生きて帰りしと　吾は思いき

誇張ではなく、〇〇乗組みの同年兵が二人戦死して我々が無事で帰った時の感想はその通りでありました。しかし軍艦にもなかなか面白い事も多いのであります。曾て慰問袋を頂いた時私には山口県の田舎からの物が来て、中には煎った大豆と芥紙（ちり紙だろう）が入っていて、『千葉らしい慰問袋だ』と笑われたが、これこそ本当に有難い慰問袋だと感謝しました。一粒一粒静かに噛んで何日かかかって全部食べました。

二十日に新橋に着いて昼食をしたら、夜中（夜間中学だろう）で教鞭をとられていた九大工科の会田先生に会ってとても嬉しかったですが、今日（十月二日）佐世保から来た、夜中の同級生梅津に会えてすっかり喜んでいます。『会うは別れの始め』といいますが『別れは会うの始め』だとつくづく思いました。外出は三日あって、目黒の姉の家で畳の上にのびのびと終日寝ました。入校は十月五日で、五日には分隊も分かりますが今は仮入校です（軍隊の経理学校だろう）。

便船で思い出しましたが退船する時は実にいやでした。生きて再び会えるかどうかわからない沢山の同僚や知人を残して戦地からただ一人別れて帰るのですから、送る者も私たちも涙をぬぐいながら帽を振って別れを惜しみました。

取り留めのない手紙ですが今はこれ以上は書けません。小竹君（直助の家の書生仲間）も勉強しておられるでしょう。何をするにも読み書き算数が一通りできなくてはだめだと思います。海兵団でも、仕事の上では上の者も下の者もその差異はほとんどゼロでしょうが、実施部隊の待遇は全然違います。『鶏頭となるとも牛後となる勿れ』とは今の世にも通用すると考えます。最後に皆様のご健康をお祈りします。書生室女中室の方にも御鶴聲下さいますようお願い申します」。

昭和十七年冬の世相

この頃の手紙で筆者の手許に残っているのは操が和子に送った手紙がほとんどであるから、知る事が出来る事柄は彼女と和子の身辺雑事、すなわち人との付き合い、家族の動静、物品の購入や送付などとその感想が主である。モノがないから少しでも手に入ると操は和子に送ってやった。

「鴨を二羽貰ったから洗って今晩小包で出すが、すり身も送る。だから高安さんをお招きしてなければお呼びしたら如何。お酒がありますか。お呼びするなら、押入れの右奥下にある会席膳を出したらよいでしょ。玉ねぎは一つだが入れておく。お豆腐が買えるといいが、月曜の夜でないとだめだろう。すり身はメリケン粉と塩少量いれよく混ぜお酒少々入れて丸めるのです。お茶を入れてお汁にしたらよい」。

　魚肉ソーセージが作られたのはこの頃が最初と見えて、操は手紙に「今日、洗濯物、シーツ、ワイシャツ、浴衣を送りました。中にインチキソーセージもあります。宮（女中）が岩田屋にありましたと買ってきたけれど、お肴のソーセージです。駅弁に使ってあるのようです。でも油で揚げてマヨネーズでもかけたら食べられましょう。もてるならとっておいたらいいけれど冷蔵庫がないから如何ですか。よそには上げない方がいいでしょ。もしや前のように中毒するといけない。ダンベエ（犬）にでも御馳走してお上げなさいませ」という箇所がある。昔は賞味期限などないから自分で判断するしかなかった。

　物品の不足やその融通方法の他に時局を写すものとしては「精次郎さんはみそぎで夜は忙しい。禊は柳橋の所で水をかぶるから見物人がいっぱい、二十人集まって公会堂で講演もあるそうだ。清兵衛さんの方はまた稲刈りです」などがある。この頃精神鍛錬の一つとして「禊《みそぎ》」が行われたし、大学生も勤労奉仕で稲刈りに行ったのである。

　それでも「新聞には六代目（菊五郎）十二月七、八日昼夜と書いてありました。簡単な出し物で所作事を一つ入れるのだろう。あなたはその時は来られないでしょうし、私も以前のような熱は出ません」とか「安芸ノ海は来ないけれど、三内科の医局で角力の桟敷を取ったから来れば見られる」などの報知もある。このように芝居や相撲は日米開戦後一年経ってもまだ巡業していたし、十一月十五日には関門トンネルの旅客列車の運行（この時は単線だった）が始まって「汽車の時間も変わるから鉄道は大混雑」だった。

また国家に納める金が増えたことは驚くべきもので、「都市計画の通路費（道路整備費だろう）に三九五〇円（物価が五百倍としても今の二〇〇万である）も出さねばならないのよ。債権も三〇〇円買わなければならないのです。株でも売ろうかと思う」とも書いている。大学教授の給料はそれほど高くなかったにも拘わらずこのような出費を強いられたから、金持ち層は猶更であったろう。すなわち戦争は低所得者より富裕層に経済的打撃を与え、ある意味「経済的平等化」に貢献したわけである（なおこの時の物価は、小包四〇銭、牛肉一〇〇グラム四〇銭、みかん一キロ四〇銭、豆腐九銭である）。

個人的なことを書くと和子は「悪妻」に近かった。我儘だったのである。自分の楽しみが優先で、思うようにならないとすぐ怒った。すぐ沸騰するから「パーコレーター」という渾名を両親も精喜も使っていた。操の手紙に「今日は忙しくて精喜さんに当たり散らしているでしょと思う。わがまま言わずに勉強させないといけない。人の父ともなれば猶更のことです（筆者の兄、夏生を妊娠したのである）。妻としての心がけをしなければいけません。体の具合が悪くても、それは母となる一歩、鳥獣虫けらでもみなそうだから我慢しなくてはなりません。精喜さんに当ってもどうにもできないのですから」という所がある。ただでさえ怒りっぽいのに悪阻が重なって和子は精喜に文句ばかり言ったに違いない。

第五章　昌二の心境の変化と精喜の養子問題（昭和十七年冬から十八年春）

昌二の心境の変化

昭和十六年六月から台北大予科に通っていた弟の昌二は昭和十七年十一月半ば、心境の変化を来して操に「学費を貰わない」と言ってきた。その手紙。
「拝啓しばらく御無沙汰しました。皆々様には元気にお過ごしの由お喜び申し上げます。私もお蔭様にて何不自由なく通学致しています。（中略）
来月から学費は一切要りません。『能力に自信を欠いたから』これ以上御世話になる事は忍びません。『兄上の様に将来を期待される有能の者なれば甘んじて御世話になります』が、私とても生きているもので何時死ぬかも計り知れません。それに二十七ともなれば独立せねばならぬ時でありますから出来るだけ独力で生きていこうと思います。独力でと申しましても全然独力では出来ませんから今まで通り御世話お願い致します。ただ学費だけは来月から要りませんから、かく御承知ください。

澤田先生の所にはあまり行きませんが変わりない事と思います。返事遅れ申し訳ございませんでした。お手紙と為替は誠に有難うございました。乱筆にて。昌二　奥様へ」

なお、文中の『 』は操が手紙の中に後からつけたものである。

このような手紙を貰った操は驚き早速精喜に手紙を書いた。

「さて昨日別封（昌二の手紙）のような書面、昌二氏より参り、文面より見て何だか不穏のように考えられる。たとえ学費が不用としても、その訳を具体的に言われれば安神（安心）致し候えども、印（『 』）つけてあります處なんか、何か深く思い込みし事か、誤解かと思われ候。昨夜清兵衛さんにお見せしたが分からなかった。私の憶測では、うちの財政の事を報せた折、『家庭教師の口でもあれば』と申されしこと（昌二が前の手紙で、こう書いていたという意味だろう）、あるいは昌二氏の軍務の恩給がとれたのかとも思う。あるいはお前様方の戸籍の事が昌二さんの所に国から言ってきたのではあるまいか（後述するが、精喜を直助の養子にしようかという事）。

清兵衛さんには昨夜、（直助の家の）経済の事、昌二さんからこのように餅に骨のあるような手紙が来た事、お前様方（精喜と和子）の縁組は一年前に初めて起こった事を話した。また私たちには相談がないが、私たちとの関係を断って仙台や東京の方に転校したい気持ちかとも察しられる、と話した。

ただ今朝になって不意に、心に浮かんだ。この文句（昌二氏の手紙の文句だろう）に当てはまるのは、九月末の成績が思わしくなかったのではないか。以前はよほど上位だったが、今回は期待に反した成績で失望と責任を感じたのではあるまいか。何にしろこれから先の方針（学費の出所）を聞かないと心配だからお前様（精喜）から真情のこもった手紙を出して貰いたい。うちから貰うのが嫌ならお前様から送られてもよし、育英会とか他の方法もあろう。学費は既に用意しているから今回は送るつもり、家はまだ送金できないほど困ってはおらず、何があっても大学卒業までは続けるつもりだ。

とにかく一番不遇の立場にあった人だし、母上他界の傷心もあるから、長兄のお前様が力になってやるのが義務でもあり、亡き母上への孝行だ。手紙の模様では澤田さんにもあまり行かないようだ。とにかくすぐ出状して様子をお聞きなされたく候」。

操の心理については次節で述べるが、とにかく彼女には昌二の本心が分からなかったからもう一度昌二に問い合わせた。筆者が思うに、昌二はまわりの若い学友（七、八歳年少である）との人間関係がうまくゆかなかったことに加えて、台北で学問することに情熱が湧かなかったのだろう。なぜなら台北帝大の理科は農学が主で、化学科はあったが物理学科はなかったからである。それで彼は内地の大学に入り直したかったが、それでは直助たちに申し訳が立たないから、まず学費を断ったのだろうと思う。

結婚後の戸籍の問題

ただ操はその他にも理由があるのではないかと疑った。手紙にも書いてあるが、その理由とは精喜との養子縁組に関することである。

戦前は戸籍相続人の結婚は面倒であった。精喜と和子の結婚当初は前沢五十人町の家の戸主は精喜の伯母きのので相続人は母のきみだったから、もし精喜が直助の婿養子になるならそれに問題はなかったが、直助一家にはそのつもりはなく和子を嫁にやってよい、と思っていた。ただその場合、問題は和子の方にあった。一人娘の和子が嫁に行くなら、当座は直助に誰か養子をとって家督相続人にしておき、その後和子を嫁にやる必要があったのである。またきみが死んだ後は精喜が五十人町の家の相続人になっていた。

このような状態だから直助に養子を取るまでは和子は戸籍上は精喜の妻ではなく、単なる内縁関係だった。結婚がバタバタと決まった昭和十六年冬から翌年にかけては戸籍のことを考える遑はなかったが、昭和十七年冬に和子が妊娠すると、長男（夏生）を私生児にする訳にはいかなかったから、何か決定する必要が出てきた。操は特に気に病んだ。直助は九大と新京病院を兼務しており、八、九月に続いて十一月も満洲に出張する程公務に忙しかったし、戦前までは「主人は外で働き、妻は家を治める」というのが当然のことだったから、家のことは自分が解決しなければならない、と操は感じたのである。

和子のような場合、世間では一旦養子を取ってからそれを離別するのが普通のやり方だった。だから操は昌二、清兵衛、得郎の誰かが形式上の養子になってくれるだろうと思っていた。それで操は同じ家に居る清兵衛にまず当ってみたが、彼の態度は何か煮え切らなかった。そして経済援助を断った今回の昌二の手紙に『兄上のように将来を期待される有能の者なれば甘んじて御世話になります』という所があったから操は、これは養子問題と関係がある、と直感した。それで操は前の手紙の五日後にまた和子宛に手紙を出した。

「精喜さんに不足（不満）たらたら言って困らせたでしょ。精喜さんは昌二さんの事が心にかかっているから同情しなければなりません。慰めもしないでブスブスしては精喜さんも厭になりますよ。夫に当たり散らしては妻としてゼロですよ。夫には極めて機嫌よくしていなければならないのです。

昌二さんもどうされたのでしょね。私共が一生懸命になっている気持ちが分かって下さらぬかと思い、涙がこぼれるようです。お父様（直助）にせよ、あの方々（昌二、清兵衛）を世話するというより『精喜が一人前になるまで働くのだ』と言って精喜さんを助けるためにしているのだから、そこを理解すれば、たとえ断るにしろあのような言い方をせずともいいのではないかと思った。

戸籍のことは、私は今度の昌二さんの手紙なんか見ると（精喜さんを）養子に取るのは決してよいとは思いません。ただ誰か入籍さえできれば（和子を）嫁入りさせたでよいと思います。純一さん（直助の甥）の子供にでも一旦入籍して貰って、あなたの戸籍を抜いたらよいと思う。清兵衛さんに（入籍してもらうのは）精喜さんが直接話すならとにかく私からは言えない。清兵衛さんは『兄は戸主でもなく、親もいないし財産もないから、本人さえいいなら養子になるのは簡単だと思うが、弟としては賛成と言ってはならない』という意味の事を言った。私も昌二さんの手紙を見て養子と言うのは考えねばならぬと思った。初めからそのつもりで世話したのじゃないかと思われるのは心外です。どんな方法でもあなたの籍さえ抜ければいいじゃありませんか」。

操は、昌二が「直助夫婦は精喜を養子にする下心があって自分たちの世話をしたのだ」と思っている、と感じたのである。彼女や昌二、清兵衛の心の動きは心理小説を読むようで興味深い。

一時的に一件落着

この後昌二から十一月末、操に次のような返事が来た。

「この度は種々御心配をおかけして誠に申し訳ございません。何も深い理由があるわけではございません。そして本当に朗らかです。学問に対しては全く尊敬しています。如何につまらぬ講義でも、その内容は実に人類発生と同時に幾多の偉人天才が建設してきたものであって、それを重視することはその歴史を重視するものであるからです。

しかし特殊な環境と個人的関係が生んだ諸問題の為に台北が全くいやになりました。時には学校をやめようかと思う事もありました。しかし高杉晋作の言葉『学びつつ戦い、戦いつつ学ぶ』を読んでこれだこれだと共鳴したものです。それでこれを実行しようと思って、まず人生に挑戦したのが学費問題です。家庭教師に通うところが一軒、通う生徒が一人あります。細々ながらこれで間に合う事と思います。それで何も心配は無用です。あまり心配して下さるとかえって不愉快にさせるでしょう。私は常に近親や友達の不幸に悩まされている者ですから、自分はどうあっても近親の者や友達が元気で朗らかであれば私は嬉しいのです」。

このように昌二の手紙は具体的問題を直叙せず、学問の崇高さや自分の博愛心を述べるだけだったから操は結局理解できなかったが、もう考えないことにした。

「昌二さんから参った手紙を同封します。私には本当の文意は分からないが、とにかくこうと決めたのだから脇からいざこざ言うのも意に副わないし、不愉快になると書いてもあるから手を引くことにしましょう。精喜さんさえ諒解してくれればよいです」。

操から手紙を貰った精喜は昌二に手紙を出して心得違いを諭し、直助と操に詫び状を書いた。

「拝啓、この度は愚弟昌二、大変なる非人道をいたし何ともお詫びの申し上げ様もこれ無く、兄として薫陶至らず誠に恥ずかしき次第に御座候。小生はじめ兄弟家の者全部、長き間かくもお手厚き御世話を受け、漸くにして今日に至るほどの御恩に対し、この度の昌二の仕打ち、実に義理人情に反し人倫に背くものにて御申し訳を申す術もこれ無く、恐縮千万に存じ候。澤田先生にもご迷惑をおかけ申せし事と存じ、これもまた真に申し訳これ無く存じいる次第に御座候。

恩を仇でかえす如き態度に対してはよく戒め、今後再びかかる不敬の起らぬよう、とくと注意致させ申すべく候。精神を入れ替え真人間の心に返り今までの御恩に報じ生徒の本分に返るよう再び申付け置くべく候。思えば小生自身万事お世話様に相成り居る次第にて、その上弟たちすべて御世話いただき、誠に申し訳これ無く、また身の程もわきまえざるものと思召すことと存じ、甚だ慚愧に堪えず候。誠に心細きことながら小生も、また弟共もいつかはその御心に副い、国のために尽し、世の為に働き、御恩の万分の一にも報いようと互いに戒め、力を合わせて自らの本分に精進致す覚悟に御座候えば、この後もお見捨てなくよろしくお頼み申上げ候。取り急ぎお詫びかたがたお許し願い上げ候。

御父上様　御母上様」

操は、高等学校の時から精喜を親身に世話して非常に可愛がっていたから、今回の昌二のことは精喜には気の毒だった、と思った。それで次のような返事を書いた。

「先日は突然伺って（操が別府に行ったのである）お世話になりました。帰ったら御書面が届いていて誠に恐縮しています。和子が何か言ったのでしょうが私共に対してそのような心配はいりません。昌二さんに恩とか義理とか私共に気に掛けさせる事は無用です。私共はただ気持ちよく勉強して体をこわしさえしなければそれで満足です。友さんからも同じような手紙を貰って気の毒に思っています。お前様の心中はよく分かっております。私も家のことなど言ってやったのがいけなかったのかと申し訳なく思います。どうか悪しからず思召し下さい。でもお前様は時々出状して力づけ慰めておやりなさい。それでないといけません。和子が至らぬために弟さんたちと疎くなってはいけません。和子が昌二さんの事をとやかく申すのはお腹が立つと思います。どうも遠慮がなくて困ったものだと思います。どうかこらえてやって下さいませ。小野寺も我儘でいけないと申してました。また暮れにお会いした時いろいろ話しましょう」。

昌二からは昭和十八年二月初めにまた手紙が来た。だが操は歌舞伎や映画には感動する性質だったが、現実の人生では物事を冷静に淡々と眺める風だったから、次のような昌二の疑似哲学的手紙を読んでも、別にどうという感慨も湧かなかった。

「先日は誠に相済まぬ事をいたしました。深くお詫びします。あまり悩みが多く、その本質をつかみそこねたような気がします。しかし今やその本質を突き止めました。

世の中の人は知ってか知らずか大きな矛盾の中に平気で生きているのが不思議でなりません。私はこの矛盾を統一する更に高い立場に立って生きてゆこうと思います。これはなかなか難しいことで、ちょっとやそこらで分かるものではありません。有即無、学問即生活、という立場、有でもあり無でもあり、有でもなければ無でもないという立場です。言葉は簡単ですがこれがほんとうに分かる人はないでしょう。日本の道元のみこの境地に生きたのではないでしょうか。しかし私とてもこれをつかむためにほんとに悩んだのです。おそらく悩まずにはこれをつかみ得なかったでしょう」。

明るく軍務に励む得郎

前沢のきのさんからは操宛に昭和十七年暮に心のこもった手紙が来た。

「今年もあと五六日になりました。一休和尚ではないけれど新しい年のお迎えはまた淋しいものに感じられます。過日はお心づくしのものをお送り下さり、暖かいお心で一層暖かく毎夜を過ごしております。得郎からは二三日前写真と手紙を貰いました。昌二からはしばらく便りがないので心配しています。去る十八日は今年最後の母上（精喜の母）の命日で、友と一緒にお墓参りを致しました。寒い雪室に静かに眠る母上の事を思い、一層淋しゅうございました」。

満洲斉斉哈爾のきよさんからも精喜和子宛に便りがあった。

「御無沙汰して申し訳ありません。随分寒くなって北満も本格的寒さです。私たちはみな元気、零下三〇度でも子供たちは一日一回はスケートに参ります。夜九時までスケート場は開いているから私も夜はたいてい行っています。大東亜戦争開始から早くも一年になりますが、姉上様も（ご結婚から）一周年の記念日が参りますね。
お兄様も元気で勉強なさっていると存じます。半月くらい前に得郎から手紙が来て牡丹江にいるらしゅうございます。清兵衛はどうしておりましょうか。いつかの手紙には母が死んで面白くなくなったと書いてきたが勉強がおろそかにならないかと心配です。こちらからお送りする物もないが、小豆なら沢山あるからお送りできるが、ご迷惑でもいけないから何卒お知らせくださいませ。支那ソーメンなど御入用でしょうか」。

得郎は昭和十七年の暮には満洲で訓練中であったが、精喜と和子に宛てて「北満は早や雪と氷に覆われ申し候。室内はペチカなれば暖かく候え共一度外に出候えば、二ヶ月も伸びし髯も凍結致し候。然れども愈々元気旺盛、本務に邁進致し候。暫く関東軍演習に参加致し再び佳木斯（チャムス）に落ち着き申し候。佳木斯、中々大きく御座候。スケートも出来申し候。毎日飛行機の訓練に精進致し候」という手紙を寄越した。

その後得郎はハルビン、ハイラルなど満洲各地を移動しながら一月に一度くらい便りをくれた。四月の精喜宛ての手紙には、若い兵士らしい単純素朴で明るい気分、全力を挙げて国を守ろうとする気分があふれていて、少し韻の怪しい漢詩まで添えてある。

「宇宙の真理は正直にて北満も春来り草青み、日中は実に長閑に御座候。興安嶺も春来り山谷に残る雪も何時か小さく相成り候。満洲は思いの外住みよき所と存じ居り候。赤い太陽はなかなか沈み切れず、湯上りの後の気分を一層爽快に致し候。故郷を偲びつつ一人雄叫び、浩然の気を養い北鎮に余念御座なく候。何にても可、本、御送付下され度し。

○　粉骨砕身練心技　北鎮儼待有之備　苟在怠惰忽瓦解　殲滅而已米英奴」。
得郎は激戦が続く南方の話を聞くと切歯扼腕し、その逸る心を最近になって勉強した漢詩や新体詩を作った。昭和十八年五月の手紙はロマンチックなものである。
「○　鴻南戦雲遂告急　北陜閑人抒萬情　（鴻南は南方全体を指すつもりらしい）
実に北鎮（満洲）は若き血潮には耐え難く御座候。小生の心境お察し下されたし。
　戦うべくして戦わず　今も又聞く南（みんなみ）の
　どよもす戦果に涙する　沸る心を君や知れ
当分の間留守、手紙出しかね申し候。何卒ご承知下され度し。
　都塵離れて雲白く　人の涙の脆きをば
　北斗の光冴ゆるとき　潜む嵐の声に聞け」
当時の若者は多かれ少なかれこの得郎のような心情を持っていただろう。彼らは「心ならずも」戦地に行ったのではない。「自ら勇んで」激戦地を志願したのである。戦争が始まってしまえばこのように思うのは当然で、そこに善悪正邪はない。彼らが幸福だったか不幸だったかは彼ら自身が決める事であって後の人が云々することではないであろう。

昭和十八年前半の世間雑事

昭和十八年に精喜と和子は福岡に帰って正月をし、帰りには国東半島を一周して結婚一周年記念を二人で祝った。一月半ばには操も別府に行って骨休めをしたが、福岡に帰ると相変わらず和子の所にせっせと食糧その他を送った。

この頃から「官製」の近隣付き合い、すなわち婦人会や隣組が操にとっては面倒になってきた。婦人会は二つあって、一つは明治時代からのもので主に有産階級の名流夫人で構成されていた「愛国婦人会」、もう一つは昭和に入ってから結成され主に庶民階級のお上さんたちからなる国防婦人会であった。政府は昭和十七年に両者を合併させ、女たちも一丸となって「尽忠報国」に邁進する形にさせたかったが、人の心の問題は政府の思うようにはならないものである。婦人会のことを押し付けられた操は、「私は班長と役員の事で終日あちこちに行っています。こんなに毎年世話が焼けるようなら婦人会なるものもどうとか制度を変えねばなりますまい。人手不足だし無理な点もあります。東京の上の人が下情に通じない点に問題があるのでしょう。隣組の方もゴタついている模様、組長と班長の改選でまた一騒ぎであります」と和子に愚痴をこぼしている。

軍国になって映画も面白くなくなった。

「八幡様にお参りして帰りに丸善で沓下を求めようと思ったらもうなかった。それから寿座に行って歌行燈と思って入ったら『ふるさとの風』だった。久しぶりに小杉勇を見た。描くはないが文部省に頼まれて作ったという平凡な映画。電車の中で大学生が私と同じ映画を見たらしく、『分かり切ったことを教えるようなつまらぬ映画だ。綺麗でつやっぽい都会映画を見たい』と言っていた」。操にはなかなか映画を見る目があった。全体主義国家の映画は一般に面白くないものである。戦況にも、物資にも暗い影が射し始めた。昭和十八年二月十二日の手紙。

「お父様は清兵衛さんと碁打ちの最中に海軍マーチで喜んでおられたら、『転進』というニュースですっかり心配になって、その夜は独軍の敗戦とともに寝られなかったと申されました（ガダルカナル撤退だろう）。矢野君も小田倉君（南方に派遣された三内科のお弟子さんたち）もどうなったか分からぬと申されてます。

おもち、黒石から来ました。持参しましょうか。キノコだけで砂糖はよいですか。お米も二分搗きに玉蜀黍入り、段々強化されます。あんなにあったデパートの品物も今は少しも無いとか、本当に驚くばかりですね」。

直助は後に「『転進』と言うが、要するに敗北じゃないか。その点、一次大戦時の英国は偉かった。新聞には『わが軍また敗北』という記事がよく出ていた」と言っていた。

もう一つ、予備校や、修猷館と福中（今の福岡高校）の高校入学競争のようなことも操の手紙中にある。これは、福中の補習科（入試に落第した生徒が通う予備校である）に通わせるために沢田先生の息子を操が預かったからである。

「昨日福中補習科の入学式で校長が『補習科の入学式ほど悲壮な断腸の思いをするものはない、同級生の白線の帽子を見ても桜の花を見ても悲痛な思いだろう。しかし捲土重来、来年は必ず上級学校に入るという決心で日夜勉強せねばならぬ』と述べ、母堂たちは泣いておられました。でも私はそれほどでもありませんでした。今年は福中より高校七十六名、専門学校五十五名、付属医専若干名とのことで修猷館に勝り、校長その他の教諭も面目をよくしている模様です」。

養子問題でギクシャクする

以上のような身辺雑事もあったが、この時操の心に重くのしかかっていたのは、少し前に述べた精喜と和子の戸籍問題だった。これに関して直助一家の考え方と前沢五十人町の人たちとの考えが齟齬をきたしたのである。昭和十八年三月十三日の精喜和子宛の手紙にはその消息が詳しく書いてある。

「黒石（直助の兄、村上恭助）から私にも手紙が来た。手紙の内容は私の想像が当たらぬでもなかったし、無理もないとも思うが、黒石はじめ純一さん澤田さんなど知人の多くは養子が当然と思っている。だからかえって向こうの家の女性たち（しもさんなど叔母）が反対するのじゃないかと思う。また黒石の伯父様（恭助）が弾圧的に申されるのが私共の考えと相違する。

小野寺としては今度の事は第一に本人、第二に弟妹相談して無理なく決着したいと思っており、私もかねて精喜さんに話していた。だがこのような面倒が起るなら、後で言って聞かせればわかることだから容子（純一さんの娘）でも入籍して除籍すればいいかとも思う。でもそれはあなた方が絶対嫌ですか。

『だまされた』と五十人町の女の人たちが言っているそうだが、実に心外だ。精喜さんはよく分かっているからこんなことを言うまでもないのだが、やっぱり手紙を見た時はムッとした。良く考えてみれば何でもないが、和子が精喜さんにくどくど申すのではないかと気に掛けている。私も精喜さんと生涯を共にする気だから精喜さんにいやな思いをさせることを言ったり、態度に出したりはしない。結婚前に籍の事をよく取り決めておけばよかったですね。養子のつもりなら初めから相談したろうが、世間一般では弟をちょっと入籍するから、そうして下さるものと簡単に考えていたのが根本の間違いだった。

小野寺の主義として人を世話するに目的や野心があってはならないと申し、精喜さんが北京にいる時に手紙を出すまでは結婚は白紙だったし、和子もそうだったろう。精喜さんはよく分かってくれていると思うが、今になって臨時養子になってくれる人も無く、精喜さんも養子を固辞しないということで周囲にも養子説が起こって来た。御二人（精喜と和子）はよく分かっていると思うが、五十人町の叔母さんたちは分かっていないと思う。だから、親（母きみ）はいないからこれ幸いと養子と言い出したのだろう、と思っていなさるのだろう。だからダマサレタと申されるのだろうが、この点は誤解の無いように精喜さんから言って貰いたいと思う。友さんもそう思っているのだろうか。つまらぬことだが遺憾です。黒石には精喜さんも返事のしように困るだろうが、『直助先生が滿洲から戻ってから弟たちとも相談して決めたい』と申しておいたらよい。

子供（夏生）の事がなければ夏に精喜さんが帰省した折皆さんと相談すればよいが、その前に出産となれば手紙で問い合わせる外ない。とにかく精喜さんが昌二さんに手紙を書くのが急務と思う。台湾も日数がかかるから。叔母さんたちは二の次で弟妹の意見をお聞きなさいませ。精喜さんや私共はとかく物事を平易に考え（るのに対して）、五十人町の人たちは色々考えをまわして面目も立つようにと思われるので中々一致しないのでありますね。（和子が）例のブース（ブスブス文句を言う事）をやりはじめないかと思って思いついたことを書いた。乱筆、御判読願う。お気に触ったら御免なさい」。

当事者より周りがうるさい

今の人には分かり難いことだろうが、昭和四十年代に始まった高度経済成長期以前は「家」が社会の基本単位だったから、「養子に行く」とか「男の子が生まれた」とかはその家族にとって大事件だった。特に「長子相続制」だった戦前はそうだった。「墓を守る」人が居ないのはその「家」にとって最大の不幸と多くの人が思っていたのである。

だから直助周りの人たちは「直助の家の跡が絶えないようにしてやりたい」と思った。操の手紙の最初に書いてあるのはその事である。今回の養子問題で一番働いてくれたのは精喜の小学校か中学校時代の恩師阿部金一郎氏であったらしい。次の手紙が残っている。

「謹啓、時下春猶浅く候処、高堂一家御揃、益々御健勝奉大賀（大賀し奉り）候。下而（下って）老生瓦全（つまらないものが長生きすること）消光罷在（まかりあり）候間、御安意被成下度（なしくだされたく）候。

却説（さて）唐突ながら御伺申上候。御令嬢には小野寺精喜君と御結婚、遠からず御目出度事（夏生の誕生）の有之やに承り候処、恐悦至極と奉存候。然るにただ御一人の御令嬢、他に御遺はしに御成候ては御継嗣にも関係仕るべく、御愛孫御出生相成候ても他家のものとありては御家庭御淋しく可有之（これあるべく）と奉拝察候。依而（よって）愚存には、此際寧ろ精喜氏を貴家の御養子と被遊（あそばされ）候方、御両家の為め好都合かと存候。

申上げ候迄もなく同君は當小野寺家の相続者にもあらず（これは間違いで相続者になっていた）他家に縁付候ても戸籍上差支も有之間敷（これあるまじく）、あとにも弟の方々も有之候へば誰なりに相続致させ候ても宜敷（よろし）かるべくと存候。依而不束ながら老生其間の尽力致し見度（いたしみたく）存候間、御令閨様其他とも御協議の上、然るべしと思召され候はば、老生迄貴意御もらし下され度、当家（五十人町の小野寺家）の事情内々偵察致候処、不可能には無之様相見え申候次第に有之候間、善はいそげとの諺も有之候に付、何分至急貴酬（お返事）煩し度、此如（かくのごとく）御伺申上候。敬具（昭和十八年）三月一日　阿部金一郎　小野寺先生玉案下」。

黒石の恭助兄や阿部金一郎氏は近隣の名望家、校長や視学官を務めた人たちであった。その彼らから押しつけるように「お宅にはたくさん兄弟が居られるし、お宅は直助先生から多大の御恩を受けている。また精喜君のためにもなることだから、ここは精喜君を養子に出すのが御恩に報じる道でもある」と言われたから、叔母のしもさんともう一人（嫁に行って東京にいた）の叔母さんが「カチンと来」て、「騙された」と口走ったのである。しもさんは師範学校を出て先生をしていたから、姉のきのさんやきみさん（精喜の母）と違って負けん気があったし、昭和十四年に自分が精喜に勧めた結婚話に操が賛成しなかったのは、精喜を養子にする下心があったからだ、と推量したに違いない。

一方、精喜は成り行き上、養子になるのもやむを得ないと考えていた。しかし彼はこのような人事問題に拘わるのが嫌いだったし、また弟たちが「一時的なら直助の家に養子として入籍してもよい」と自発的に言わない以上、それを強要する気も起らなかった。それで五十人町の家と清兵衛には自分は養子になる気でいる、と報せただけであった。

養子問題の決着

それでも結局、昭和十八年四月に直助が前沢に行って恭助兄や阿部氏それに五十人町の人たちと会い、精喜の養子縁組は成立した。操は別府の和子に次のように書いた。

「（今回決着しても）嬉しいというより心配な気がする。また吾が子を養子にやるように精喜さんが可愛そうな気もする。でも阿部先生とも相談して決まったことだからこれでお終いにしよう。精喜さんは以前から養子になるのを不快にも思わず、国元にも清兵衛さんにも申されたことは存じているが、国元から昌二さんや清兵衛さんにどうして通知せざりしものか（不思議だ）。

また精喜さんが昌二さんに出状せざりしは落ち度ではないかと思う。今からでも遅くない。すぐにでも書いて出されるよう（精喜さんに申されよ）。清兵衛さんが『とかく国元ではそこだけで決めて、その後我々に知らせるのが例になっている、でも突然兄が家を出ると聞いたら、（昌二兄が）感動して無分別な事でもしたらいけない』と申された。昌二さんは二度と台湾の地は踏まぬと言ってきたそうだ。よくよく台湾の学校が厭らしい。本当にスーッとは行かぬものだ。（以上四月十五日）

二十日にお父様が帰られて、これで俺も安神して満洲に行ける、今度のこと（養子）はきの姉がとても親切に気安く承知してくれたから、お前たち（精喜夫婦）も感謝せねばならないと申された

（二十一日）」。

操は精喜を可愛がっていた。むしろ娘より可愛かったのではないだろうか。万事が決着した後、精喜に次のような手紙を送っている。

「お前様の身上につき国元では込み入った様子（でしたが）、昨日和子よりの手紙で御許様の御決心の程を承知致し、私共一家の事を思われる眞實のお心、嬉しいやら有難いやらただ感涙に咽びました。それに引きかえお国元の人のあまりにもかけ離れた、情義に乏しい仕打ちは遺憾に堪えず、いっそのこと和子は子供と生涯二人で暮らし、御許様は肉親や近親の方々の眼鏡にかなった人を迎えられたらよろしからんとまで思ったが、今となっては何れも水に流し、神のお助けにて、廃家致すわが家を御救い下されましたものと、厚く厚く感謝感激いたしております。

小野寺も病院（医学のこと）の方も家の方も手塩にかけたお二人に譲ることが出来たのを無上の満足と思っているだろう。お家の方々もお前様の事を思う発露だから無理もなかったと重々存じる。女は生まれつき他家の人となる約束だが、男は拠所無い事情の下に家を出るのですから、親ならぬ私でさえ可愛そうなような気の毒のような感じがあった。でも相続人となって多大の借金が御許様の双肩にかかってくる（五十人町の家には借金があったのだろうか？筆者は知らない）としたら私方でも如何とも出来ませず、御許様も終生困難な思いをされるのではないかと思う。弟さんたちもみな分家して一家を創立なさるのがいいと思う。

小野寺も安神（安心のこと）してもう一働きして、子孫に苦労をさせないように致すつもりと存じます。御許様が数々の兄弟の中でもすぐれて男らしい温情に満ちた御性格を培われたのは全く軍隊生活のお蔭と思う。私たちは苦労せずにこのような後継者を得て夢のようだ。私共も出来るだけお前様を助けて御許様の出世をはかり、弟さん方の御世話をして亡き父母さまを安神させねばならない。御許様もこうなるまでに随分考えられただろうと御心中を察する。和子は良い夫を得た。三国一ならず世界一であります。この上は（和子は）無遠慮を慎み言葉遣いに注意して敬愛従順貞淑にならないといけない。

清兵衛さんは『兄は決心していました。母がいればわかってくれるのですが、田舎者の無学な人ばかりですから私共が大学に行けるのもこちらのお蔭でそうでなければ水飲み百姓で終わるのでした、兄は養子になった方が出世しますよ』とあたりに触らぬよう申された。でも出世という事は、例え養子にならずとも私共の心は変わらない、と（私は）清兵衛さんに申した。とにかく清兵衛さんは分かって下さっていると思う。

修二さんの葉書に、『阿部さんと叔父さん（直助）が下小路に参られ手続きを済まし、朗らかになっておられた』と書いてきた。教え子の誰よりも嘱望していた御許様が跡取りになって満悦なのでしょ。でもお前様は万感交々だったでしょ。召集令状に次ぐか優る感情があったと思う。何もかも嬉しいやら悲しいやらだがこれも娑婆の習いだ。軍隊にいた時が恋しくないですか。こんな事、見ざる聞かざるで」。

くどい書き方だが操の真情が伝わってくる手紙である。

Ⅲ　朝鮮赴任から引揚げまで

第一章　福岡帰居と長男の誕生および昌二の遭難（昭和十八年夏から冬）

精喜夫婦の福岡転居

精喜と和子は十ヶ月ほど別府市雲雀ヶ丘の家に住んだが、昭和十八年五月、精喜の九大医学部第三内科への移動に伴って福岡に戻ってきた。これは直助の退官と満洲行きが関係していたのだろう。福岡市渡辺通五丁目の家を守っていく必要があったのである。

雲雀ヶ丘の家は冬は鶴見おろしが吹いていてとても寒かったし、家の中にもヤスデやゲジゲジが出てきたが何と言っても新婚生活を送ったところだから和子には思い出があった。家事はほとんどしたことがなく、料理を作ったこともない彼女が初めて夕食を作って「精喜さん、食べられる?」と聞いたら精喜は「うまい。ちゃんとできるじゃないか」と答えたから涙が出る程嬉しかった、と後年和子が言ったことがある。

三月に精喜と和子は一緒に福岡に来たことがあったが、精喜はすぐに別府に戻り和子は歯の治療のため福岡にしばらく残った。その時彼女は夫に次のような手紙を書いている。

精喜と和子、昭和18年3月渡辺通五丁目の家で

「今日は慌ただしくてよくお別れする間もなかったような気がする。精喜さんがいないから家に帰ってきても淋しく悲しい。精喜さんも別府でガランとした家に入ってさぞつまらないでしょ。歯の治療が終わったらすぐ帰るから我慢して下さい。静かで邪魔の仕手がないから良い、と精喜さんは負け惜しみを言っているでしょうが、私は自惚れ屋だから、きっとやんちゃが懐かしいだろうと思っています。帰る日を楽しみにしていてください。何日分かパーコレーター（怒るネタ）を貯めています」。ある種のラブレターである。

二人の引っ越しは、直助たちが住んでいる福岡市渡辺通五丁目の家に戻るのだから極めて簡単であった。精喜の手帳（昭和十四年に陸軍恤兵部が作成した「従軍手帳」に、多くは鉛筆で書いている）にある引っ越し荷物一覧には、襟箱や火鉢、それに炭や灰など時代を反映したところがあって面白い。

「勉強机1、本棚1、本梱包4箱、桐小箪笥2、襟箱2、蒲団2包、姿見1、行李1つ、火鉢3、練炭火鉢1、大火なしコンロ1箱、炭1俵と1箱、灰1樽と1箱、バケツ3、洗濯盥1、みだれ籠2、衣桁1、大タバコ箱2、台所梱包6箱、スコップ1、鳶口1」。

精喜たちが福岡に戻った後、別府の知り合いの人々から便りがあった。一番世話になった温研所長の高安慎一先生夫人の梅子さ

んからは和子宛に、

「お手紙嬉しく拝見しました。只々、娘のような（和子が自分の娘のような）心地で色々させていただくのが嬉しかったのです。本当にいい思い出です。私共は鹿児島あなたは福岡と別れ別れになったがまた福岡か鹿児島でお会いできたらどんなに嬉しいでしょう。お布団を半分にしても泊まっていただきたいと思います。

女中さんは何と憎らしい人でしょう。東京で悪く擦れてきたのでしょうね。どうも女中根性と申しますか、私が金沢の女学校を出て東京へ参り、祖父母の処へ参りましたらそれまで居た女中が、暇を呉れと申しました。それは人が一人ふえるともういやになるらしいのです。気は利かず骨は折れても田舎者の方がやはりよろしいかもしれませんね。沢山の御月給まで頂きますのに心得違いの人は何とも致し方ございませんね。誰か良い人があればと心懸けておきます。でも和子さんの今まで尊い経験がどんなに役に立つだろう、と期待しています。お母様もさぞお嬉しくお思いになるでしょう。

（別府の）お庭のキャベツソラマメなどは大きくなっていました。あなたもケンジ草、ニラ、青紫蘇までお持ちになった由、嬉しゅうございます。私は時々鹿児島に行きますからトマトやナスは今年は諦めました。では今日はこれで。お母様によろしく」

という手紙が来た。女中の事は、和子が手紙で福岡の家で使った女中の愚痴を書いたからであろう。今の眼で見ると人権意識に欠けるようだが、当時の奥様階級の人はこのように感じたのであって、それを理解してこそ初めて「その時代」を追体験できるのである。

精喜の物理好き及び防空・防災

温研で治療と研究に当っていた山本清人先生からも精喜に手紙が来た。

「(以下一部分を原文ママ) 愚生、学にも暗く社会にも疎く、甚だ心細く存じ居り候ひし折、学兄の如き尊敬すべき先輩を迎へ欣快措く能はず、果して有形無形の御指導と御鞭撻とにより愚生の責務遂行上に勇気と希望とを与へ下され候ひしことども思い出でては感謝に堪へ申さず候。又、学究上のことに於ても学兄身を以て御示し下されたる清新熱烈なる気風は温研一同裨益せらるる処頗る多く、愚生の私淑措かざるところに有之候」。

御挨拶もあるだろうが旧来の医学研究離れした精喜の研究態度は、ある人々には面白く、清新な気分を与えただろうと思う。精喜の理論好き、物理好きは生来のものだったが、従軍したことによってこの気分はますます強まったように思われる。

福岡に戻ってからの従軍手帳のメモ(昭和十八年五月十三日)には寺尾博博士(東北大教授)による日本種と南方種の稲の、1. 生産力、2. 植物体の強靭さ(縄になるか)、3. 耐螟虫害、4. 稲熱病(いもち病)に対する性質、に関する講演概要や、仁科芳雄博士の宇宙線に関する講演、すなわち星の進化や中間子、あるいは宇宙から来るガンマ線やX線、イオン星などのまとめが書いてあるし、太平洋の気圧に関する気温の効果、あるいは黒潮の流れ図などの覚書もある。微分方程式もあって、解こうとした問題は「地上(鉛直方向力mg)で角速度一定の質点が同じ高さを保つためにはそれが乗っている斜面の角度がいかほどであるべきか」というもので、「放物面になる」と解いている。渦潮の形を求めようとしたのだろうか。

精喜は医学以外のことが好きだったとはいえ、本業は医学だから勿論その研究もした。彼は徴用されて支那に行く前（昭和十二年以前）から、心臓や胃の動き（心電図や胃曲線）をフーリエ級数に展開するなど医学に数学的手法を導入したり、駅伝選手やラグビー選手の競技前後の心電図を比較解析するなどスポーツ医学のはしりのようなことをしていたから、昭和十八年に九大に戻ってからもその研究を続けた。手帳には水力学、微分方程式、ベッセル関数など、日々行った勉強を書き留めている。

数理解析的医学研究に加えて、この頃から精喜は軍事研究、すなわち航空医学に手を付けた。これは時局の要請であって直助の後を引き継ぐ沢田藤一郎先生も賛成していた。手帳には「七月一日。瀬尾先生貝田先生と朝日新聞社へ行き、津屋崎国防訓練所に設立すべき航空医学研究所のことにつき相談した。独立に大学として設立した方がよい、薬屋（製薬会社のこと）より寄付を募る。これは新聞社がやってくれるとの事」という覚書がある。この航空医学への寄付金かどうかは不明だが、八月七日には「三菱銀行吉川氏来る。五万円預金受領。西鉄社長村上さんに受領書を出す」という項目があるから、西鉄からも寄付金を貰ったらしい。

それでも余暇はあって「川口先生とテニス、ラケット修理」とか、十月になると「ラグビー打ち合わせ」とかの項目があるし、八月一日には「医局は新入局者歓迎会で恋の浦旅行」に行っている。まだこの頃までは内地の生活にいくらか余裕があったらしい。

覚書には時代色を写したものもある。平成から令和になる現在、市や県は「自助共助公助」と掛け声をかけて災害時の隣近所の助け合いの重要性をアピールしているが、これを最初に言い出したのは戦時中で、空襲への対応であった。精喜の手帳には消火に必要な水の量や、五メートル離れた所から「水かけ」する図が描いてあるし、「隣組で計画を立てて水掛け役、火叩き役を決定すること」とか、用意するものとして「むしろ三枚、長棒、とび口、火叩き、砂、ひしゃく、ショベル、防毒面、鉄帽」、空襲の際には「隣組看視所を設ける事。空襲警報の際、全員退避するが看視所は待避せず、班長は看視する。火災が起きたら水は包囲的にかける。家屋内の焼夷弾を発見すること」などと書いてある。隣組の防災会議に出た時に、軍や市役所、消防警察関係者の講話があったのだろう。

直助の満洲赴任と長男夏生の誕生

直助はこの年、昭和十八年五月三十一日の誕生日に満六十歳で九大を退官し、後任には台北帝大から沢田藤一郎教授が戻ってきた（戦前の九大教授の定年が満六十歳の誕生日と決められていたのかどうか筆者は知らない。直助が自分でそう決めたのかもしれない）。

直助はこれまでも度々満洲に出張していたが、九大退官直後に新京特別市立第一医院の院長、七月からは新京医科大学教授を兼任して満洲に渡った。そして一旦帰国したが、十月からは新京に居を移した。第一部第四章で述べたように第三内科出身者からは多くの人が大陸（支那朝鮮）に渡って働いていたから直助は「弟子たちを出しておいて、俺だけがのうのうと日本に居ては申訳がない」と思ったのである。

昭和十八年七月十六日に和子は長男夏生を産んだが、精喜の覚書にはただ「男子分娩」と書いてあるだけである。だが前沢のきの伯母や水沢在住の直助の兄村上恭助さん、それに満洲のきよさんなどから心の籠った祝い状が来た。きのさんのには「私が今日か今日かと待っていましたくらいですから、ましてお宅の皆さまは如何ばかり御満悦御安堵遊ばされたことでございましょう。遠く満洲の地の先生は一層ご満足のことと拝察いたします。一人お子でお育ちになった御一家に今度のお孫様は限りなき賑わいを御添えになる事は勿論、軍国日本、ましてこの決戦時局下において強い日本男子を一人加えて益々国威の発展に力強さを加えうる訳で、和子様の大手柄でございます」と書いてあり、恭助さんのには「男子御出生とは此の上なく御目出度く、ご一同様のご満悦さこそとお祝い申し上げ候。在満のお祖父さん（直助）も如何に喜ばれしかと想像致し居り候。一人娘に初孫の玉の男子とは無上の喜びに御座候。鎌倉の曽祖父様（操の父）もご満悦と恐察致し候。戸籍も支障なく取り運ばれ、まずまず小野寺家の永続万世に伝うべき端緒を得たる如く、その喜びは譬えようもなく、独り祝杯を挙げて遥かに千秋万歳を頌し申候」とある。

精喜は八月の夏休みに郷里に帰った。「上野駅は人一杯、暑気、駅に満つ。改札口大雑踏」であった。この時清兵衛も北海道の炭鉱実習を終えて前沢で精喜と合流したが、彼の手紙にも「海峡を渡って前沢に着きましたが、途中の混雑と人間の浅ましさに驚きました。世界を支配する日本人は交通道徳の秩序に勤めるべきだと感じました」という一節がある。東北線はいつも混むが、戦時中は軍の都合で民間の利用が特に不便になっていたから人々の行動が殺気立っていたのである。前沢は暑かった上に雨ばかりだったが、精喜はお盆の中日に母の墓に詣で、その日に和子に手紙を書いた。

「今朝お手紙拝見、夏生も達者で結構。九二〇匁（三・五kg弱である）になり少しは綺麗になりあせもよくなり、何よりだ。おっぱい呑ませる時、怒り致さぬようご修養いたさるる様祈り上げ候。

小生十一日朝（汽車延着）前沢着、関門海底隧道（丁度一年前に開通した）に入る気分は少しは文化的な感いたし申し候。山陽、東海道はゆっくりしていたが東北本線は大混雑、前沢までほとんど立ち通しに御座候。

昨日清兵衛と高畑に参り、その後、着物と靴は傘の下に置いて雨中北上川で泳ぎ申し候。馬場の鈴懸の木の葉の色、鮮やかで美し。ともの家にも寄ってお土産物を届け申候。今日はお盆でちょっと風雨なれども午後は明るくなり候。長い提灯を吊るし、盆棚を飾り候。二十一日の特急富士で清兵衛と一緒に帰る予定。夏生の健康を祈り申し候」。

精喜と清兵衛は八月二十二日に福岡に帰り、その後精喜は診療と研究、それにテニスという通常の大学生活に戻ったが、八月末の日曜には庭に防空壕を掘ったり、畑の手入れをしたりして空襲に備えたし、十月に入ると研究室の疎開も始まって、薬品類を民間企業の倉庫に移したり、実験器具ガラス器具も整理梱包して避難させたりと忙しかった。

第二部の末尾に述べたように昌二は台北大学に物理学科がないので悶々としていたが、この年昭和十八年三月に、東北大学の物理学科に編入して貰おう、と決意し、その旨を清兵衛に通信するとともに台北で世話になった沢田先生にも申し出た。このことについて先生は操宛に「昌二君は近頃は時々やって来り色々話し居り候。九月には如何しても内地に帰る等と話し居り、小生不賛成の意見を述べても承知致さず候」と書いて来た。

沢田先生が反対したのは当然で、台北帝大予科は台北帝大に進むことを条件に入学を許可されたのだから、そこから内地の大学に進むのは約束違反であった。それでも精喜や清兵衛は九州帝大や東北帝大の先生や事務部に受験の可否を問い合わせてやった。これらの大学は一高や福高のような高等学校からでなく、高等専門学校からの入学も受け入れたからである（清兵衛が盛岡高等工業から九大に入学できたのはそのおかげであった）。しかし昌二の場合は制度として決まっていたことだから、結果的にはどの大学も受け入れなかった。

本格的引っ越し準備のため福岡に一旦戻っていた直助は、昭和十八年十月二十六日、妻の操を連れてまた満洲に出発したが、その数日後、昌二が不意に福岡渡辺通五丁目の家に現れた。その時の様子を精喜は次のように書いている。

「夜昌二来た。赤黒く日に焼けた顔。髪の毛とひげはぼうぼう。尻に擦り傷あり。服は上下ボロにて膝が見える。『おらーこれだ』と言って出したのを見れば船の遭難証明書であった。話をして十二時過ぎに寝た」

昌二は台北がすっかり嫌になって、台北から船に乗って本土に向かったが、彼が乗った輸送船「富士丸」は運悪く、十月二十七日朝米軍に撃沈されたのである。昌二は約十時間、南方とはいえ寒い海中に漬かっていたが何とか救助され、二十九日に福岡渡辺通五丁目の家に来ることができた。

昌二はこれ以後五丁目の家に居候したから、家には精喜夫婦と生まれたての赤ん坊夏生、昌二、清兵衛、それに書生の小竹さんが住むことになった。昼間は手伝いのみきや小母さんが来てくれた。

十一月十日、満洲新京特別市城後路の市公館から出した操の精喜宛手紙には次のように書いてある。

「和子からの手紙でそちらの事も承知しています。和子も朝はつらいだろうが皆さんに助けて頂いて幸いです。夏生も大分よくなり知恵もついて可愛くなったでしょう。

昌二さんは天祐で九死に一生を得て喜びに堪えません。この先も都合よくいくことを願います。部屋の事、やみのまわり（防空の夜回り）その他和子では行き届かずお前様の心遣いも一通りではないとお察しします。あれこれ考えると一日も早く帰りたいが、口に出して言うのは小野寺に悪いから申してはいません。和子が思っているような楽しい事は一寸もない。朝寝と時々食事しに行く位です。

寒くて自動車も不便だから、見物も南嶺と満人街を見たきりです。デパートや繁華街も買物はとても貧弱、まだ博多の方がましだと思います。ただ点数がいらないから昌二さんの着替えにスフでも買って帰ろうかと思いますが、種類は二種類ほどしかなく、1ヤール五、六十円します。寒いから私もどこにも行かないで倹約しています。お風呂も時間給水だから三晩も入っていません。和子に羨むには及ばぬと言って下さい。

昌二さんの事決定しましたら御許様から（事情を）よく書いて小野寺に出状されたらよいでしょ。出費が多いと和子からクヨクヨ言って来ますが、要るべき金は致し方がない。でも多くの現金を家に置かない方がよいです。昌二さんが帰国されるなら、その他のことにも入用の時は然るべく計って下さい。『精喜は家事に時間を使って勉強ができないようではいけない』と小野寺が申しています」。

家庭内の不和

操は十一月末に満洲から帰ってきた。精喜は別府に出張したり、研究をして論文を書いたり、ラグビーをしたりしたが、和子が「自分と一緒に遊ばない」と文句を言うから日曜には一緒に映画に行ったり丸善で本を買ったりして付き合った。しかしこの頃から家の中が何となく不穏になってきた。その理由の一つの原因は食料不足で、それが人の心から余裕を失わせたのである。十一月二十九日の精喜の覚書に「食事量が充分でないので食事時に言う事が浅ましくなった。あまり言わない方がいい。誰も不足の事は承知しているから」という所がある。これは誰の事を言っているのか分からないが、多分和子だろう。

十二月八日には「和が昌二、清兵衛機嫌わるくて話もしないという。昌二はこの頃何も手伝わないという。夜、応接間にて（昌二と清兵衛に）気持ちよく家庭の一員となるやうに話す」と書いている。精喜の覚書には「呼吸曲線、胃曲線」など研究のことが多いのだが、十二月には、十二日日曜日「朝から和子愚図る。腹立ってなぐる。学校に行き本読む」、十五日「勉強を邪魔しない家庭を望む」、二十一日「静かな家庭でほしい」と、三度も家庭への不満が書いてあって、精喜が和子の我が儘や愚痴につくづく閉口した様子が覗われる。通常の意味で和子は悪妻であった。

家庭が荒れた最大の原因は直助の不在であったろう。直助が居れば昌二たちも控えめな態度を取らざるを得なかったろうし、和子も、精喜の邪魔をしてはいかん、と叱られただろうからである。精喜は人間関係に興味が薄く、そのような問題を処置するのが苦手だった。このような性格だったから彼は小説をあまり読まず、もっぱら科学関係の本を読んだのである。精喜は生臭い現実の人生を離れて、宇宙や地球の成り立ちや動植物の生態を眺め、それらの理論を考えていたかった。

昌二の性格の事は既に何度か述べたが、彼は口では立派なことを言うが、簡単に言えば「ねじ曲がった」性格であった。いろいろな不運が彼をそうしたのであろうが、彼の行為には人間としてあるまじきこともあった。例えばこれから半年後、昭和十九年七月の和子の手紙に次のようなことが書いてある。この時、精喜は再び召集されて朝鮮に居り、得郎は三月にビルマで戦死していた。

「得郎さんから私宛に航空便往復はがきが来た（二月頃のこと）ので返事を書いて、昌二さん清兵衛さんにも何かお書きになるように、とお渡ししてあの方たちが出して下さったのですが、その葉書が戻ってきました（得郎の死後ビルマに着いたのだろう）。見ると私が書いた文面と私の所書きはインク消しできれいに消して、昌二さんと清兵衛さんの名前に変わっていました」。このことは和子に消し難い印象を残し、彼女はその後も表向きは昌二、清兵衛兄弟と親しく付き合ったが、心中では彼ら、特に昌二を赦さなかった。

清兵衛は真面目な良い人であったが、「自分の判断」というもののない人で、考え方が環境に左右され易かった。精喜は「清兵衛には恒心がないのだ」と言っていた（『孟子』にある「恒産なければ恒心なし」のこと）。彼は昌二が同居するまでは操にも和子にも丁寧で親しんでいたのだが、昌二が来るとその態度を豹変させたのである。

十二月二十五日に昌二と清兵衛は前沢に帰省し、冬休みにもなったから五丁目の家もやや平静を取り戻した。二十九日の精喜の覚書には「三木先生（三内科を出た精喜の先輩）よりフグ沢山いただいた。美味しかった。記念日講演の準備で家にて夜遅くまで勉強する。『西洋美術館めぐり』読み終わる（和）」と書いてある。『西洋美術館めぐり』は昭和十一年の出版された美術本で直助の友人児島喜久雄氏が解説を書いているから、その縁で和子が精喜に読んで聞かせたのだろう。和子も精喜が家に居るのでやや静かになった。

第二章　得郎の戦死と精喜の再応召（昭和十九年夏まで）

得郎の南方赴任と戦死

一年前に満洲に渡った得郎は飛行訓練に明け暮れていた。昭和十八年九月中旬、在斉斉哈爾のきよは和子宛に「お懐かしいお手紙嬉しく拝見いたしました。姉上様には産後の肥立ちもよく本当に宜しゅうございました。夏生さまというお名前も良く、お健やかに御育ちの由、お賑やかなお家が微笑ましく想像されます」と書いた後に続けて、「九月十一日の夜十一時頃玄関を叩く音がするので出て見たら得郎でした。手紙も予告もなくやって来たから吃驚しました。そして翌日夜十一時の汽車で帰って行きました。そしたらまた今日十七日ひょっこり来て一時間くらい遊んでまた帰りました。得郎の部隊が今夜ハルピンに移動するらしく、明日十八日で引っ越しが終わるからハルピンからこちらに飛行機を取りに来たらしいです。今は手紙禁止でどこにも御無沙汰している、今月末頃東京経由で福岡にお寄りすると言っていました」と得郎の事を書いて来た。

得郎は既に七月中旬、飛行機の受領回送のため大刀洗陸軍飛行場に来て福岡で精喜夫婦に会っていたが、きよの手紙にあるように、十月七日に再び福岡に飛来して四日間滞在した。そして一旦郷里前沢に帰った後、二十二日にまた福岡に来た。この後、彼は南方の戦線に出発する予定になっていたから、その暇乞いに郷里にも戻ったのだろう。この頃と思われるハガキに「前略、本日転任の大命を得申し候。今や世界の焦点『ソロモン』に出発、男子の本懐此れに勝るものなし。皆さまの御健康を祈り申し上げ候。別れに思い残す事、更に無之候。先生、奥様、兄上様方、和子姉様、御機嫌よう。敬具」と書いてきている。

その後台湾の高雄から、「憧れの南海を雄飛、感慨無量に御座候。屏東にてバナナ満足致し候。十一月に浴衣にて散歩。行く先は酷熱の戦場、士気益々旺盛。先ずは御健康をお祈り申し上げ候。

雄飛して　椰子の葉陰に　十字星。　　　乱筆にて」という便りがあり、十二月中旬にはシンガポールから次の手紙が来た。

「前略、海南島、西貢（サイゴン）を経て途中何の話もなく赤道直下新嘉坡（シンガポール）に着き申し候。当地は全く平和そのものにて現地人も我に好意を有し居り候。色々面白い事も有之候え共、少し落ち着くまで失礼致し候。更に幾千里雄飛致し敵の真ん中に進攻致すべく。先ずは第二報まで。

ビルマ派遣高八三五九部隊　　小野寺得郎」

その後昭和十九年正月、和子宛に、「ビルマ派遣高八三五九部隊、小野寺得郎」から、「航空便の配給がありましたから御一報致します。皆々様御壮健のことと存じます。私も志気愈々旺盛であります。初陣で敵の奴を撃ち落し撃墜の味を遺憾なく快感、今は毎日次期作戦準備中で張り切っています。最早お正月ですね。寒さを忘れてしまい四季の変化が全く分からなくなりました。色々戦闘の状況や何か書きたいのですが又次に致します。ビルマ人は黒いが私も大分黒くなりました。皆々様に宜しく。

ペイさん（清兵衛さん）に：荷物がついたら欲しいものをやるから整理頼みます」という往復ハガキが来たが、これが彼の最後の便りとなった。荷物を送ったのは彼がある程度戦死を覚悟していたからであろう。そしてその覚悟通り、得郎は南方の空に散華した。

なお前節に書いた「文面を抹消された和子のはがき」はこの往復ハガキの返信だったのだろう。和子は自分の最後の便りが得郎に届かなかったのが悔やみきれなかった。後年彼女は「戦争の一番悪い点は、立派な人が死んでつまらない人が後に残ることだ」と言っていたが、それは精喜と得郎が死んで昌二と清兵衛が生き残ったことを指していたに違いない。得郎戦死の報は三月に前沢や福岡の小野寺家に届いたと思われるが精喜の覚書には四月五日に「得郎戦死の詳報、鈴木喜代志隊よりあり」という一文があるだけである。

防火訓練と友人の召集免除願い

話は昭和十九年の正月に戻る。直助は冬休みを取って五日に新京から一時帰福した。一月十六日が三内科の開講記念日なのでそれに合わせたのである。彼はその後公用で仙台に出張したが、一月末の日曜日には精喜、和子を連れて大宰府に梅見に行き翌日は操と精喜夫婦の一家四人で共進亭に行って昼食を取った。久しぶりの一家団欒だったが、二月四日には直助は任地新京に戻って行った。

また操も四月末に再び渡満した。

昭和十九年になると空襲の恐れは現実のものになってきて、大学でも防空訓練、町内でも隣組の防空壕掘りなどが本格化してきた。精喜の覚書には大学の防護演習について次のように書いている。

「手袋、三角布、巻脚絆。自動車に赤旗。爆弾、焼夷弾、毒ガス。防護部本部の位置。

命令系統：本部→各教室→班長、医局長→配置。警戒警備、メガホン準備。

空襲：鈴鳴らし。重病の者はベッドの下に。軽症は地下へ」。医局員は警備（監視）班、救護班、消防班に分けられ、精喜は一階の消防要員になった。また「小型焼夷弾：水にて上下、周囲、床下、畳下、何よりも水。後にスコップなどにてすくい出し運ぶ。消火人員は五〜十人位で、一列になって送水し、慌てずに、一分間に十五杯くらいかける」のように具体的な消火法も教えられ、毎月初めには防火演習が行われた。

昭和十九年二月二十八日に精喜は四国に行った。この旅行の目的は精喜の同級生で親友の平田覚先生の召集免除の為だった。平田先生の故郷は徳島だったからそこの三十三連隊から召集令状が来たのだが、先生はこの時三内科医局長で重要な人だったから三内科としては引き抜かれたくなかったし、平田家でも戦地に行かせたくなかった。それで精喜が三十三部隊医務部の担当医官に「御考慮願い上げ度、よろしくお願いする（この文言は原文通り）」ために徳島に行くことになったのである。

精喜は二十八日午後四時の満員列車で岡山に向い、そこから「家の屋根より出る冷たき太陽と田畑一面の霜」を見ながら寒い列車で宇野へ、そこから船に乗って二十九日朝九時ごろ善通寺に着いた。精喜はそこで、四国を統括する善通寺師管の部長から紹介状を貰い、目的地の徳島市蔵本の三十三部隊医務室の岡宗大尉に会って首尾よく要務を終えた。

その日は徳島の澄屋旅館で久しぶりに酒一本を飲み、翌日三月一日、川内村の平田さん宅に行ってこの日に福岡から来た平田君と会い、平田君の家でご馳走になって一泊し翌日福岡に帰った。この旅行の旅費は往復で五十円くらいかかっているから、すでに物価は現在の千倍以下、昭和の初めに比べると倍以上に値上がりしている。

福岡に戻ると精喜は農作業に精を出した。この頃、戦争で働き盛りの男たちの多くが戦地に送られたから、農村は人手不足になり野菜類が手に入りにくくなってきた。それで空き地のある家々は家庭菜園を始めたが、精喜はもともと農学校の出だから野菜栽培はお手のもの、冬から春先にかけてたくさんの種をまき、四月になると、ほうれん草、山東菜、みつば、かぶ、えんどう、ぱせり、油菜、ねぎ、そらまめ、春菊、だいこんなどが次々にとれた。

昌二と清兵衛が家を出る

四月二十九日に操は新京に出発したが、その数日前昌二と清兵衛は福岡市内に下宿を借りてそこへ移った。昨年十二月から二人は操・和子とギクシャクしていたが、それから半年近くも同じ家で寝食していたわけである。一ヶ月後五月二十四日に「夜、昌二来た。ビール一本のむ」という覚書があるから精喜はいろいろのことがあった後も弟たちを庇っていたのだろう。

昌二たちが家を出た、それも直助一家と仲がこじれた形で出たことを和子からとも宛の手紙で知った前沢のきの伯母（彼女は戸主であって、一人で住んでいたらしい）は、怒り心頭に発し、五月初めに次のような手紙を寄越した。

「一昨日可愛らしき夏生様のお写真同封のお便り並びに御送金にあづかり誠に有難く拝見しました。可愛く丸く御成育された御様子に終日見入っております。精喜の幼い時そっくり、そしてお祖母様にもどこか似通っていて今にも話し出すようです。でもこんなに包帯に悩まされて可哀想です。だんだん暑くなりますから早く直ってくれます様祈っています（夏生は小児喘息もあり体が弱かった。この時は汗もができていたのだろう）

この度は昌二清兵衛たちは何という御無礼を申し上げたことでございましょう。お詫び申し上げ様もない痛々しい彼らの仕打ち、憎んでも飽き足らないようでございます。先日ともが参って、得郎戦死の悲しみもまだ生々しいのにまたこんな心配事を聞かせるのも気の毒だが、あまりにも大それたことを秘しておくのも心外なので、と前置きして話してくれましたがあまりの無礼極る二人の態度に一時は夢ではないか、気でも狂ったのか、と思いました。絶大な御恩によって今の自分たちがあり、家があることをよく知っているのに何という恩知らずならず者、何という情けないことをしたのかと口惜しいやら情けないやら、それこそ暗黒世界に蹴落とされた悲しみで泣いてしまいました。

和子様、それにもまして奥様や精喜の御心中いかばかりでございましたろう。御立腹や御憤怒、この上もなくあらせられた事と推察申し上げます。（中略）ともにもお詫びを申し上げてくれと頼んでいましたが一昨日のお便りで泥中から救われ、再び日輪を仰ぐような気になり一同喜びあいました。有難さで胸がいっぱいになりました。

それにつけても尚思いますのはあの二人の心情です。こうしたお情けに感じないわけでもないでしょうに困ったものです。馬鹿につける薬はないと申しますが本当にどうすればいいものでしょうか。よくよく言い聞かせ以後絶対に慎ませますからどうか今度の事をお許し下さるようお願い申し上げます。以後も改まらぬようでしたらどうぞいか様にも御処置下さい。

昌二からも清兵衛からもこの事について一切知らせてきませんでしたが、二三日前『手不足になるから下宿して貰いたいとのこと、表記の所に転住いたしました』という簡単な、何食わぬ手紙が来ました。呆れたものです。どうかあなた様よりお母様にもよろしくご伝言下さいます様お願いします」。

また少し後の手紙には、「得郎の骨もいつ頃参りますか、未だ何の通知もありません。印度攻略戦の戦果を聞くたびに思いが新しくなります。それで引き伸ばしできるような写真がお宅様にないものでしょうか。正装した適当なのがうちにもないので困っています。また満洲から出した荷物はどうなったものでしょうか。得郎は命さえ失ったのだから荷物なんかなくてもいいのですが、その中に記念になるようなものでもあるかな、と思って荷物のことを思いだしたのです。つまらぬことを書きました。

とにも陽子も光子もみな壮健です。でも忙しいとみえてしばらく来ません。田植えで猫の手も借りたい時ですが、私共は一層静寂な日を送っています。どうぞ皆様お元気で」という文がある。甥とはいえ子供の時から一緒の家で育てた子を失った悲しみが察しられる。

精喜の再召集

精喜はこの年昭和十九年四月に九大医学部第三内科講師になった。そして夏生も初節句を迎え、精喜は「鯉のぼり立てた。座敷で昼食食べる」とか「ばらの花よくさいた。夏生、飛行機見てよろこぶ」とか、子を持った親ののどかな気分を味わった。しかしそれは長くは続かなかった。六月三日午後四時、実験中の精喜の所に二度目の召集令状が来たのである。翌日、彼は大学で学部長などに挨拶し、三内科で研究の引継ぎをし、家では隣組の仕事を整理し、五日月曜日に久留米の師団に入営した。

精喜がどのような形で召集されたのかはよく分からないが、最初に配属されたのは西四十八部隊溝口隊で最初の任務は予防接種の実施であった。六月八日に「補充三大隊の約四〇〇人に軍医一名」とか「三種混合、種痘、コレラペスト」（注射の種類）という覚書がある。結局、彼は補充の軍医として朝鮮に渡ることになった。六月十一日に「師団、補充、大邱」という書き込みがあるから、この頃大邱派遣が決まったのだろう。

六月五日の入隊後一週間ほど精喜は緊急の軍事教育を受けた。最初は米軍がこちらの陣地近くに飛行機で強行着陸した場合の敵の装備、あるいは米軍の爆弾の種類とその性能に関する講習である。従軍手帳には「① 艦載爆撃機、ラバウル。小型爆弾（特殊）60kg。内部に24ヶ小型爆弾あり。小円筒形：長さ7㎝、1・5kg重さ。時限信管：親弾は縦2分列、子供爆弾が飛び出す。爆風は5m以内で鼓膜破る・爆死。破片270mまで負傷。50m離れて綱をつけて引っ張り爆発させる」のような記述がある。

次いで渡海途中に潜水艦攻撃を受けた場合の注意、例えば「救命胴衣は常に持っていること。対空、対潜監視：瞥見なら二秒間凝視。眼鏡で近距離（3000m以内）なら2秒ごとに移す。右から左、左から右」などを習い、次いでビルマ戦線での経験から得られた敵の重戦車の攻撃法、すなわち「50mから側面を撃つとへこむだけ。47㎜山砲および四一式タ弾は1000mから60㎜の鉄板を貫通せり」という講義を受けた。米軍の攻撃が現実のものとなってきて、陸軍教育部はその対応に迫られたのである。その外に「常々の用意：物を大切にする。隊長に対して団結と親しみこめて報告する。残飯を作らぬ。停止敬礼：下士以下」など道徳に関する講話もあった。

従軍手帳には時々「馬屋の前に馬が多く繋がれた。父を思い出す」とか「十一月六日、日曜。五時半起床。よい朝であった。夏生はどうしているか。明後日は両祖父母が帰られるだろう」のような個人的感想もあり、また和子に教えられて作り出した俳句を、

「行軍。麦刈り済みて畑には甘藷植え付けあり。野菜園を見るにつけ家の畑を思う。

○　戦帽は　もくもくと動く　ささの道

○　二軒茶屋　いはれは知らず　山つつじ」

と書きつけたところもある。

六月十四日に精喜の部隊は出征時の予行演習として高良山まで行軍し、午後には日本海で米軍の

飛行機や潜水艦による攻撃に対する心構えと反撃について詳細な講義を受けた。先ず「輸送される部隊はお客様気分でいるが船の沈没は陸戦の如何なる損害よりも大である」という精神訓話があって、それから急降下爆撃など爆撃の種類、三機編隊による機銃掃射などの空襲と、潜水艦の潜望鏡の出し方とか魚雷の発射や航行の仕方などの講義があった。そしてこれに対する最良の対応は早めの発見であり、「自分の眼が船全体を担う」という自覚の下に「大海原の中に潜望鏡を見出す」あるいは「高空に機影を見つける」忍耐力が重要である、と教えられた。ラバウルで青田上等兵は肉眼監視で86km先の敵艦を発見し「神技」と言われたそうである（本当だろうか?）。

その後の講義は命がけの問題、すなわち「沈没した時どうするか」についてであった。「普通の船なら沈没まで10~40分ある。2分間で集合し沈着に部署を定め、まず浮くものを投げ込む。綱をつける。縄梯子を用いて下る。飛び込みは勝手ではなく命令で行う。船から50m離隔する。スクリューは右回り、右があぶない。泳がない事。4時間は救命ボートは来ない。24時間は救命胴衣でもつ」のような話があった。

朝鮮派遣

精喜の再応召を知った前沢のきの伯母から和子宛に暖かい便りが届いた。

「電報で精喜殿の再度の応召を知り吃驚しました。前回は五ヶ年という長い年月のあと帰還し、やっと職に腰を据えた直後、またまた二度目の応召とは本当にご苦労様でございます。あちこち召集の話を聞くたびにハッと胸を躍らせていましたが今度は自分のことになりました。大君のため邦家のためと申すものの、本人としては漸く勉強ができる業半ばに出征するのですからさぞ残念だと思っているでしょう。今でも専ら職域奉公で忠義は盡せる立場でしょうが、国家は直接必要から召集したのでしょうから致し方のない事です。御留守中お淋しいでしょうが夏生様の養育に専念して無事の御帰還をお待ち下さるよう願います。戦争もいよいよ苛烈の度を加え、銃後も一生懸命やらねばなりません。どうぞお気を強くして武運長久をお祈りいたしましょう。ご両親様によろしく」。

この徴用の為に行われた健康診断の際、検査官は精喜に徴用逃れをさせてやろうと思って「精喜先生はどこか悪い所はありませんか」と何度か尋ねたが、精喜は「いえ、どこも悪い所はありません」と答えたから検査官も合格と決めざるを得なかった。検査した医師は知人であったから、後で操や和子に「申し訳なかったが、精喜先生が『何ともありません』と言われるからこんなことになってしまいました」と謝られたそうである。筆者は、潔い立派な父をもった、と誇らしく思っている。

さて、六月半ば、精喜は和子に「種々ご苦労様に存じ候。澤田先生と隣組の方々に宜しく申上げられたし。ご両親様満洲よりお帰りの由、お前様からとくとお話し下されたく候。夏ちゃう（夏生のこと）は日増しに元気のことと思う。緑茂り家の畑を思い出している。きゅうりと甘藷の苗が気がかり。夏ちゃうを怒らぬよう御修養成し下され度候」というハガキを出し、六月十六日の午前零時半にいよいよ朝鮮に向って出発した。ただ一行が久留米駅前に整列した時敵機一機が上空を通過したので結局四時半に出発し博多港で朝飯を摂り十時に出港した。前節に書いたように、出発前には米軍によって撃沈される心配をしたがそのようなこともなく、精喜たちは「美しい玄海の水の色」を見ながら夕方六時、無事釜山に着いた。そして翌日汽車で大邱に行き朝鮮二十四部隊に合流した。

精喜の新住所は「朝鮮大邱府大鳳町陸軍合同宿舎二七隊」である。彼は二十日から医務室に出勤してマラリア患者などを診療し、翌日は昌寧兵舎に行って診察した。従軍手帳には診療や研究のことも少し書いているが、本屋で「科学者列伝」「日本選兵史」「草原の研究」「独逸の概観」「鉄の話」「戦闘綱要第三部」「結核の予防」「Concise 英和辞典」を買ったことや、「昌寧廠舎は周囲低き丘陵、松林、疏なる南面傾斜にあり。カッコーの声、ヒバリの鳴くを聞く。朝鮮半島の白衣の農人、麦の収納を事とし又は田植えの準備をす。ぺんぺん草みのり、ざくろの花咲く。あざみあり。コスモスに似た黄色、中央赤褐色の見知りの花もある。タマックスの木か、梢の先にねむの花に似た花をつけている」などの自然観察もたくさん書いてある。

前回の北支派遣と違って今回は米軍との戦闘があるかもしれない時期だったせいか、従軍手帳には『歩兵操典』から引いて、「火点」とか「重キ」（重機関銃）「軽キ」「トーチカ」など文字を書いた図、「火点内に重キがある。小隊の攻撃目標は大隊一火点である」など具体的に戦闘の仕方を勉強した跡が見られる。また朝鮮軍司令官板垣征四郎大将の「留守第二十師団動員実践に方り師団将兵に与ふる訓示」も写している（精喜はこの在朝鮮の師団に召集されたのかもしれない）。とにかく板垣さんは精喜にとって遠い人ではなかったし、彼は「忠君愛国」であったから訓示を拳拳服膺しようと思った。その訓示は「皇国の興廃を賭くる一大決戦の機、将に熟するの秋、茲に留守第二十師団の動員を実践す。今や曠古の征戦に軍の負荷愈々重きを加え、その精強に期待せらるる所今日より大なるはなく、上下身を挺して匪躬の節を全うするは正に此の秋に在り。師団将兵宜しく聖諭を奉戴し師団長統率の下、森厳なる軍紀を堅持し速やかに鞏固なる団結を結成し、兵団の錬成に上下渾身の力を傾倒し有形無形的戦力の充実に努むるとともに、外征兵団戦力の維持培養の根源たる留守業務を完遂し、且つ皇土防衛の大任を全うし、誓って聖旨に応へ奉らん事を期すべし。右訓示す。昭和十九年六月十三日」というものである。

赴任直後の朝鮮で

昭和十九年六月下旬から精喜は本業の兵隊の健康診断や診療を本格的にやりだしたが、定期診断の他に、新兵徴募や軍夫徴用のための体格検査もかなりの頻度で行い、七月五日には「体格検査：一一七人」、十日には「軍夫：八二二一→六八五人選定」などの書き込みがある。戦争による人員の消耗が激しくなってきたことをうかがわせる。また「治療中の患者（二等兵）から『マッチ使うてケーサイ』と一箱貰った」という微笑ましい書き込みもある。マッチも貴重品になりつつあった。

大邱や昌寧は戦場ではないからそう忙しくはなく、精喜は数十冊買いこんだ本を読んだり俳句を作ったりもできた。演習地に行った際の嘱目には次のようなものがある。

○　水原や　鷺濡れて立つ　青き田に
○　散兵線　野茨映ゆる　白光に
○　草茂り　厰舎の中は　装具のみ
○　かっこどり　草の香昇る　丘の下

○ 検閲時　日射病兵　うち守る　　　　　　○ 突撃後　軍医は走る　喝病に

最後の二首は軍医の事を詠んでいて面白い。

家庭を思い出すこともあった。「パーコレーター（すぐ沸騰するから和子の渾名でもあった）を想い出て」と詞書を添えて、

○ パーコレーター　いつか囲まん　火のかげに

とか、夏生が飛行機を見ると空に手を上げるのを思い出してつくった俳句もある。

○ 爆音や　子の手つくろひ　眼に浮ぶ

和子はこれらの句を読んで「妙な句もあるけれど中々良いのもあります。『草茂り廠舎の中は装具のみ』が一番いいです。「散兵線野茨云々」の句もとても良いと思いました。俳句は短くていろいろ情景が分かるから葉書にはうってつけですね。パーコレーターの句は意味深長ですね」と評した。

精喜の七月二十八日の手紙に「先日京城に参り、賞詞を下されし部隊長殿に会い百年の知己に会いたる心地、感激し申し候。帰途板垣閣下を訪問、夜会食の栄を賜り申し候。『父上（直助）も新京往復時に京城に一度くらい立ち寄られても罰は当たらぬだろう』との事に候。小生も近いうちにお便り申し上ぐべく候」という箇所がある。丹羽部長は昭和十三年に北支で精喜に賞詞を授与した人で、二人は久方ぶりの再会を喜んだ。その後、精喜は師団長なども含んだ会食に出席してソ連に対する謀略地のことや朝鮮の話を聞いた。座にあるのは襟にたくさんの星をつけた高級将校ばかりだったから、精喜は後から次の俳句を作った。

○　我のみは　星少なかり　官邸の宴

精喜も名医になれればなりたいと思ったのか、扁鵲が天子から、その名医たる謂れを聞かれた時の返答を書き留めている（『史記』列伝に書いてあるのだろう）。

扁鵲「臣に二人の兄あり。長兄最も診療に長じ次兄之に亜（つ）ぎ、臣の診療の技最も下手なり。長兄は病、皮毛にある中に之を察して治癒す。故に其の名、家族の外に出でず。次兄は病、肉にある中に察して治癒す。故に其の名、村を出でず。臣に至っては診察治療の術、最も拙にして病、骨に入りて初めて之を察して治す事を得。故に却って虚名天下に広まりたり」。支那的な書き方であるが面白い。直助には幾分「皮毛の中に之を察する」ような所があって、「君は結核顔だから気をつけんといかんよ」などと言っていた。

精喜は稀に俳句を書いたやや長い葉書を書くこともあったが、多くは、十五日「手紙キタ。夏生元気の由」とか二十日「母上より端書」などと簡単な返信が多かった。

留守宅の様子

精喜が入営したすぐ後の六月半ば、直助は一時満洲から福岡に戻ったが、又すぐ二十四日、飛行機で新京に帰って行った。四月には昌二と清兵衛が家を出て六月に精喜は応召して軍務についたから渡辺通五丁目の家には男手がなくなり、操と和子は心細かった。以下は精喜からのはがきを貰った和子の七月八日の手紙の抜粋である。

「毎日どうしていらっしゃるかと思わない日はありません。寝る前に八幡様に便りがありますようにと祈って休んでいましたが、今日遂に待望の便りがありました。お元気で朗らかにお勤めの由、安心しました。

こちらも皆元気です。私は父と一緒に満洲に行くつもりでしたが夏生のお腹の具合が悪いから止めにしました。どうせ飛行機に女子供の席はなかったから駄目だったのです。夏生のお腹は一進一退、私が重湯などをやっていると、父がそれでは栄養が付かずかえって悪いと言ってバタ、牛乳、粟、普通の御飯をやるから又悪くなるのです。粗相しない子だったのに何遍もウンコをしかぶって泣きたくなりました。

昨夜は空襲警報が出たので、連日の雨で水が溜まった防空壕に四時間もいたから布団も手提げも手拭もみな濡れてしまい、夏生は爆音が聞こえると火のついたように泣き出して困りました。今は国（岩手県）に疎開しようかとか、家をたたむのは大変だから私だけ新京に行ったらとも考えています。これから空襲は度々あるだろうし、赤ん坊を抱えていては完全な防空壕でもない限り並大抵ではありません。米軍の飛行機にどんな奴が乗っているのだろうと憎らしくなりました。

でも今月一日から（村上）英男さんたちが引っ越してきてくれたのでどんなに心強かったかしれません。畑も精喜さんがいないから手が回りませんが、それでもトマトは小さいのが色づき夏生の食料になり、なすびもぬか味噌に着けておいしく食べています。ササゲはたくさんなり、カボチャも実をたくさんつけています。

私はパーコレーター（すぐにかっとなって怒ること）で本当に悲しくなります。夏生はこの頃人声のする所に這って行ってテーブルにつかまって立つことがあります。おばあちゃまは、と言うと咳の真似をするからカーレン（九官鳥の名）だと言われています。今度お父様（精喜さん）が見る時はもっと大人になっていましょう」。

和子は夏生だけを叱っていたのではなく、母操にも怒っていた。操は精喜に「相変わらずオコリには閉口します。誰も恐いものがなくなったといって、すぐに憤慨するので困ります。私が大抵当たられるのであります」と愚痴をこぼしている。しかし和子の手紙は面白く、その上毎月四、五回通の手紙を出したから精喜は退屈しのぎになっただろう。七月後半の手紙には次のような箇所がある。

「一昨日の日曜は澤田さんが見えたので、昼は珍しく手に入った鯛で食事を差し上げました。澤田さんは『空襲はちっともこわくないから家を引き上げない方がいい、用意して防空壕に入ればいい』と言われ、その話を聞いていると気が楽になりました。昨日は午後から兵隊さんの外套の裏に毛皮をつける講習がありました。半端な形の毛皮をうまくつける見積もりが難しかったけれど皆さん一生懸命になさっていました。

サイパン島の事を聞くたびに全く悲壮な気になって容易ならぬ事と思います。アメリカの奴をどうにかできないかと口惜しくてなりません。本当に天下分け目の戦いと思います。うちの電気蓄音機は西部軍の無線機回収で供出することになりました。名残り惜しいけれど、いつか日本が勝ったらまだ良いのを買おうと思います。

昨日赤トラの子猫が門の中に捨ててありました。よくなついているから飼う事にしました。クマがいなくなって鼠で閉口しているからです。昨晩日高先生がダットサン（自動車である）でお野菜を沢山持って来て下さり大助かりです。精喜さんもお便りを下さい」。

「二度目のお便り嬉しく頂戴しました。こちらからの手紙に書いてはいけないことに触れたのかと思って、こちらからも書くのを控えていました。

夏生は扁桃腺炎で一週間おきに二度、熱が九度も出ました。広門先生にルゴールを塗っていただいて今はすっかりいいですが、扁桃腺がよく腫れます。夏生は座る時は用心深くお尻をかがめて『チャン』と言って座ります。外に出たい時は庭を指さしてアーアーと言うし、ご飯の時おつゆを続けるとご飯を差してウマウマと言い、『コマを廻してあげようね』というと玩具のある書生部屋に這って行ってクーッと言ってコマを差し上げて渡します。バアはよくします。ハンカチなどを被ってそれを取っても言うし、鏡台の布を取って鏡に写った自分の顔を見ても言います。天花粉をつけるから綿や布をみると頭や首の回りをこすってタッタッ（パタパタ）と言っています。子猫に紙の丸めたのを投げてやってじゃれると喜んでいます。本当に子供の知恵付きくらい面白いものはありません」。

第三章　人心の荒廃と母性愛（昭和十九年夏から冬）

昌二の再召集と清兵衛の忘恩

昌二は六月に東北大を受験すべく前沢に帰ったが七月七日に再召集を受け山形の連隊に配属になった。普通に台北帝大に進学していればこうはならなかっただろうが、自分で選んだ道だから致し方のない事であった。それでも台北で世話をしてくれた澤田先生は、何とか昌二が大学に進めるよう努力してくれた。八月末の和子の手紙の一部。

「先日澤田さんが、台湾から送ってもらった昌二さんの卒業証明書と成績表をもって理学部に行って交渉して下さり、清兵衛さんが願書を書いて出されたそうです。それで多分ここの物理学科に籍を置かれるだろうとのことです。本当に澤田さんは御親切です。澤田さんがいなかったら昌二さんはどんな不利な立場になったかもしれないと思います。

昌二さんは自分では正義感に燃えているようでありながらどこに行っても破綻をきたすようで成績表にも『不都合の件ありたるにより一時停学せしめられたり』と書いてあるし、今度も学部長に無断で北大（東北大？）を受けたらしいです。また台湾でも初めは数学に熱心だったが終り頃は講義に顔も出さなかった、と担当教授もおっしゃっていたそうです。それらすべてを澤田さんが尻拭いして弁解もされ、忙しい中を何度も理学部に通ったり、台湾に航空便を出して佐藤八郎さん（澤田氏の台北時代の助教授）に頼んだりなさいました由、私も感謝しています」。

しかし澤田先生の努力も「規則」には勝てず、結局実を結ばなかった。九月初めの手紙に「澤田さんから御電話で昌二さんの九大入学の件は教授会でやはりダメになったそうです。文部省に問い合わせたが、入学できるのは今度（昭和十九年）高等学校を卒業する筈の人か、在学中に応召した人でなくてはならない、と言ってきて、帰還の上改めて入学希望があれば充分考慮する、という話だった由。気の毒ですが澤田先生にこんなにお骨折り頂いたのだから諦める他はありません」という箇所がある。

他方、清兵衛はこの年の九月に九大採鉱学科を卒業する予定であったが、その後大学院に進みたかった。それで六月初旬、操の所に大学院進学後も経済援助してくれるよう頼みに来た。その時の様子は（和子の手紙によれば）「清兵衛さんがあまり見え透いた策略をなさるので母がその旨を申したら随分ひどいことをおっしゃり、『そんならお宅の厄介にはなりません、兵隊に行っている兄（精喜）に出して貰います』と言って帰られた」そうである。但し文中の「策略」が何かは分からない。

それで操は満洲から一時的に戻った直助にこの事を告げた。直助は「それなら俺から話してやる」と言って、清兵衛に自分の学生の時のことなどを説き聞かせ、「自分で苦心して勉強するのが励みになってよい、頼みさえすれば金が入るという生活はかえって勉強の妨げになる。たとえ精喜が金のとれるところに就職していても家族を養いながら月々百五十円の金を出すのは困難なのだ」と諭した。すると清兵衛は（和子の手紙によれば）、「例の如く薄笑いをされて『そんなことありません、百五十円位そりゃあ出せますよ』と何遍も言われました。父はあとで『ああいう風に思っているのだなあ』と申しました。精喜さんがいなくなったから私共が勝手にこういう風（補助金を少なくした、という意味だろう）にしたのだと思っていらっしゃるようです。下宿を変わられたらしいですが所を聞いてもボンヤリした話ばかり、その後は音沙汰がありません。でも七月分のお金は昌二さんの分もお貰いになって、僕が使いますから、と父母に申しておられました。

昌二さんからは『人手が少ないから無理をするな、自分たちのために父と私共が離れ離れで涙が出る』（直助が満洲に赴任したのは昌二兄弟に金をやるためだ、と考えたか、あるいは考えたふりをしたのだろう）とかいう便りが来て、恰もアメリカが講和を申し込んできたようで薄気味が悪いようです。

得郎さんの荷物が届き、清兵衛さんが受け取って処分したようです。保険証書は昌二さんが国にもって行ったが、しも叔母様から送り返してきてこちらで手続きをして東京のかくかくの所に送り返してくれと言ってきたから、先日とても暑い日に代書人と市役所に通って、いろいろ書類を作ってもらって今日送り返し、ホッとしました」。

このような手紙を受け取った精喜は何とも言い様がなかった。それで「夏生の朗らかなおしらせ嬉しく拝見。本日の誕生日（七月十六日）遥かにお祝い申し上げ候。清兵衛の言動甚だ申し訳なくお詫び申し上げ候。全く面目なく肩身狭く御座候。昌二も元気で服務と思い居り候」とだけ書いて来た。昌二と清兵衛は「我々の面倒を見てくれるべき兄精喜を直助の家に取られた。だから直助一家が自分たちを援助するのは当然なのだ」という感覚があったのだろう。

悪いことばかりではない

しかし生活が苦しくなると態度が変わるのは精喜の兄弟ばかりではなかった。直助の甥（兄村上恭助の長男）の英男は福岡の専売公社の医者として長く福岡に住んでいたが、操たち一家に男手がなくて不安だろう、というので七月一日から五丁目の家に同居してくれることになったが、僅か二十日後に突然「ここを出る」と告げた。和子の手紙によれば、「英男さんは一丁目に家が見つかったからそこに越す、その家は狭いから光子（英男の妻）は国に帰すという話でした。母と私はビックリしました。あまりにも勝手な話、父がいた時の話合いとは手のひらを返すようです。きっと前に住んでいた春吉の家が大家さんとの経緯で居られなくなったので一時しのぎに家に来られたのでしょう。私たち（操と和子）は新京に行って住むのが本当だ、などと言うのです。母はつくづく『この頃人を当てにするものではないと思い知らされた』と言っています。僻みかもしれないが、父や精喜さんや一家の中心になる人が居なくなるとこんなことになるのだと思います。こんな雑事で、国の為に一生懸命働いている精喜さんを於古里（怒り）の捌け場にするのは悪いと思いますが、また始まったと思って下さい」。

このようであったから操は「新京にいくのは荷物も家も道中も困難だから当分は心身を強くして

御許様（精喜）の留守を致すつもり。清兵衛さんに再びうちに帰って頂くことも考えたが和子が反対、また言っても清兵衛さんのあれからの行動では無駄だと思い止めました」と覚悟したが、その数日後の七月三十日に清兵衛は久方ぶりに訪ねてきて、心から操たちに親しむ様子だった。それで操が「勉強の都合さえよければ帰ってきて貰いたい」と言うと清兵衛も「採鉱学科の先生からもどうして出たのかと聞かれた、和子さんさえよければ帰ってきてもいい」と答えた。和子もやむなく同意したから清兵衛は再び渡辺通五丁目の家に同居することになった。操は精喜に宛てて「第一、御許様が喜び安神下さるだろう。今までのようだと気にかかるから本当に良かった」と書いている。

清兵衛が戻ったのは別居によって双方が困ったことに加えて澤田先生の尽力があったからである。和子は精喜に宛てて次のように書いている。

「先日ヒョッコリ清兵衛さんがいらっしゃって今度は全く掌を返したようで不思議なようです。以前の事があるから私としては素直に信じる気にはならないが、母は男手の無いのに困り抜いていたから喜びました。清兵衛さんも下宿生活にこりごりして、また昌二さんもおらず心細くなり、また先生方から五丁目の家を出たのはなぜかと聞かれ返答に困ったりして、とにかく家と今のような状態にあるのは不利と思って折れて出られたのでしょう。私も思う事はあるがあまり疑ったりするのはいけないと思って、帰っていらっしゃるよう勧めました。

清兵衛さんがいらっしゃる前に澤田さんが『それはいかん。僕が言ってやろう』とおっしゃったからそのせいもあるのでしょう。清兵衛さんが帰られた後、澤田さんから『清兵衛君が帰りに寄ってとても喜んでいた、厭な事もあるだろうが目をつぶってまた置いてあげてください』と電話がありました。清兵衛さんは翌日も来て池替えをして下さったから御そうめんとご飯を上げたら、腹いっぱいになったと喜んで、また近いうちに来るからと言って帰られました。この件は精喜さんも喜んで下さると思って、私もその気になったのです。身内同様の英男さんも自分の都合のためにはこちらの事を考えないのだから、昌二さんたちがうちの事を誤解するのは仕方がないとこの頃は考えています」。

この手紙は委曲を尽していて、多分真実もこのようであったろうと思わせる。精喜はこの手紙を受け取ってすぐ「皆様の御寛大なる心により清兵衛も快く復帰せし由、安心致し候」という返事を書き、一週間後にも「清兵衛ももとに収まる由大安心仕り候。澤田先生にはお礼状差し上げ候」という便りを出した。本当に「大安心」したに違いない。清兵衛は九月に卒業し、その後も大学院特別研究生として研究に従事した。

夏生の病気と和子の妊娠

昭和十九年の夏にサイパン島の玉砕があった。七月二十三日の和子の手紙には「内閣が変わって私が予言していたように米内さんがなられました。お国の大事を立派に切り抜けて下さるよう八幡様にお祈りしてきました。サイパンの玉砕は涙が出ました。南雲中将が南方の司令官になって、もう大将にもなろうかというお年で戦死されるとはお気の毒でした。最後の突撃をして死なれたかと思うと暗澹たる気分です。でも日本の指揮官は偉いと思います。サイパンの事を思うにつけ精喜さんは日本の近くだから有難いと感じています」という所がある。

しかしこの頃和子の関心はほとんど夏生に注がれていた。勿論初めての子が可愛かったからであるが、一つには夏生がしょっちゅう病気したからである。七月のことは前にも書いたが、八月以後も、三日「夏生は扁桃腺炎ということで熱が九度も出て鼻が詰まって何度も泣きだし、おちおち眠れませんでした。」というのを皮切りに、二十二日「夏生は今度は気管支カタルになってしまいました。広門先生が注射をして下さったら初めての注射なので先生をにらみつけて大泣きに泣きました」、九月十二日「夜分はとても冷えてまた夏生に鼻風邪、口で息をしてグスグスいっています」、二十五日「夏生が十九日の夜中から四十度に発熱したので何も手に付きませんでした。隣組の木村さんは薬道楽でオムナジンをもっておられ、奥様が『もし坊ちゃんがお悪いなら遠慮なく言ってくれ』とおっしゃっていたから厚かましいが一本分けて頂き、広門先生に注射していただいたら一晩で俄かに熱が引きました。オムナジンは利くものだと驚きました。でも折角肥っていたのに痩せて目は窪んで、体中がカサカサで唇や鼻から血が出て可哀想です」のように月に二度位は熱を出していた。食料不足からくる栄養不良が影響していたのかもしれない。

それでも一歳の子供だからいろいろ面白いこともあった。「夏生は絶え間なく何かしゃべっていて私（和子）に似ているから悲しくなります。でも十字形のもの、たとえばトンボ、紅葉の花、絵に描いた飛行機などを見るとブーアブーアと言います。これは飛行機を連想するらしいです。また障子の穴を見つけて破るから私が飛んでゆくと破った紙を見せてニコニコしています。叱ってお尻を叩くとキャッキャッと笑い、またすぐ障子の所に行ってニヤニヤして破る動作をして私が何か言うのを待っています。根負けして吹き出してしまいます。この頃は「たった」というと一人で立ってみせて、うまくいくと十秒くらい立ちます。その時は嬉しそうにニコニコしています。『お母様は』というと私を見るから本当に可愛いです。精喜さんがいたらと思うけれどもこれはやむを得ないですね。夜はよく眠って夢を見て笑ったりするから、その顔を見ると疲れも忘れるようです。こんな気持ちに時々でもなれるのでなければ子供は育てられないでしょう」。

和子はまた子供ができた。八月初めに「まだ私だけの感じに過ぎないが」と但し書きして精喜に報じたら、精喜は非常に喜んで「先日のお手紙嬉しく拝見。汝の感（妊娠）にして真ならば誠にお目出度き事にて、家の興り国の栄の為に慶賀の至り」と返事をくれて、すぐ後には「夏生は大乗的な考えに則して大事に育てられ度、良い季節に相成り候へば夏生と庭に出て遊ぶよう心掛け肝要に候。母はみな、国の宝としてその子を育て国力を涵養することこそ時代の要求するものの一つに御座候。自由主義的享楽的な考えは毛頭持つことなく、万難を排して日本の母として御精進致さるべく、失礼ながら母上様にもお伝え願上候」と書いて来た。

その後和子は盲腸炎で発熱し、馬屋原九大産婦人科教授に見て貰ったら「妊娠中の盲腸炎は恐ろしいから内科に暫く入院して安静にした方がいい」と嚇されてビックリしたりもしたが、お腹の子は順調に育って行った。しかし「夏生一人をもて余すのにどうしようかと思うし、母もそう言うから考え込んでしまった」が、「精喜さんがお葉書であんなに喜んで下さったから始めて明るい気持ち」になった。

昭和十九年夏の庶民生活

八月半ばに五丁目の家に戻ってきた清兵衛はよく働いてくれた。操の手紙によれば「今までは英男さんがいても右のものを左にもなさらないから困っていましたから今は大助かりです。今日も物置と小野寺の部屋を大掃除して下さいました。物置の二階からは鼠の死骸が八匹出てきました。清兵衛さんも気持ちが悪いといっていました。於古里（和子）も以前通り打ち解けて協調しているから御安心下さい。ただ困るのは畑です。夏生に食べさせる野菜、特に青物が不足です。今までは人参をすりおろしてやっていましたがそれも先が見えてきました。毎日じゃが芋とカボチャで栄養不足」だった。

夏生の栄養が気がかりだった和子は献立を書いて精喜に見てもらった。

「昨日朝：南瓜のおみおつけ（あさりの汁）と鰹節、十時：南瓜を潰したのとメリケン粉を合わせてバタで揚げたもの、昼：豆腐のお煮つけと人参のすりおろし、夜：ジャガイモと玉ねぎの白ソース煮（雞のスープだから上等）と茄子の鰹節しょうゆ和え。

今日朝：豆腐のおみおつけと鰹節、十時：南瓜入りホットケーキ、昼：南瓜煮しめと卸し人参のバタ炒め、三時：おうどんと梨のすり卸し、夜：豚（新京よりの缶詰）で煮込んだ里芋と玉ねぎと煎り卵。夏生が栄養不足にならないよう思い切って色んな物をやっています」。

直助は福岡では著名の医者だったからお弟子さんや患者さんが留守宅にも食料をもってきてくれることが多かった。だから当時としてはこの食事はいい方だったのであろうが、カボチャが多いのが目を引く。また「川向こうの子供が庭に入ってきて榎の実をとって食べています。何度叱っても来るから『そんなにおいしいの』と聞いたら一つ呉れたので食べてみたら干しブドウに似て甘みもありますが、果肉はほんのチョッピリです」という記事もある。子供は甘いものを捜しまわって食べていたのである。

この頃から米軍機の来襲は日常のことになっていたらしく、八月末の操の手紙に「この前の日曜は敵機を見た人が沢山で、オコリ（和子）は靴下を穿いていて見られず残念がっています。空中戦は見事で、ちょうど大木に蝉がくいさがっているようだったそうであります」というくだりがあるが、戦争で大変だったのは空襲そのものではなく、和子の手紙に「私も早起きして働いています、また外に使いに出たり隣組の用事もあって、それが一番疲れます」とあるように、隣組などの雑用だった。昔は全然働かなかった和子も背に腹は代えられず、「精喜さんが出征して四ヶ月になります。夢では何度もお会いしたし、時々頂いた手紙を順々に見ています。この頃生まれて始めて風呂を沸かしました。台所も手順よくできるようになりました」。

生活は段々大変になってきたが、町では映画のロケもあった。

「今日は久しぶりに外出して三井銀行（土居町）に行ったら県庁前から呉服町まで大した人出、兵隊さんが多数、軍馬も背中に日の丸を立てて将校が馬に乗ってラッパを吹いて行進し、白エプロンの婦人会が大勢それを歓迎し、警官まで出て交通整理をしていました。兵隊さんは折襟になる前の昔の軍服と普通の軍帽、婦人会はモンペでない当たり前の着物に昔の国防婦人の襷を掛けていました。今どき珍しい随分賑やかな出征と思って通行人に聞いたら、「朝日」に連載の『陸軍』（岩田豊雄（獅子文六）の小説）の映画撮影でした。田中絹代など松竹の連中が来ているそうでナーンダと思いました。三井銀行ではラッパの音がすると銀行の女の子も客も一斉に駈け出して見に行くからずいぶん待たされました。

ともさんからの手紙に、信夫さんの妹さん（きれいな方）が挺身隊で東京に行ってニュース映画を見たら、中に得郎さんが出てきたそうです。ビルマの航空基地ニュースがあって爆撃から帰って来た得郎さんが飛行機から降りるや否や整備員が差し出した水をがぶ飲みしている所だったそうです。今寿座に来ている『大いなる翼』というのはビルマの航空基地を扱った記録映画だそうだからもしかするとそれかもしれません」。戦争中でも今と同じく映画の撮影というと黒山の人だかりがしたのである。

実際昭和十九年までは庶民が「戦争で奔命に疲れる」ということはなく和子には本を選んだり読んだりする暇は充分あった。「この頃『渡り鳥の話』（内田清之助著）『第三冬の華』『樹氷の世界』（中谷宇吉郎著）などを読みました」とか『地球物理の話』（松沢武雄）を送ろうと思って丸善、金文堂、積文館を回ったがどこにもありません。本屋にいい本が少なくなったのに驚きました」、あるいは「面白そうな御本も沢山有難う。精喜さんは本を選ぶのだけは上手ね。今『児やらい』（大藤ゆき）と『銀河鉄道の夜』（宮沢賢治）を読んでいます。昔は子供を産むにも育てるにも色んな慣習があって大変だったのですね。銀河鉄道は随分変わった童話で驚きました。子供は割に早くこういう面白さを感じるかもしれませんが、夏生が読むのはだいぶ先でしょう」などと書き送っている。この伝記とは関係がないが、宮沢賢治は岩手県花巻の人で、沢田藤一郎先生とは盛岡中学の同級生で仲良しであったし（澤田先生宅には賢治からの手紙があった）、盛岡高等農林を出たから精喜の先輩でもあった。

精喜の一時帰福と夏生の入院

精喜は大邱で診断や「間接X線胸部撮影」など医療に従事していたが、生活自体には余裕があって、九月中旬に演習のため木浦に出張した時には、

草黄ばみ　降り吹く雨に　総《ふさ》たれぬ　　野分して　打降る雨に　総重し

綿の花　雨にしほれり　赤と白　　　なつめの木　征きし戦野の　想出の実

などの俳句を作っている。

十月初旬、精喜は本土に出張し、福岡にも一時戻ることができた。朝鮮派遣軍が、機会があれば将校たちを故郷に返してやる、という主義だったのかもしれない。精喜は四日朝に釜山を出港し東京に少し居てから八日夜に博多駅に着いた。それから数日は昼は三内科の医局や医学部の先生方を尋ねたり、自宅の座敷の整理をしたりして過ごし、夜は二日に一回づつビール二本を飲んでいる。精喜の福岡滞在は一週間ほどで終り、十五日には博多港から乗船して朝鮮大邱に戻った。もどってすぐ精喜は次のようなハガキを出している。

「十五日、思い出多き残島（能古島、戦前は残の島とも書いた）や玄界島を眺め、ガスに煙る博多を想い、静かな海を航海いたし候。病気の夏生や隣組の仕事、台所のコメなど色々苦労する汝（和

子）のことを考え北に去り申し候。身も重る時、一入御自愛、また夏生の病気の一日も速やかに全快あらんことを祈り申し候。母上には日増しに寒さに向かう折種々ご苦労様に存じ居り候。十六日隣組の木村、田中、三角さんよりお便りあり、また新京父上様よりの書面に接し申し候」。

和子にとって一週間の逢瀬は嬉しかったが別れた後は淋しさが増した。その上、夏生はこの頃赤痢に罹っていたから身重の和子は一層心細かった。夏生の病気はなかなか治らず、血便が出て八度五分まで発熱したので十六日に近所の広門病院に入院する羽目になった。十月十九日の和子の手紙。

「病院生活をしているせいか御出発後随分長く経ったようです。いつもこの間の楽しかったことを思い出して懐かしんでいます。夏生もよくなって今日は便通六回、熱は平熱、昼もよく寝ています。入院中の子供で一番大人しいです。食欲は旺盛で目が覚めるとウマウマと言っています。ただ物凄くむくんで瞼は腫れ頬は垂れ下がりお腹も膨れています。早く腸が治って栄養を取れるといいですが、今日はじめてリンゴ汁をやったら喜んでもっと欲しいと言いました。

病院は洗濯場、便所、流し、ガス台など汚くて最初は嫌だったがだいぶ慣れました。病室の畳なども凄かったけれど絨毯やゴザを敷き詰め掃除したから良くなりました。でも雨漏りが物凄く金盥などを総動員しましたが、それでも睡眠不足になるようです。病室は二階、洗濯場は下でお腹や腰が突っ張るようでした。私はうちから食事やその他を運んでもらっていますが、持ってくるのも大変でしょう。母は一日二度も来て夏生に、淋しいから早く帰っておいでなどと言っています。一日か二日置きに家に帰って夕食してお風呂に入っています。今、児島喜久雄さんの『希臘（ギリシャ）の鋏』という本を買ってきて読んでいます。面白いです」。

この時代に子供が入院すると、掃除・洗濯・食事などは全部入院患者家族の仕事で、病院側は診療して注射して薬を処方するだけだった。しかし和子は周りに医者がたくさんいたから非常に恵まれていた。滅多に手に入らないオムナジンやニケトグロンサンなどの薬を澤田先生が下さり、また満洲の直助も送ってくれたし、お弟子さんたちも色々なものを下さったからである。だから夏生は日増しに元気になって十一月五日に退院した。

夏生は赤痢の後「可哀想な位やせて、顔は老け手足の肉はたるんでいます。いつになったら他所の子のようになれるか、標準よりずいぶん遅れていると思うと、寝かしつけた痩せた手を撫でて涙ばかり出ました。普通の子はどんどん歩けて普通のものを食べるのに夏生はまだすっかり赤ちゃんで、食べるとお腹をこわし外に出すと風邪をひきます。気の休まる暇がなく可哀想でなりません」という風であったが、十二月になると「夏生はほっぺたがリンゴのように赤くなって手足も実が入ってきました。朝九時に起きたら乾布摩擦をしてやっています。そのせいか気管支は今の所いいのでこのまま続くよう八幡様に毎日祈っています。知恵がついて面白くなりました」。

得郎の叙勲と窮屈になる日常

得郎はこの年昭和十九年十月に殊勲甲功四級に叙せられた。精喜は操に宛てて「この上なき名誉と存じ兄弟の誇りに御座候。家門の名誉として末永く伝えたく、得郎の為に位牌祭り下され度候。男子の名誉これに過ぐるものなく実に死所を得たるものと存じ候。子供の時より種々御世話になり御蔭をもって、ここに御恩の万分の一に報じることを得たるものと存じ居り候」と書き送り、和子は精喜に「得郎さんの御名誉、どんなにか精喜さんが感激なさったか、御様子が目に見えるようでした。私も得郎さんのような方の姉とならせていただいて何より有難く存じます。尊い御戦死とはいえ得郎さんのような立派な若い方が次々と喪われていくことを思うとまことに身を切られるようです」と返事を認めた。悲歎の中にある家族にとって「国からの名誉」はある慰めを与えたのである。

昭和十九年暮までは直助が居た満洲も、精喜が居た朝鮮も、操や和子がいた福岡も戦争の影響はそれほど切迫したものではなかった。十月初めの精喜宛直助の手紙は「新京は冬の初めらしき気候、公館の室内十五度くらいに候。小生の身体は例によって頑健、中根君と二人にて頑張りおり候。病院（新京第一医院）は二、三十万円の赤字なりしも、最近大黒字と相成り、これのみは大安心に候」という位で緊迫感は薄いし、精喜の従軍手帳にもところどころに「空襲警報」とか「フィリッピン派遣隊出発」とか「パラオ、ペリリューの所見。覚悟。訓練の精励のための戦訓研究」とか戦況不利の印象を与える覚書はあるものの、壮行会とか宴会もあり、年の暮れには「昼、部隊剣術競技会。夜は本松後藤両中尉と『おや寿』にて飲」んだ。操の手紙には「内地は増産増産で盛んなものです」という所があり、和子も「ここは空襲もなく平穏ですが東京は寒空に頻繁な空襲でさぞ大変でしょう。憎らしい敵機です」と書いている。

しかし生活は窮屈で苦しくなりつつあり、特に食料や衣料問題が大変になってきた。手紙には毎回のように「精喜さんが撒いて下さったホーレン草を夏生は食べている」、「女の洋服地が配給になった由、もしそうなら送って下さいませ。京城で夏生の洋服は如何でしたか。お買いになる暇がありませんでしたか」、「千葉さんが台湾からお砂糖をどっさりもってきてくれてお母様は大喜び」、「清兵衛さんが島根から山芋と渋柿を沢山持って帰ってくれた。皆でトロロをたらふく食べて、渋柿は清兵衛さんがアルコールをつけてカメの中に密閉してくれた。母は子供のように喜んでいる」「刻み煙草が買えなくなったから、郷里（前沢）にはうちの配給の分を送ってやった。だから光（箱入りタバコ）が貰えなくて精喜さんに送れない」、「毎日のように野菜などの配給があるが、その時は戦争のようです」とか書いてある。

夏生はよく病気をしたし、お腹の子（著者である）は「とても動く子でまるで憤慨しているようにお腹の中で猛烈に動くから苦しいほど」だったから、これに配給の当番などが回ってくると和子は大変だった。それでも気候が良い十一月頃までは、「こちらも初冬らしくなりました。庭の薔薇があまりにも美しいから俳句を作りました。

枯れ芝につぼみかかげしばらの光り　園枯れて一つのバラのはなやげり（四日）

夏生は抱いて庭を一回りするととても喜びます。今、夏生は昼寝、ラジオでよい音楽を聴いています（十二月一日）」などとホッとする時間もあった。しかし「先達て枡屋さんの所にビールの空き瓶をお返しがてらお肉をもって行きましたが、その時財布を忘れていたので大名町で訳を言って電車から降ろして貰いました。家に帰るのも残念だからそのまま大濠まで歩きましたが、お腹が突っ張ってたまらなくなりベンチで何遍も休んで蝸牛の這うようにしてやっと澤田先生宅で休ませていただきました。枡屋さんでは奥様がずっと下痢だそうで大変弱られていました。奥様ひとりで御大変だろうとお祭ししました」というところもある。栄養不良など人々の日常生活に戦争の影が射し始めたのである。

昭和二十年のお正月

新京の直助は正月休暇をとって、途中、釜山まで出てきた精喜と一晩話して、歳末に福岡に戻った。昭和二十年の正月はいい天気で、操の手紙には「こちらも小野寺を迎えまして何はなくとも和気アイアイとした正月を致しました。夏生も真っ赤なホッペタになり、智慧もついて面白くなりました」と書いてある。一月九日の和子の手紙からは暮から正月にかけての小野寺家の様子がよく分かる。

「この頃はお便りがないので淋しいですがお元気のことと思います。暮の二十九日に父が帰福して大変賑やかでした。精喜さんからのお土産のリンゴ、栗、洋服地、何よりのものを有難うございました。リンゴはとてもかわいい。この頃は国からも来ないからすりおろして夏生だけにやっています。洋服地（精喜が朝鮮で買った四十七円の配給服地）は素敵で驚いています。父が戻った時は大変な荷物で、珍しい物を家中に並べて、さあこれもあれも食べろ、と言って夏生は吃驚していました。

父が帰ってきてお客様は見えるし、年末の配給は来るでその忙しいこと、大晦日などどうして暮したか分からない程でした。それより前、父が帰ってくる二日前の寒い日、集めて回った隣組の衣料切符をもって夏生を負ぶって岩田屋に行列しましたが何十人という人で買えず、夕方また行って一時間ほどかかって買って帰りました。その日の夜猛烈にお腹が痛んで吐くやら浣腸して貰うやらでどうなることかと思いましたが、翌日三木先生に診ていただいて薬を飲んだらだんだん収まりました。大晦日は野菜、魚、煙草の配給で夜十時までかかり、当番の方は本当にお気の毒でしたが、うちもてんてこ舞で、とうとうお煮しめは作らず、お屠蘇は売り切れ、こんな正月は初めてだと大笑いしました。父は「子守りでひどうがすよ」と言いながら夏生をあやしてくれました。

父は私共の育て方が消極的だから駄目だ、そんな風だから歩けないのだと言って、お肉などもちょっと噛んだだけで食べさせ、パンもお菓子も大きく切ってバタや蜜を沢山つけてやるのでハラハラして見ていました。一月五日にとうとう風邪でヒューヒューゼレゼレいいだし、父がサルゾルやオムナジンを注射してもよくならず、翌日父も兜を脱いで広門さんを頼んだら、自然に治るから大丈夫と言われオムナジンを射されたら翌日から段々直り、今日は一日起きてはしゃいでいます。雛を見るとトートーと言うし、字を見ると、ンマーンマームニャムニャと出鱈目を言って読んでいます。滑稽でなりません。

父は何だか年を取ったようで気の毒ですが、父からみれば母や私が真っ黒な手をして忙しがっているのを可哀想に思うらしく、私自身はかえって呑気なのですが、父は特に母が痩せて年を取ったと何遍も言いました。でも今はみんながそうだから我慢するしかありません。昨日は三年目の結婚記念日でもあり、いろいろ思い出しました。得郎さんの町葬も昨日で、はるかにご冥福を祈りました。得郎さんの元の上官だろうと思われる相沢中佐という方から精喜さんに手紙が来ましたから、写しをお目にかけます。

『……小官部下としてあるいは自爆未帰還となり、或いは現に活躍致されある御愛息の状況、具にお報せ仕りたく存じえども、（多忙のため行けないから）もし当地（茨城県那珂郡常陸飛行隊）に御光来下されば部下に逐一報告させる。その際は御一報下されたい』。

ではお寒さの折、何卒お体を御大切に」。

第四章　戦況の逼迫と疎開（昭和二十年春）

徴兵検査で朝鮮を回る

昭和二十年、戦況はますます不利になっていたが、陸軍はその状況下で出来るだけのことをしようとしていた。だから軍医の精喜たちも「合宿」というものに行って圧倒的な戦力をもつ米軍と戦う方法などを教えられた。従軍手帳の一月十二日の項には、「三波上陸。水陸両用戦車。五倍の兵力。M4戦車。（以上はサイパン島などでの米軍の戦術のことだろう）

精神力萬能の弊害：陣地を作らず前進、突撃。（以上は日本軍の欠点のこと）

築城術：停止したら工事、工事は即ち戦力である。近接戦闘まで生き残っていることが大切。堅固な陣地を作る事。

資材の重点使用：サイパンで米軍上陸地点は予想していたのに、山地一帯にベトン（コンクリート）を使った」などの記事がある。「塹壕でじっと我慢して、敵が近づいた後に接近戦で反撃」という戦術を教えたのである。

精喜は年の初め、和子宛に「夏生も日増しに元気の由嬉しく存じ候。身重の上に隣組の用事で多忙、家の仕事も多かるべく、身も心も確かに持ちて難関を打ち開かれ度、ことに正月は怒るのを止めて明朗に御健闘の程祈り上げ候。前沢役場より電報にて得郎の町葬は一月八日の由、私は帰国できぬがこの日は（結婚）記念日にて我らは八日に深い縁がある。異郷よりはるかに思いを馳せなば得郎も諒とし、故山に眠ることと存じ候」と和子を元気づけたが、間もなく「徴兵検査の為に全州と京畿道一円を回る」よう命じられ、一月二十八日に全州に向い、二月一日から四月いっぱいまで徴兵検査に従事した。これは昭和十九年秋から朝鮮人も徴兵することになったことに伴う措置であり、実際四月から軍事訓練も始まったが、結局日本の敗戦によって徴兵された朝鮮人が前線に出ることはなかった。

全州での徴兵検査は十二日間にわたって行われ、毎日百三、四十人、総計千五百人程を検査した。初日は少し丁寧にやったから平均一名当り五分二十三秒かかったが、段々慣れてきて終り頃は一人平均三分で終えた。その間精喜は紀元節の休みの日に全州神社に参拝しスケートを楽しんだりしている。

その後二月下旬には群山で徴兵検査をしたが、その時回送して来た郵便で『福岡山雑誌』を入手したり、次男龍太（筆者）の誕生を知った。全州でもそうだったが徴兵検査が終わると府尹（知事）や警察署長などの招宴があって、フグなどを食べている。

精喜は一旦「徴兵医官を免ぜれた」（多分「大邱派遣軍の軍医として」という意味だろう）が、今度は京畿道第一班に派遣されて同じく徴兵検査に当った。「三月一日七時四十分京城着。南大門国民学校。松園荘宿舎」などと書いている。ここでも八日間くらい毎日二百名ほどの検査を行ったが、時にはラグビーをしたり、「河村中尉と軍医部長宅訪問。すきやき、酒。昔の話をして愉快」になったりしている。軍医部長の丹羽氏は北支で賞詞をくれた人で、精喜には懐かしい人であった。

京城の後は驪州、利川、龍仁、水原、安城、平澤と、精喜は次々に徴兵検査に回り、一ヵ所で五、六日ほど徴兵検査を行った。この頃になると業務にもすっかり慣れたとみえて従軍手帳のところどころに気楽な書き込みがある。

「おくやまで独り米つく水車、誰を待つやらくるくると」（全国の民謡に似た歌詞あり）

「検査終了後会食。昔の Liebe の思い出をかたった」

「昼食にいつも御馳走あり。終了後、のろ（鹿なり）打ちに行った。獲物なし。夜会食あり。山より柳の枝を折ってきて活けた」

「輸送トラックの中にて。

自動貨車　ひねもす山の　間行く　　山がひや　鈴かけの木の　並木道
水ぬるみ　春いまだ浅し　榛の花　　水すめり　枯草土手の　ねこやなぎ
山がひに　ねこやなぎあり　水の音　　雪どけの　水音高し　丸木ばし」。

精喜は軍歌もよく書き留めている。一つだけ挙げると、
「一、銃後の友と満洲よ、いよいよ冬が来ましたが、そまん国境警備する
　若い僕らの純血は、雪に輝く桜です。
二、向の岸はソビエット、トーチカみゆる黒竜江。凍る流れを乗り越えて

赤い狐が刃向えば、僕も得意の狙い撃ち。
三、アカシアの花散る頃に新京出でて幾山河、今じゃ匪賊の影もなく
雪と氷で日が暮れりゃ、腰の軍刀が泣いてるよ。
四、興安嵐吹きすさび戦闘帽は凍るとも、僕ら祖国の前衛は、ここにあくまで頑張って
冬を越します、さようなら」というのがある。時代を感じる歌詞である。

シンフォニーを聞いたりハエを追ったり

水原には農事試験場があって場長は九大農学部名誉教授の湯川先生だった。精喜は昭和元年に福岡高等学校に入学したが、その直前には九大農学部で臨時職員として働き給料を貰っていたから先生とは旧知の間柄だったし、子息の忠夫君は大学時代のラグビー仲間だった。だから、四月初めに水原に行った時精喜は何度も先生の家を訪れた。覚書には、「五日、休日。朝、雁、北に飛ぶ。農事試験場と高農見学。湯川先生と息子の義夫君に会う。忠夫君は四国新居浜に居る由。昼飯食べて帰る。稲のうね立て栽培、バークシャー兎の穴飼い、牛の改良」とか「十四日。午後、八連山を越して農事試験場に行った。場長宅にて食事ごちそうになった。湯川先生の奥様と義雄君。夜レコードの Symphonie をきいて帰る」などと書いてある。

このように朝鮮は空襲もなくドイツ音楽を聴く余裕もあり、四月二十五日には「Lilac 花咲く。桜も咲いた。午後魚とり。山につつじ沢山さいていた。すみれ、たんぽぽ」、二十七日に検査をす

べて終えた後には「風呂に入りひげそり、良い気持ちにて食事した。桜の花散りかけた。梨の花盛り」、翌日京城に戻るトラックでは「春かすみ。大地、緑の綾もよう。十三時半龍山発。輸送車つぶれた。十五時すぎ兵事部着」などのんびりした気分が現れている。

この頃和子に出した手紙には「産後の回復充分ならぬところに疎開などで誠にご苦労に存じ候。御身のためにも子供のためにも充分注意されたい。先日は湯川先生の所で御馳走になった」とか、五月に入ると「長旅より部隊に帰り表記の所（大田府朝二二四部隊）に落ち着き申し候。小生相変わらず頑健にて勤務、明朗敢闘に候。つつじは散りて若葉香り申し候。『若葉もゆ凍りし形ある土に』」などと書いていている。

この手紙にもあるように五月に入って精喜は「京城師団区歩兵第三補充隊附」を命じられて大田に移り、大田中学と大東女学校を接収して置かれた部隊本部で衛生保健の実務を担当した。「従軍手帳」には、

「訓練能率は中等量長時間よりも超重量短時間の方が体力を保持し易い。

兵業力価と簡易養価の算定。実情を把握すべし（中隊体重表）、初年兵は別。

兵業力価の目安：内務は一時間一〇〇、睡眠は八時間で五五、軽訓練は一時間一五〇、強訓練は二五〇、一日計で二九〇〇。（単位はキロカロリーだろう）

給養：主食で二三〇〇、副食で一〇〇〇（七〇〇程度で可）、小夜食で一五〇、

計二九〇〇～三一〇〇。

チフス予防。結核は減退した。防疫。診断」

のような栄養価や健康のことの外に、

「幹部に対する統率方針（医務室）：一、大権の承行謹厳、二、技能練磨・修養、三、訓練に精進、四、信賞必罰、五、部下の身上把握。

部隊長統率方針：一、決死敢闘、二、命令の即時実行、三、実行報告、四、敬礼と答礼の厳正、五、戦友道の発揮。

軍隊手帳の活用、戦陣訓、精励賞、時間励行（御用半時前）、幹部教育、典範令、自ら模範となる、敬礼動作、教育を下の者に任せないこと。

統率方針：必勝信念を有する軍人軍隊を作る」

など幹部や新兵訓練の基本方針なども書いてある。

この後精喜は大東女学校に居て、救護班の編成や炊事場の衛生（ハエ対策）、防火用水の設置、自転車の管理、それに見習士官の教育、など雑多な業務を行った。この頃の見習士官の行動には問題が多かったらしく、精喜は中隊長の話として「（見習士官には）団結がない、マチマチに行動する、欠席する時に届けを出さない、捜してもどこに行ったか分からない、確実に行動する責任観念がない。礼儀の実行と命令に対する服従心を教える必要がある。未成品として厳重に取り扱うこと」などと書いている。小学生を教育するようである。

龍太の誕生と疎開

精喜が全州で徴兵検査に従事していた二月十三日、和子は次男の龍太（筆者）を産んだ。精喜は操の手紙でこの事を知って「この度は誠にご苦労様。男の子で一層目出度く候。名は何とつけられしや。母上様も一方ならぬお働きと思う。厚く御礼申し上げられたく候。当地は急に暖かになり凍結も緩み候。新京（直助）よりお便り戴き申し候。お元気の由大慶に存じ候。夏生この頃の状況はいかがにや。お前様はまだ字を書けぬだろうから母上様よりお知らせ願上げ候」という返事を書いた。それで和子は精喜に、「度々お手紙有難う存じました。私の手紙はなかなかお手元に届かないようですね。時勢と生活に追われていますが、たまに夏生をつれて庭に出ると、梅やバラが咲いてホーレン草が伸びているのが見られて何とも言えないいとしいような気がします。

私が床上げする前日、夏生にトビヒのような水をもったおできができて困りましたが、澤田さんによいお薬を頂きよくなりました。アンヨも上手になり、色々なことも分かって、『おつむは』と聞くとカンカン（髪のこと）、太鼓はというとドンドンと言います。赤ちゃんの泣くのはと聞くとオヤオヤ（オギャーのこと）、その他、テッテ（手）、無い、ゴーゴー（電車）、ブー（自動車）、べべ（着物）、バヤン（釦）、など覚えて、気に入らぬ事はイヤーと言って退けますが、機嫌がいいから面白いことばかりして笑わせます。

龍太も大分肉がついてきました。夏生とはまるで顔が違って、色は夏生より白いようです。次男坊は珍しくないから泣いてもホッタラカシ、私も夏生の世話と両方なので、お乳の時間も一時間以上遅れたりして可哀想です。私も元通り元気になりましたが顔や手の指がむくんだようです。新聞を見たりお乳をやるからビタミンなどが不足するのでしょう。

いよいよ手回りの荷物をまとめ運送屋を頼んで申請して貰ったから、送りしだい耶馬渓の久恒さんのお宅に疎開します。あとは元警察署長の加来さんがお入りになり、清兵衛さんの賄もして下さる約束なので道具類もみな残していきます。福岡も強制疎開で周りの様子がうんと変わるでしょう。疎開の時は清兵衛さんが送ってきて下さるそうです。

（追伸）天井板を一枚残らず取り外すことになり大変です」（三月十六日の手紙）と書き送った。

精喜は朝鮮に居たから空襲の危険を痛切には感じなかったが、内地にいた操と和子は、乳飲み子を抱えて福岡に居るのは危険すぎると思った。東京の大空襲は三月十日のことであったから十八日の操の手紙には「状勢は日に日に緊迫して今日は暁三時半より夕方まで警報で心も心でないようでありました。全九州に警戒警報、ニュースでは延べ一三〇〇機の艦載機だったそうです。でも福岡には一機も来ませんでした。天井板を外しましたから埃と風がスースー来ます」とある。

それで二人は操の実家の伝手で疎開先を探し、結局操の父林健の従弟の久恒さんが住んでいる大分県耶馬渓に疎開することにした。渡辺通五丁目の家は強制疎開で立ち退かされたのではなく操たちが自主的に引っ越したので、家は加来さんに貸したのである。

なお天井板をはがすのは軍の命令であった。天井裏に焼夷弾が止まって発火するのを防ぐためであったのだが、寒いしゴミは落ちるし普通人、特に金持ち階級には大不評だった。このような時に家屋に入って天井を破るのは警防団であって、彼らは遠慮会釈なく立派な天井板を叩き壊したからブルジョワの家庭は彼らを嫌った。警防団も国防婦人会も庶民階級出身者が多く、彼らが天井を壊したり和服の袂を切らせたりするのは国策に便乗して日ごろの鬱憤を晴らしているのだ、と金持ち階級には見えたのである。そしてそれはある程度当っていただろう。戦争に負けだすと国民の間の不協和音も強く響き始めるのである。

この時の引っ越しは他に男手がなく、清兵衛一人が大働きだった。四月半ばの清兵衛の精喜宛手紙には「小生は研究室に閉じこもって勉学に勤しみおり候。疎開に関しては小生は全てを犠牲にしてできる限り尽力し、漸く七日に決行仕り候。荷物は貨車で一七個、自動車で五四個、チッキで四個、すべて小生が荷造り致せしものに有之候。七日には小生も耶馬渓に行って荷ほどき、片付け致し候。耶馬渓は風光明媚の地、春から秋にかけては良い景色の中で、子どもの生い立ちには最適と存じ候。時局一変（日本の勝利）までの辛抱と思考いたし候。時局緊迫、用意ならざる事態に候へども本日は天気明朗、桜花咲き乱れて気持ちの良き日に候」と書いてある。

疎開とその感想

前に清兵衛に対して釈然としないものを持っていた操や和子もこの時はさすがに感謝した。操の手紙には「何でも清兵衛さんに頼っています。唯一の頼りです」とか「疎開荷物も清兵衛さんのお蔭で出来上がり候え共、清兵衛さん一人では何かと不自由で淋しく、気の毒に存じ候」と書かれているし、耶馬渓に移って四日後、四月十一日の和子の手紙には疎開の状況がくわしく書かれている。

「昨日清兵衛さんはお帰りになり、慣れない土地に私たちだけ残って淋しくてたまりません。疎開は私が一番乗り気になっていたけれど、福岡を離れるとこんなにも心細いものかと思います。一日も早く日本が勝って懐かしい我が家に帰れるよう祈っています。

引っ越し前の数日は毎日挨拶回り、チッキの荷作り、銀行通い、うちの整頓でとても忙しく夜になるとガッカリするようでした。隣組も井上さんへの引き継ぎなどで大変でした。清兵衛さんが学校を何日も休んで荷拵えは一人でして下さいました。本当に感謝しています。疎開の準備は本当に大変でしたが、うちの後に入って下さる加来さんがトラックを一台貸して下さったので、そのおかげでトラック賃も公定価格、荷物は一物も損せずに一晩かかって耶馬渓につきました。

澤田先生はじめ多くの方が何度もうちにお別れに来て下さり、手伝っても下さいました。でも英男さんは遂に一度も顔を見せないままで、母と二人で呆れています。

引っ越しの日は幸いに空襲もなく、七日の昼に三木先生の自動車で駅まで送って頂きました。手荷物は醤油、米、おむつ、二食分のお弁当などで嵩張りましたが清兵衛さんが背中に負い両手に持って、私も夏生をおぶって両手に持ち母が龍太を抱いて行きました。家の庭はボケ、雪柳、ヒヤシンス、桜の花盛り、ライラックの蕾もふくらみ一番よい季節だったから何とも言えない気がしました。昨年の今ごろは精喜さんがいたなど考えて胸が詰まるようでした。駅にも貝田さん、看護長、山田さん、緒方様の奥様が見送られ、山田さんはお弁当や牛乳三合も下さいました。

汽車は三人とも掛けられましたが小倉は大変な人、例の無秩序で三等の人も我勝ちに二等の入り口から飛び込み私たち子供連れはこわくて傍にも寄れませんでした。出入り口には人がぶら下がり貨物車にも乗り、窓から乗る人もいて久しぶりの私は驚きました。

（この後まもなく操たちは中津の親戚にお礼に行ったが、その時も「一世紀も昔のようなガタゴト汽車にすし詰めで立ちっぱなし、帰りの汽車に乗る時は横や後ろから押されて客車のつなぎ目から危うく落ちそうに」なった。汽車に乗るのは大変だったのである）

小倉で乗り換えて七時半に中津に着きました。そのまま耶馬渓線のホームに行ったら貞幸さんが走ってきて『入場券は売らないから外で待っていたが、心配だから来てみた。今度の耶馬渓行きは洞門までで平田までゆくのは明日までない、洞門から家までは一里以上ある』とのこと、危機一髪で助かりました。それで中津駅前の見栄えのせぬ旅館で泊まりました。福岡でお弁当をたくさん貰って大笑いしましたが、御蔭で本当に助かりました。翌日つつがなく耶馬渓に到着しました。

（ここからは四月十六日に書いたもの）久恒さんの家は主人夫婦と貞幸さん喜和子さんの兄妹、それに十五歳の女中です。皆さん親切で特に夏生は可愛がられ御守されています。でも田舎も物資詰まりで私共も生産しなくてはならないのでしょうが経験がない上に毎日仕事があって大変です。二階の八畳二間をお借りしているので二階から下の土間の台所で炊事をするのが大変、洗濯はずっと下の山国川まで洗いに行きますから雨が降ったら、特におむつが大変です。それにここは朝晩の温度差が大きく、お風呂が寒いです。こちらの冬は随分寒いらしいしガラス戸の壊れたところもあるから案じられますが、日本が勝つまでの辛抱だと思って我慢するしかありません。

でもここの景色はとてもよく、桜は散りましたが梨杏八重桜木蓮など花盛りで精喜さんがいらしったらと思います。とてものんびりしていて（空襲でも）小学校のサイレンが低く聞こえる頃にはラジオでは解除になっているし、飛行機の爆音も稀に聞こえるくらいです。ただ新聞を見ると戦争のことで心がいっぱいになります。

知るべのない土地で食料品が案じられましたが、久恒さんが心配して下さり、また中津の八郎伯父様（林健の末弟）が二度も沢山のものを下げて訪ねて来られたので今は万事不自由ないから安心してください。私の栄養が良いせいか龍太はよいうんこをします。龍太は私たちの子供にしては出来すぎた縹緻よしで本当に可愛く、おとなしく手がかかりません。夏生は毎日ご機嫌でしたが十三日から気管支がゼーゼーいいだし、ひどくなって肺炎で死ぬのではないかととても心配しました。ここのお医者様の上西さんはいいお爺さんですが医者としては頼りなく、広門先生や大学がある福岡が思い出されます」。

このようにいろいろ心配はあったが操と和子の疎開は恵まれていた。

冷静な直助と新京の様子

直助は新京に居て家族の苦労に同情したが、彼はどうにもならないことを気に病む性質ではなく、冷静に事態を眺めて的確な判断をする人だった。疎開が決まった頃の手紙にも彼の性格がよく表れているから少し抄出してみる。

「新京も二、三日春風が吹いて北側屋根の廂下に雪が少しある位、柳も心持ち青みを帯びてきました。二週間以来お湯も隔日には出るようになったし、暖房も昨日までという話でしたが今朝も通っています。

さて葉書と手紙で事情はよく判明しました。早めに思い切って疎開してよかった。頭の荷が軽くなりました。私がいないから随分迷惑をかけたと思うが、内地にいたところで家にゴロゴロしてはいられず、どこかに引っ張り出されただろうから大同小異だったでしょう。満洲を辞めてそのうち帰れば、今度は四人水入らずで暮らせるでしょう。

気になるのは留守のことです。清兵衛君にずいぶん世話になったそうで、いざという時にはやっぱり男が役に立つ。清兵衛君は今一生懸命勉強すべき時だから、下宿させて時々家に監視に来て家賃を貰い、掃除でもして雨漏り、風害、蟻害、鼠害などの検査をし、耶馬渓との連絡を取らせるようにし、月九十円では足りないだろうから家賃は清兵衛君にやったらよい。清兵衛君によくよくお礼を言って下さい。

荷物（五丁目の家に残した物品）の処置に困るでしょうが、物品は当面、家に詰め込んで段々処分するしかない。書生室の本や机、椅子などは大学の澤田君の室で使用して貰ったらいい。書斎にかけてある青い陶器の柱掛け、紫檀戸棚の中の陶器の人形や動物などは借り物ですから箱に詰めてとっておいて下さい。

私が集めた骨董品には汚い物でもよい物があります。黒くなった朱泥の急須、黒の香炉、真っ白の陶器類、皆求めれば高価なもので、殊に戦後は品物がなくなるから非常な珍物となりましょう。品物は決して売ってはいけません。確かな人ならば預けなさい。爆撃などで損傷しても責任はかけないという事にして『呉れた』気持ちで預けなさい。世の中が変われば家も金も当てになりません。

持っている品物や骨董品、殊に支那人や外国人にも同様に貴重な品物ならば金同様に役に立ちます。それで私は骨董の標準は日本人の茶趣味ではなく世界共通の趣味のある物を標準に集めました。ハニワの人形、支那陶磁器の評価は世界的です。書画骨董の類は毎日かけて楽しめるもの故、耶馬渓にもって行きなさい。

困った時は澤田君か小田君に頼みなさい。澤田内科には台湾人が多いから、場合によったら（五丁目の）宅はこれら台湾人の合宿にしたらどうかと思っていました。澤田君に話して台湾人に留守とか手伝いとかしてもらったらどうか。かの人々は内地人から信頼されて用いられると悪くとらぬのみか却って喜ぶであろう。（中略）

和子は余り甘い物を食べると自分も子供たちも病気になる。甘い物を食べるとＢ１が欠けるから是非メタボリン、ワカモトの類を食べなさい。子供たちにもＢ１、Ｂ２、Ｃなど少しづつやりなさい。沢山やっても無駄、毎日耳かき半分くらいで足りましょう。今のように夏生が病気したら耶馬渓では困ります。田舎の子供と同様の食事を与えなさい」。

直助は第一次世界大戦の頃、独、英、スイスなどに留学していたから、一次大戦敗戦後のドイツの様子に関心を持っていた。そして冷静な彼は、昭和十九年頃から今度の戦争で日本は勝てない、と察していたらしい。だから敗戦後の生活についても慮る所があり「支那人や外国人にも同様に貴重な品物ならば金同様に役つ」と書いたのであろう。

直助は操の電報で無事引っ越しが済んだことを知った。その後の手紙。

「七日の電報を見て疎開問題も解決したと安神しました。清兵衛君の為にどんなに助かった事か、矢張り人間は捨てる所ばかりではない、互いに許し合うという心情が必要であると痛感したでしょう。今後も同様に、互いに恕するという事が大切です。よく病気もせずに困難に打ち勝ってくれたと喜んでいます。（中略）

新京も生活は月々に苦しくなり、牛肉は半闇なら手に入るが一斤（600g）十二円五十銭（今なら六千円くらい?）、卵は二円になったが、公定では三十八銭です。今日林兼（後の大洋漁業）から鰤一本、イカ二・五キロ貰ったので助かります。石炭節約で風呂は一週二回、公館は場末なので熱くならないので困ります（ボイラーで沸かしたお湯がある区域に回るのだろう）。砂糖の配給も一ヶ月百グラムになりました。しかし軍が勝つためにはどんな苦労でも忍びましょう。煙草も一日五本くらいですが何といっても内地よりは豊かです。敵機もまだ見えません。四月末日に皇帝陛下の診察に参り、二角姫、三角姫からも頂戴物をしました。私も段々御用で忙しくなりました。数日前は日本のやんごとなき方へも往診しました。

この頃畑は凍ったのに去年のネギだけは事前に芽を出して長くなっています。ネギは実に強いものですね。生で食べたら何か未知の有効成分を必ず含んでいることでしょう。全く凍らせたものも畑に植えると芽を出します。満人の苦力（クーリー）などはマントウと葱一本で腹をふさいで働きます。夏生を川に落とさないように」。

第五章　敗戦近し（昭和二十年春から夏）

暇だが不安な朝鮮軍

昭和二十年も五月になると日本の敗北は決定的だったが、その事は、朝鮮の軍隊には身に染みて感じられなかった。東京は何度かの大規模な空襲で焼け野が原に化していたが、朝鮮は平穏だったからである。精喜も差し迫ってすることはなく、五月末に大田臨時分院の準備命令を受けてこれを実行した以外は、定期的診断、X線撮影、初年兵検閲、営内巡視などルーチンワークをこなすのみであった。

そして五月までは和子に宛てて、「四月二十二日付お手紙拝見。明朗なるお便り、嬉しく存じ候。小生も元気明朗に勤務致しおり候。宿舎の前の山からアカシアとアザミを手折りて瓶にさし机の上に置き候へばアカシアの香り部屋に満ち申し候。龍太は至極達者、結構に候。夏生も元気、二人とも面白くなり候由、一度見たく思い居り候。この絵葉書（この絵ハガキは支那の子供たちの写真である）もキンダーブックになし下され度候。一番小さなのが夏生の如きものに候。靴なしにて裸足にてもよろしく存じ候」のような手紙を出したり、次のような俳句を作ったりもしている。

車中にて　田作《しつけ》時　農夫もさぎも　動くともなし

浅みどり　アカシアの花　ほの白し

大邸を去る時　一ト年の　兵舎なつかし　アカシアの花

緑光に　たんぽぽの種子　吹雪舞ひ

汝（和子）の心を　疎開せる　家守る花や　聲もなく

荷は重し　母と子の群　家疎開

汝が心　疎開の朝の　走馬灯

青葉もゆ　鯉のぼりなし　家の庭

この頃の朝鮮軍首脳部の最大の課題は「朝鮮兵をいかに同化させるか」であったらしい。精喜の五、六月の従軍手帖にはそれに関する講話が数回出てくる。簡単なメモ書きだから詳しいことは分からないが、例えば次のように書いている。

○半島出身兵の述懐（新田曹長）‥　空腹、針仕事、食器洗い（教育をする事）。
○先輩の誤り‥　批評（差別待遇）。国語不解者の取扱い親切に。
○身上調査の意味、調査を恐れる‥　家庭通信をする事、訪問する事。
○防犯教育は全員集合（内、鮮）‥　務係が同時に寝る。食事の中、見てやる。
○面会の立会い、親切に‥　面会人に帰れと云いしが、戦死で死んだかと云う。
○日夕点呼後の座談、不就学兵の手紙‥　内務係が書いてやる。

○兵教育‥　説明の時間を省き実際に見させる、聞かせる、やらせる。要するに公平に、親切に、よく面倒を見よ、ということである。また六月六日の志岐少尉の情報と防衛に関する講話では日本本土の民心の動向として、

○敗戦の恐れ、生活窮乏、供出、疎開、徴用などで、共同一致の心が弱まった。

○軍に対して‥　戦局不振への焦燥、軍物資優先、一部軍人の私生活の独善。

○軍の実力不信‥　特攻隊は賛仰の的だが、連合艦隊、日本空軍の無力など。

○陸海軍の協調がよく行われない。

などの報告があり、特に朝鮮での問題として、

○物資配給、学校待遇の不公平。

○思想事項（独立運動）‥　昭和十四年（74件）→十七～九年（３５０件）。

○独立運動が実行的になってきた‥　85％無関心、13％反国家的、２％皇民的。

囚人の蜂起、逃亡兵の武器持参、党員叛乱の兆、爆発物保管、劇毒薬の保管。

遺言書による文通。仁川民俗運動、鍛錬、山岳訓練、海上訓練。

など、朝鮮が不穏化しつつあることが指摘された。

農村出身の朝鮮人兵に軍人精神を教え込むのは難しかった。部隊長は「半島兵には、日本軍隊は親切である、頼りになる、という考えを持たせよ。これまで朝鮮に『忠』ということはなく、『孝』一本であった。だから『忠義』という精神について隊長としてやかましく言うが、個人としては気の毒に思う。軍隊の理想は家庭であり、そうなれば規則もいらぬ。皆で力を合わせ、戦友道を発揮

するよう教えよ。心配があれば上官を頼らせ、兵の味方になって世話することが大切である」と訓示した。

具体的には食事と「死ぬことへの恐怖の払拭」について精喜たちに訓話があった。精喜の記述通りに書くと「ばか息子程かわいい。初年兵に分配をやらせるな。食後、食前、手洗いして食卓につき楽しくする。食事は大事なり。教練が三十分位遅くなってもよい」、死に対しては「朝鮮農民は死を恐れる。下手な精神訓話はせず、新聞の美談をやれ。死を恐れる故に死の問題については研究をして話すこと。軍人精神が入ると死を考えないようになる。戦闘で何人死ぬか：弾が当たる運命、死ぬ運命、考え方」と書いてある。また朝鮮兵には「悪い心が起きたら親、兄弟、妻子、郷里の人々を思え。郷党の辱めを考えよ」と諭した。朝鮮人には郷里の人々の事を云うのが効果的であったのだろう。

ドイツの降伏・対戦車戦法・ソ連の参戦

五月九日のドイツの降伏後、日本陸軍はドイツの内情を将校たちに聞かせた。手帳には「ヒムラー：日和見（内応）、米英に内通。ヒットラー暗殺時1500名大粛清。説教、絞殺。将校間の団結：国防軍は反ナチス的となった」とか「蘇聯兵―砲爆撃を主とす。戦車を用いず。ただ撃ちまくるだけ」などの記述がある。陸軍は日本の内部分裂を恐れるとともに、ソ連に対して多少の疑惑を持っていたのかもしれない。

すでに数か月前からの本土の大規模空襲に引き続くドイツの降伏、それに六月末の沖縄戦の敗北によって誰の心にも、我が国は勝てないのではないか、という不安がよぎるようになり、朝鮮軍も米軍との戦闘を現実のものと考えざるを得なくなった。それで精喜のような軍医将校にも「重火器をもった敵、特に戦車を相手にどう戦うか」のような具体的戦闘方法の講習がしばしば行われた。例えば六月二十六日には江口大尉の「挺進遊撃戦法」（敵陣を突破し敵の後方を攪乱する）の講話があり、二十九日には綿部中尉の周到な「対戦車戦」の話があった。精喜は「戦車は水田の中も通りうるが方向転換はできない。畑は通り難い。（進行を阻むには）太い棒を離帯の下につきさす。太陽を背にして戦うことが利益。戦車驀進に驚くな。音響で判断して壕よりとび出る。頭を出した時に撃つようにして待機すること。戦車にのまれて射撃時機を失し勝ちである。発煙管を焚いて突入する」と書いている。

八月九日に日ソ不可侵条約を破ってソ連が参戦した。十日には参謀長から口頭で、

○ソ聯進攻は予想より早かったが対ソ戦には十数年の準備があり、恐れるに及ばない。
○米軍は、日ソ交戦により日本戦力消耗してから上陸してくると思われる。作戦地は京城地区であるかもしれない。
○空襲は今後シベリヤから来るだろう。兵営生活はできないから兵営を壊して陣地即兵舎を作る。

などの訓示があった。

しかし、当り前であるが精喜は家庭への手紙には一切戦争に関することは書かず、子どものことや自然のことばかり書いている。六月半ばには、「（前略）京城への道すがら『山茂り麓に白しばら

の株』即興に御座候。耶馬渓も良い景色と思いおり候。夏生龍太達者の由結構に御座候。和子は二人の子供にて怒りのことあるべきも、汝の激情にかられぬよう修養第一に御座候。甲斐なきおこり止めること肝要に存じ候。大田の宿舎は緑の林と山丘に連なり五月雨にカッコウの音透り聞こえ申し候。『さみだれや木立を透るかっこうの音』」。一月末に送った恩給証書受け取られしか。貯金は1500円になり申し候。送ってもよろしく候」と書き、一ヶ月後にも「お手紙拝見。夏生丈夫に相成り候由、油断なく育てられたし。子は母の真似をするから、よい感化が必要也。夏生や龍太を科学者に育てたいなら汝も科学的な本を読み日常の考えや動作も科学的に工夫相成りたく候。ゴールトンによれば殊に宗教家と科学者に対する母の感化は甚だ大なる事なれば遠大な計画により育児に精進致され度し。小生は相変わらず元気明朗、大学も無事で何より。父上が新京よりお帰りになれば結構に候。澤田先生は実に幸運で嬉しい（後述するが、大濠にあった沢田先生宅は奇跡的に米軍空襲による災禍を免れたのである）。龍太はあまり放任せぬよう、夏生はあまり大事にし過ぎぬように」という一見のんびりした手紙を送っている。

疎開の生活と恩人清兵衛

朝鮮軍が不安の中で、これといった仕事がなかったように、四月七日に耶馬渓に疎開した操と和子も、遠く離れた直助や精喜の身を案じるばかりで、これといってすることはなかった。だから手紙には子供たちのことが多いが、時には時代の移り変わりに驚いたり、疎開生活の大変さや気苦労を書いたところもある。特に操には感じる所があって、五、六月の手紙には、「清兵衛さんは二回目の訪問で重い着物を沢山持ってきて下され、三泊して帰られました。実にお気の毒やら有難いやら感謝感激しています。和子もこの頃は清兵衛さんが来られるのを一日千秋の思いで待っております。清兵衛さんは山田さんから御肉でも入ったらすぐに切符を買ってもって来ると言われ、ここから帰られる時は淋しそうでした。学校に行くと落ち着くと言われました。去年の今頃は私は新京、清兵衛さんは下宿屋でした。一年でこんなに変わるとは夢想だにしませんでした。和子がとても夏生を叱ります。叩いたり抓ったりします。御許様から注意して下さい。清兵衛さんにお礼を言って御上げなさい」

「山中も漸く夏になりましたがまだ朝夕は冷や冷やしております。あざみが咲いて麦は赤く、苗代の苗は三寸くらいになりました。畑は馬鈴薯の花盛り、なす、キュウリ、カボチャも植え付けてあります。

清兵衛さんにはとてもお世話になって、昨年の今頃とは隔世の感があります。ほんの数日前に帰られたばかりなのに一昨日も重い荷物を振り分けにしてもって来られました。女ではとても持てないから持参されたのです。山田さんと三木さんからのことづてで、肉、肴、野菜、醤油、果物、海苔、味噌、酢、洗濯物などです。できるだけ御馳走してあげたら喜んで一泊して帰られました。この節は福岡での野菜の配給はモヤシくらい、あとは乾物だそうです。こちらではチシャ、フダン草、玉ねぎ、豆など取れたてのものばかりでお米も白いから満足されました。

御許様は夏生や龍太のことはいつも思われるでしょう。こちらも精喜さんがいたらこんな時は喜ぶだろうと申すことが折々あります。蛍を見せた後、夏生に「蛍は」と聞くと星を指さして教えます。この辺の子供たちは男女とも夏生をちゃんちゃんと言ってとても人気者であります。

それでも人の厄介になっているのは気兼ねなものです。特に、疎開者の為に米や配給ものが少なくなった、疎開者は働かず、金はもっている、ということで村の人たちから皮肉を言われ、とても嫌な感じがする時があります。やっぱり世話になっている身は気が引けます。孫たちがいなくて、家が平尾にでもあれば疎開しない方がよかったと思います（六月十九日の福岡空襲より前である）。五丁目の家は汚くなった由、清兵衛さんが、住む人によってこんなにも違うかと思った、と申された」

「御無沙汰しましたが、相変わらず明朗元気に軍務にお勤しみのこととお喜び申します。梅雨の農繁期となり、この辺は農家だけではなく学校、役場、各家庭からも動員して晴れ間を見つけて麦刈り、芋の苗挿し、田植えと暗くなるまで働いておられます。この状況を見ました私共は田舎の生活は一朝一夕にはできないと思いました。鍬も鎌も持ちきらぬ疎開者は肩身が狭くて昼間は外出も差し控えています」などと書いている。疎開者と原住者の軋轢は柏原兵三氏の『長い道』に活写されているが操にも感じる所があったのである。

和子の手紙は「夏生は汽車が通ると『キシャキシャ』と連呼して足踏みして失敬（敬礼すること）や万歳やら大騒ぎするし、本を持って来て『オンデー（読んで）』と言うから暗唱してやると自分でそのページを開けます。ウンコやオシッコをしくじると私がお尻を叩くから、他の人が『お母様何なさったの』と聞くと自分でお尻を叩いて『パンパン』と言って言いつけます。お医者様は、と言うとウーンと言って腕に注射する真似をします。龍太は人の顔を見ればニコニコ笑い、お乳をやった後など機嫌よく話すから可愛くて思わず見とれてしまいます」など子供のことが多いが、六月半ばの封緘ハガキには、「沖縄も最終段階で将来のことをいろいろ考えます。朗らかに遊ぶ夏生や龍太の笑顔を見るとどうぞこの戦に勝てますようにと祈らずにはいられません。沖縄の子供などどうしておりますでしょうか。ここは空襲警報が鳴ると間もなくすごい爆音がするそうですが、私はぐっすり寝込んで気がつきません。母が笑っています。

先日疎開者を集めて村の有力者の話があって、母がおっかなびっくりで出かけましたが、なかなかよく分かった、同情ある話だったそうです。でも上の人はそうだろうが田舎のほとんどの人は疎開者を目の敵にしているようで、私たちは帰る家があるからまだいいですが、そうでない人はお気の毒です」というところがある。

福岡大空襲

操は「孫が居なければ疎開しない方がよかった」と書いたがやっぱりした方がよかったのである。六月十九日の夜、福岡は米軍の空襲に遭った。清兵衛はその頃、渡辺通五丁目の旧居に貸家人の加来さんと一緒に住んでいたから、この空襲の真っただ中にいた。空襲の翌日二十日に彼が操に出した手紙には被害の様子が詳しく書かれている。

「今日の空襲は物凄いとしか言いようがありませんでした。用意はしていましたがこんなに早く来るとは思っていませんでした。幸い家（五丁目の家）は被害なく建っているから御安心下さい。

爆撃は小型の焼夷弾に５００kg（の爆弾？）と時限爆弾を混じ、爆撃方法も熟練して、60機の波状攻撃で僅か2時間のうちに呉服町、土居町、中洲、天神、赤坂門、大濠、鳥飼、西新町、姪浜など次々に広大な範囲を爆撃しました。私が今日目撃した赤坂門から西公園に至る電車道は綺麗に焼き払われ、中洲から向こうも共進亭、明治屋、正金、安田、十七銀行、野村銀行よりほかは残っていません。玉屋は外側の鉄筋は残っているが中は丸焼けです。山田さんの家は爆風でガラス窓や戸が壊れたが焼けませんでした。澤田先生の家はそのあたり（今の大濠二丁目）でただ一軒だけ残っています。運の良い先生です。大濠住宅地は全滅、図書館付近（今の天神二丁目あたり）もすっかり焼けて、博多駅、薬院、筥崎付近は被害がなく、九大も健在です。

爆弾と焼夷弾の混投は実に恐ろしく、冷や冷やしながら防空壕の中で耳をふさぎ目を閉じていました。付近は文字通り火の海と化し壕の中まで昼と同様に明るく時計がよく見えました。四方は大火災でBのやつ（B29爆撃機）が次々に来るからどうにも手の出しようがありませんでした。鎮火は割合早く、今では油類の土蔵が燃えているくらいです。私は8時頃登校（箱崎の九大工学部）して無事を見届けすぐ帰って来ました。

加来さんが子どもと面会のため門司に行かれたので留守番しています。澤田先生の所に手伝いに行きたいができそうもありません。栄屋の人々が避難してきているが混雑はしていません（五丁目の家に避難してきたのだろう）。私も屋根に上ったり壕に飛び込んだりしましたが、とにかく無事でした。焼夷弾は20kg位のが莫大に落ちてきて、初期消火の効果はあがらなかったようです」。

なお大濠で一軒だけ焼けなかった沢田先生宅は「運が良かった」だけではなく、先生と若い息子二人が屋根に上がって火の粉を消して回ったから残ったのである。

この清兵衛の報告を読んだ操と和子の心境は複雑だった。和子は精喜に次のように書いている。

「今日清兵衛さんから手紙が来て、空襲後の聞きしに勝る有り様に涙が出るようでした。清兵衛さんのご心配も並大抵ではなかったとお察ししました。でもお怪我もなく家も無事だった由、個人の喜びを申してはすまないが八幡様に感謝しました。でも懐かしい故郷がこうなって、罹災者のお気持ちが分かるような気がします。子供のためには疎開してよかったのですが、他の方が身代わりになったようで済まない気持ちです。その時に何一つ働けず、せめてその場で昔の福岡にお別れがしたかったという変な気持ちがします。小さな子供のいる方はどんなだろうと同情しています。返す返す憎い敵機です。

耶馬渓の人はそんな気持ちはないらしく、対岸の火事、自分たちの幸福を感じて大げさに被害の噂をしています。肉親の臨終を聞くようにつらいが覚悟はしていたし、決戦の姿だからやむを得ぬ事とクヨクヨしないでいます。勝ちさえすればまた前より綺麗なところになるでしょう。そうなりますよう頑張りましょう。

ただお知り合いの方々が罹災されただろうとそれのみが心配です。澤田さんは本当に運がよかったけれど大濠あたりは美しい住宅地だったから惜しかったと思います。笹木先生、野中先生の家も焼けたでしょう。市役所と大学は残ったそうで嬉しい。清兵衛さんが無事で頑張って下さるよう祈っています。全集ものは疎開したので今は鏡花全集など読んでいる。面白いですが精喜さんは興味なさそうです」。

なお、後に和子は「罹災されたのはちょっと思い出しただけでも、児玉、神中、皆見、大平（以上は教授連）、内本、小岩井、大濠では笹木、後藤（教授）、立派な家は田中丸、中牟田、その他医学部では福田、戸田、工学部野田、農学部奥田先生などです。児玉、内本様のお邸は和歌の稽古に行っていたから知っているが勿体ないような建築でした。一番お気の毒なのは神中先生でお嬢様が直撃弾で亡くなられました。整形の研究補助員に通っていらっしゃいましたが本当にお気の毒でなりません」と空襲の被害を悲しんでいる。

家が取り壊される

空襲は逃れたものの五丁目の家は結局「強制疎開」で取り壊されることになった。これは軍の命令であったが、ほとんど焼け野が原になった町を米軍が再爆撃することはありそうもないから、今から見れば無用の家屋破壊であったと思われる。しかしとにかく「六月中に荷物万端片付けよ」と命じられたから操は二十七日朝、倉皇、福岡に戻り、大まかなことを清兵衛に話し、後のことは万事彼に任せて二十九日には耶馬渓に戻ってきた。彼女は家が掃除もされず呆れるほど汚れているのを見て「これなら壊されても惜しくない」と思ったし、空襲被害などは見たくないからどこにも出なかったそうである。

五丁目の家には大量の荷物があったから清兵衛は大車輪の働きで、期限より少し遅れはしたもの七月四日には空になった家屋を引き渡すことができた。福岡に居たもう一人の親戚、村上英男（直助の甥、福岡専売局の医者だった）は、和子の手紙によると「英男さんは毎日人夫を二人連れてきて世話してくれたが、自分は何もせず口ばかり出し、人夫には高い賃金を払った上に品物をやる、食事も出すでかえって大変、それに英男さん自身も煙草（父が大事にしていた缶入りのスリーキャッスル、ウェストミンスター、葉巻）を呑んだりもって行ったりした由」で、和子は「この頃は人情やものの考え方が変わってしまった。たった一度の空襲くらいで情けないこと、日本人はもっとシャンとしなければいけないと思う」と憤慨している。

清兵衛は几帳面な性格だったから引っ越し関係の事柄を詳細に操に報じている。それによれば、①輸送機関はトラック四台と荷馬車五台（トラックは宇美の内田氏に二台、久原（今の久山町か）の井上氏と耶馬渓へ一台づつ、荷車は九大医学部へ二台、立野氏宅へ三台）、②労働力は専売局から廻して貰った人夫四人と大学の学生五人、③費用はトラック代三八〇円、馬車代一八五円、人夫賃六〇円、サービス料八〇円、食料一二〇円（人夫の賃料に比して食料費が非常に高い気がする）、だった。

運んだ物品は応接セットや紫檀テーブルなど各種の机椅子、衝立、屏風、絨毯、火鉢、箱、長持、トランク、ガスストーブ、布団類、食器などの家具日用品の他に、大量の書籍、顕微鏡、飾り棚、骨董などの美術品類、鳥類図譜、碁盤など多方面に亙っていたから清兵衛は何をどこに配分するか、頭を悩ましたに違いない。ピアノ（スタインウェイの縦型ピアノ）は、疎開先の久恒さんのお嬢さんが弾きたい、と言ったからわざわざ耶馬渓までトラックで運んだが、「案の定ピアノが難儀、男七、八人でやっと運び入れた」。

清兵衛は七月九日に耶馬渓に来てそこで数日間骨休めするつもりだったが、世の中はうまくいかないもので十一日の晩から豪雨、大水になった。和子はその様子を次のように書いている。

「朝見ると前の山国川は溢れて水は玄関先に迫っていました。清兵衛さんは貞幸さん（久恒さんの息子）と大働き、私も畳を二階に上げたりしました。水はどんどん上がってもうすぐ縁にあがりそう、二階から見ると濁流がうねって材木を押し流し下流の橋を越えて行きました。玄関の格子戸にドブーンと音を立ててぶつかり、塀は崩れ大門の戸の閂が折れました。生まれて初めてのことで怖くてたまらず、応接間のうちの荷物は戦災の火を逃れたら今度は水でやられるのかと思いました。幸いに水は昼から引き始めました。清兵衛さんは疲れ休めどころではなくお気の毒でしたが久恒さんでは大喜びされました。その後も梅雨空ですが、昨日の夕方、下でもやっと畳を敷かれました。清兵衛さんは十四日朝、三里（12キロ）ある真坂駅まで歩いてそこから汽車で帰られました。

昨年九月は五十何年ぶりの洪水だったそうで、これは山の木を切り過ぎたのが原因だそうで、川沿いの道は崩れています。精喜さんが言っていた『天災と国防』という寺田寅彦さんの本を思い出しています。大水のあとは流行病がある由、現に少し下流の区長さん（醤油屋）の家ではチブスが出たそうです。夏生もいることだしよくよく用心します。

今日（七月十六日）は夏生の誕生日です。何もないけれどお寿司を作ってお祝いしてやりました。汽車が通らないから夏生は淋しそうです。清兵衛さんは洗濯屋に出した外套と洋服が焼けてしまい、注文で作りかけの国民服も焼けたから、父が中支に行った時着た従軍服を上げました。生地は上等だから着てみて嬉しそうでした。ネクタイも要るから、精喜さんのスポーツシャツ、ワイシャツ、ネクタイ、カラーなど上げました」。

敗戦へ

この後、和子は数回精喜に封緘ハガキを送って子供のことや、「宵の口、山は暮れても目の下の田圃は水が薄明るく光って、私には珍しい景色なので時々見惚れています。そんな時は一番気分も落ち着いて精喜さんやお父様のことを思い出しています。先日どこかのラジオで久しぶりにいい音楽を聴いたら情けないほど懐かしゅうございました」などと書き、なるべく修養を積んで心を落ち着けたいと思った。

そして八月十二日に次のような封緘ハガキを送ったが、これが精喜の許に着いたのは既に日本が降伏した後であったろう。

「遂にソ連との開戦になり、満鮮の風雲急になりました。まさかこんなに早くとは思いも掛けませんでしただけにとても吃驚しています。、寝ても覚めても母と話すのは、父と精喜さんの御様子ばかりでございます。夏生や龍太の元気で無邪気な姿を見ますと余計にお二人の上が偲ばれてなりません。父は、ヒョッコリ訪ねてくれるのではないかと毎日心待ちに暮らしておりましたがもう今はその望みもなくなりました。父も公の地位にある身、責任も重く毎日忙しく働いておりましょう。

ソ連との開戦の日より毎日、夕方夏生を連れて近くの八幡様まで精喜さんの武運長久と父の身が元気であります様にお参りに参っています。お拝みしている時は心も休まり、お会いできたような気がして一番うれしい時でございます。夏生も私の真似をして手をパチパチ鳴らしてしゃがんで一生懸命おじぎをしています。何卒日本軍が勝抜いてくれますように、精喜さんも一層お忙しくなられましょうがお元気にお働き下さいませ。ただ父は何といっても老体故それが案じられてなりません。きよさんや捨治さん修二さんのことも心にかかります。滿洲朝鮮には親しい方が大勢いらっしゃるので気にかかかってなりませんが、ラヂオも故障、新聞は来たり来なかったり（大水以来汽車が通りません）頼りない有様です。

立秋となってさすがに朝晩涼しく蜻蛉や虫の音もしげくなりました。でも日中は大層お暑く子供たちは裸ン坊です。龍太は這いながら後ろ足で立ったりします。お乳の他に重湯も飲ませています。夏生はもう大抵のことは分かり、お話も片言ながら致します。精喜さんと父に一度見せて上げたいようです」。

Ⅳ 敗戦後

第一章　復員と住居探し（昭和二十年夏から二十一年冬まで）

敗戦

昭和二十年八月十五日、精喜は朝鮮の大田で終戦詔書のラジオ放送を聞いた。

「昼、詔書御煥発。ラジオ、雑音にて明らかならず。四国（米英支ソ）共同提議に対する帝国の停戦のこと。陛下の御声、曇らせ給えり。鈴木貫太郎首相の御話、涙にむせび居たり。内容不明にしてただ命のままに動くべし。刻々に判明する情報、思いもよらざることなり。陸相阿南大将自決の由。

夜、師団命令あり。忠南防衛のこと：敵の射たざる限り射つな。屯営に集結すべし。作戦は中止す。その書類は焼却せよ」と精喜は『従軍手帖』に書いてある。

また部隊長は「（今回の降伏は）指導階級が謀略にかかったのではないか。国土の防衛は堅固であるし、戦力もまだ厳然としてある。原子爆弾の威力だけに敗れることがあろうか。あるいは対ソ連作戦の準備ができていないのか、国内の一致団結の思想が揺らいだのだろうか」などと話した。朝鮮は爆撃もされず、軍の装備もほぼ十全であったから焦土と化した本土の有様や物資枯渇の状況が実感できなかっただろう。しかしドイツが降伏しソ連が参戦したこの時、日本一国で全世界を相手に戦える、と思うのは余りにも常識を欠いている。朝鮮に居た多くの軍人たちも内心では「講和已む無し」と覚悟しただろう。

この後、朝鮮軍の方針は「秩序を保って降伏を実行すること」に切り替えられた。まず朝鮮兵の除隊は、翌十六日に師管区命令として「在職中で朝鮮本籍を有するものは全部（将校以下）除隊。服装は上装を貸すこと。旅費の支給に遺憾なきこと。在隊を熱望する者は中隊長が目星をつけて（個人的に）云うこと」などの指令が出て、二十三日の夕刻には「半島出身兵全部召集解除」が実行された。『手帖』には「汽車の時間があるから統制して出門させる。服装は着装のまま。一日分糧秣。弁当一食。旅費を与える」と書かれている。

敗戦は人心に強い衝撃を与えたから、これを機に不法行為や軽挙妄動が起ることは充分考えられた。だから首脳部は軍隊の秩序や士気を保つことに腐心した。八月十九日、師管区司令官や参謀は「一、軍紀、風紀、敬礼態度、姿勢服装。二、心身の休養、給養、元気。三、治安維持。四、接受（米軍への陣営の引き渡し）のこと、大国民の襟度。詔書の指示を奉じてやること。個人的なる行動をしないこと」と訓示し、少し落ち着いた八月三十日には司令官が「自分一人の考えから間違ったことをしないように。皇軍の面目を落とさぬ様、赤穂の明け渡しの如くやること。行軍を練習すること。集合の機会を多くして慰めあうように」と講話している。大石義雄の赤穂城引き渡しを例にとったのは面白い。

軍紀風紀の維持は敗戦によって怠慢になりがちな将兵の気分を引き締めるのに重要であった。八月二十一日に精喜は「整斉厳格なる訓練。規律ある動作。なすべきことだけはやる。一人だけでも教育す。服装。行軍時に列を乱すものは捕り縄をもって縛る。伏見宮貞愛親王殿下特命検閲。弾薬庫内に拍車のまま入らんとした。守則」と書いている。メモ書きでよくわからないが、天皇の真意を海外の部隊に伝えるために派遣された伏見宮が不用意に拍車をつけたまま弾薬庫に入ろうとしたのを哨兵が注意申し上げたのを首脳部が称揚したのではなかろうか。「軍規厳正」は軍隊の第一要件であった。

八月末になると軍隊も終戦という状況に慣れてきて、精喜の覚書にも「山で軍歌」、「配給の豚肉をネギ茄子で食ってうまかった」とか「仕事ひまにて、本読む」などの記述が出てくる。また「進級申告」として「一等兵へ：四ヶ月以前の者、足らんでも。上等兵へ：五ヶ月以上、古い順から」のように急遽兵隊の階級を上げることも行われた。この時中尉だった精喜も間もなく大尉になった。このような進級をこの頃の人は「ポツダム大尉」と言って笑った。この後、書類を始末するよう命じられたが、精喜は「妻の手紙、焼けず」と書いている。そのおかげで筆者がこの半生記を書けるのである。

九月に入ると部隊の士気高揚のために乗馬や手榴弾投げの競技会、部隊角力大会なども行われ、精喜も「兵の精神を悪化させないように」注意した。十月六日の覚書には「二二四部隊、軍紀風紀の評判良好」と書かれている。またチフスが発生したので精喜は公州に出張したりもした。そして九月末には復員引き揚げの話が聞かれるようになった。

精喜は相変わらず将兵の診断業務を継続し、時には弾薬庫がある山でドングリを拾ってドングリ独楽を作って遊んだりしていたが、十月七日には「復員式」が挙行された。式は「国歌、勅語、訓示、国歌」の順で行われたらしい。最初と最後に君が代を歌ったとみえる。復員に際しては必要経費が支給された。『手帖』には「移転：1800、旅費：800、退職：2600、計5200。戻入：4500、残：519．92」という記入がある。よくわからないが軍から五二〇〇円貰って、四五〇〇円戻して、諸雑費を引いて五二〇円ほど手許にある、ということだろう。

昭和二十年十月八日に米軍が大田に進駐した。手帖には「軍刀欲しがる。国旗を風呂敷代用にするな。国旗掲揚はアメリカを藤井中将が視察してきてから行われた。ホッジ中将へ二二四部隊よりの鐙の贈り物。Very good !!」などと書かれている。ホッジ中将が鐙を貰って、ベリーグッドと言って喜んだ、という意味だろう。そして精喜の属する二二四部隊は十二日に大田から永登浦に移った。永登浦は京城の南東に当り、仁川港から十キロほどのところにある港である。

一般的に言って朝鮮からの引き揚げは支障なく行われたらしい。支那大陸や満洲は国民政府軍、中共軍、ソ連軍などが入り乱れて日本人の帰国は容易ではなかったが朝鮮は日本の統治下で秩序が守られており、米軍が日本軍の業務を引き継ぐ形で行われたから、復員に問題は起こらなかった。

米軍に「立つ鳥跡を濁さず」という所を示そうとしたのか、永登浦からの撤収計画や米艦での立居振る舞いには厳重な注意が与えられた。精喜の覚書には「部隊は仁川港より米艦艇により佐世保に向かい出港せんとす。本部並びに各中隊は十六日午前一時三十分に整列を完了すべし。四列縦隊、間隔八歩。二時出発、四時乗船」とか「出発前の清掃：最後梯団分区域の便所埋める。何日まで使用したかを掲示す」、あるいは「乗船注意事項：下士官以下は地下足袋。将校は靴の上に靴下。船室内の禁煙。便所数少ない：洋式。便器携行。ひげをそる。器具に手を触れるな。扉に触れるな。通行禁止区域あり。船室内禁煙」などと書いてある。

精喜は他の医療メンバーとともに患者一〇名ほどを護送したらしく、主力部隊より数時間早く、十月十五日の夜九時に宿舎を出て深夜、夜霧の中を上陸用舟艇で米艦に登った。船は十七日の明け方に仁川を出港した。精喜は甲板にいて何もすることがなかったのだろう、太陽の上端が水平線に現れてから下端が離れるまでの時間を測って二分四五秒と書いている。また「船は南を向く」としているが、この輸送船は別の港にも寄港したのか、ゆっくり進んだとみえて十九日に「済州島を左に見」、夕方「五島列島らしきものを右に見」て二十日の朝、漸く佐世保港に接岸した。午後上陸して七キロ行軍し、検疫と尋問を受けて、寝たのは午前九時であった。

精喜は軍医将校であったから中隊長などとともに佐世保に止まって、二十二日から始まった兵たちの復員・輸送業務に当り、二十三日に二日市に移って二十五日にすべての残務を終了した。二日市では「理髪、筑紫館、ふろ」と書いている。二十六日に大学で医学部長に復員の報告をし、病棟に行って看護長と会い、工学部で清兵衛とも会った。そして十月二十七日朝、大濠の沢田先生宅を訪うた後、清兵衛とともに家族の待つ耶馬渓に向かい、夜になって到着した。昭和十二年八月からこの時まで、間に二年余の別府・福岡生活を挟み、ほぼ八年間に及んだ精喜の軍医生活はこれをもって終了したのである。

耶馬渓から福岡それから古賀へ

昭和二十年十月末、耶馬渓に戻った精喜は一週間ほどは何もせず、夏生を連れて八幡宮で銀杏を拾い、川で水車や牛を見せて過ごした。二か月前まで対米戦車戦の戦術を講習し、十日ほど前までは復員業務の只中に居たことを思えば、耶馬渓のノンビリした風光は別世界の感があっただろう。しかし耶馬渓に住み続けることは論外であって、一家はまず何より先に福岡のどこかに住まいを見つけ、精喜は再び大学で働かねばならなかった。

それで精喜は操や和子と相談し、十一月五日には一家で中津に出て、御世話になった林八郎さんにお礼をのべ、精喜だけは翌日福岡に出た。そして三内科の先輩である三木先生や日高先生を訪うて、新たに入れそうな家を探し、結局、三木先生の紹介で箱崎の渡辺福男氏の家を借りることを決め、この月の終わりに実行することにした。

しかし終戦後のゴタゴタの際にはそのような大きなことを決めると同時に、しなければならない細々したこともたくさんあった。覚書には「タバコ、砂糖。眼科で目薬」とか「甘藷の購入：二十〜三十貫」とか「疎開荷物片付く（六〇〇円、馬車三台、大学へ）」などと書いてある。また「（西日本新聞社の鬼頭氏と相談して）五丁目の家の植木と石灯籠の処置に六〇〇〇円ほどかかるが、野村さん側の塀を一部とって、トラックを通すようにする」という記述もある。五丁目の家は強制疎開で壊されたが、その残骸などが残っていたのであろう。また、当時は汽車の時刻がどんどん変わったから手帖には日豊線や久大線の時刻が克明に書いてある。この時精喜は医学部三内科に泊っていたらしい。手帖には「夜、清兵衛来る。夜具持参」とある。

そんな多忙の最中、十一月九日には「リュウタ、ヤマヒ。ハヤクオイデマツ」という電報が来たから精喜は急遽耶馬渓に戻ったし、その後、再び福岡に出た後も、転居すべき箱崎の家のことで何かとゴタゴタがあった。しかし結局精喜は十一月末に耶馬渓に帰り、清兵衛に手伝ってもらって物品の梱包を終え、それからまた福岡に出て西部新聞輸送会社からトラックを借り、十二月三日に箱崎の家に荷物を下ろすことができた。そして箱崎の家の修理や掃除を終え、操や和子それに子供たちが合流したのは十二月七日であった。

敗戦後というような非常の際にものを言うのは人間関係であって、今回の引っ越しが出来たのは全く直助の昔のお弟子さんであった三木先生の御蔭であったし、その外、沢田先生や日高先生、それに昔の女中のみやさんにも手伝ってもらった。これらの人は住居のような大きなことから、米、炭、電球など日常生活物資までなにくれと無く面倒を見てくれた。昔の人間関係は濃密だったのである。

引っ越しなど私用で忙しかった精喜であるが、覚書（この時もまだ『従軍手帳』を使っている）には時々医学や第三内科教室のことが書いてある。十一月七日には「朝、講義」というのがあるが、これは多分、沢田教授の講義を手伝った、という意味だろう。原爆関係の記述もあって、十一月十四日「Typewriter。原子爆弾報告。枡屋、池見、藤田：教室業績」、二十日「午後type。America の兵。枡屋君と三人徹夜。六時ごろ枡屋君、大村に立つ」、十二月九日と十二日にも「Type：Atomic Bomb disease」と書いている。精喜は行っていないが、この頃九大から長崎に行って原爆の患者を診療し、その所見をタイプしたのだろう。

降伏後四ヶ月経つとやや仕事場も落ち着いて来たらしく、十二月末、精喜は大学では枡屋君（後の三内科教授）と毎日のように物品整理に従事し、家では隙間風を防ぐため大工仕事に精を出した。時には「昨日の人造酒、erbrechen（吐く）」などと書いているから、怪しげな酒も飲んだらしい。昭和二十一年元日には医局で毎年恒例の拝賀式（新年の名刺交換会）があり、二日は家族全員で香椎宮を参拝した。この頃の食料不足を反映して覚書には三日「澤田先生宅にて酒、もち、ご馳走になった」、五日「学校より肉分与」、六日「澤田先生より石臼借りて高粱粉を作る」などと書いてある。

ところが箱崎の家に入ってまだ一ヶ月余の昭和二十一年一月半ば、箱崎の家の家主が変わって「早急に立ち退け」ということになった。それでまた精喜は家探しに走り回り、結局、福岡から二十キロ程北にある糟屋郡古賀の陸軍療養所（後、福岡東病院、現福岡東医療センター）の宿舎に引っ越すことにして、またまた荷造りにかかり一月末に引っ越しを終えた。二月三日日曜の覚書には「薪作り。畑、苗植え」、四日「晴天。布団干し。便所掃除。戸障子の建てつけ直し。龍太の守り。家事の仕事はなかなか多い。学校も二週間余り休んだ」、五日「帰りに台所道具背負って帰る」とある。

直助の安否と民主主義

精喜は簡単に復員できたが、満洲（新京）に居た直助の帰国は容易に進まなかった。満洲には初めソ連軍が侵入し、その後中共軍が来て国民党軍と戦闘の場にもなったからである。操を始め和子や精喜も何か情報はないかと心配したが、共産国のことだから確たることは何も分からなかった。しかし思いがけず一月二十日に操の実家の鎌倉から新聞切り抜きが送ってきて、それには野坂氏（後に共産党書記長になった野坂参三、戦時中は延安の中国共産党に居り、ちょうどこの頃ソ連経由で帰国した）の談として「新京に小野寺という医師がいて一生懸命働いていた。日本人会長をしている」と書いてあった。これによって直助の生存が確認でき、一家中やや安堵した。

筆者は満洲のことを直助から直接聞いたことはないが、お客様と祖父の会話から少しは漏れ聞いた。敗戦後の満洲はソ連兵の暴行など悲惨な話が多いが、祖父はそのような話は家ではしなかった。唯一筆者が聞いたのは、祖父の親友でハルビン大学の奉職されていた田村於兎先生が自殺されたことくらいである（これについては『日露戦争時代のある医学徒の日記』に書いた）。しかし満洲ではいろいろなことがあったらしい。祖父がソ連兵の強盗に遭って衣服を取られたとか、ドイツでも治らなかったというソ連の司令官の病気を治してやったのでそれ以来食料などは容易に手に入ったとか、郭沫若が弟子だったことが分かったら中国共産軍の態度が急によくなったとか、ロシア語ができる人を隠してやった（ロシア語ができるとスパイとしてソ連軍に逮捕された）とかである。

直助は第一次大戦開始時にハンガリーに居て、戦争とはどんなものか肌身で知っていたから、

「戦争の際は首都にいるのがいい、田舎では暴虐が行われ易いが大都会に居ると占領軍も流石に酷いことはし難い」と思っていた。だから彼は新京から無理に出ようとはせず、敗戦後満洲から日本の軍人（関東軍）がいなくなった後に新京の日本人会長にさせられたのである。ソ連人も中共軍も満洲人も直助に悪いようにはしなかったから、彼は日本本土の人たちよりずっと良い食事を摂って丸々と肥っていた。しかし帰国はできず、引き揚げたのはこの一年後であった。

さて一家の住まいは古賀に移っても精喜は相変わらず大学に通い心電図の研究をしたり血圧の測定をしたりしていたが、この頃の社会の流行は「民主主義」であって、特にインテリ社会であった大学はこの風潮に染まった。今もその名残はあるが、この時代占領軍から「民主主義」という言葉を刷り込まれた日本人の多くはそれが余程いいものだ、と思った。そしてこの言葉によって彼らの脳裏に浮かんだのは、それによって自分に都合のいいことが実現できる、ということだった。うろ覚えであるがアンドレ・モロアの『英国史』に「普通選挙が行われると、若者はすぐ恋人ができるように思い、学生は試験がなくなり、大人は税金が安くなるだろうと信じて熱狂的に歓迎した」と書いてあったが、日本の戦後の民主主義信仰もそれに似ていた。

医学部でも「民主化」が合言葉となり、二月十四日の精喜の覚書には「医局会。Prof、留選」とあるから沢田教授が信任されたのだろう。六月には医学部全体でも、多分職員全部による教授選挙があって、その結果、現教授が全員当選した。また、各医局から委員を選出して会議を行い、「最高委員会」なるものの委員構成を決めたりもした。三月六日「委員構成に関する基礎臨牀委員会の案：学部長、教授8、助教授講師8、助手副手特研8、学生8」、四月四日「医局会、最高委員会」

などの覚書がある。教授会に代わる最高議決機関を作り、助手や学生までを平等にしようとしたのである。

しかし大多数の「普通の人」はこのような民主化を異質な運動と感じていたらしく、三月六日の覚書に「午後、医局会。改新運動低調の由。学生の意見、薄弱の由」と書いてあるところを見ると「民主化」の熱病も一部の人に止まって蔓延はしなかったらしい。筆者が後年和子から聞いたところによると、「軍医でも兵隊でも、職業としてでも徴用としてでも、とにかく戦争に行った者は（一部の人から）軍国主義者として指弾された」そうで、母は「民主化」を叫んだ人たちを「精喜さんの敵」として、後まで憎んでいた。

戦後の生活と大村病院行き

昭和二十一年二月半ばに幣原内閣による新円切り替えがあり、精喜も預貯金のことや「右肩に番号を隠さぬ様に書く。総金額のみを書く。控えをとること。生活資金、貯金、自由貯金（新円と引き換えた貯金）」などと覚書を書いているが、これは小野寺家にとっては大した問題ではなかったようで、その後にこれに関することは何も書いていない。なおこの時の月給は一六七円、内訳は月給五五、家族手当八〇、物価手当五〇だった（税金を二〇円ほど引かれているのだろうか）。

精喜にとってお金より大事だったのは研究に必要な「エレクトロ光源」とか「計算機探し」であったし、また食料自給のための家庭菜園であった。二月から四月にかけては「玉ねぎと甘藍の本植え。人参と雪裡紅（カラシナ）播種」「松の伐採は敷地内のみ。敷地外は枯れ枝をとる程度。開墾する時は福光氏に届ける」「畑植物、肥料をやった。午後、カヤ焼き。大きく燃え過ぎて、小田さん家族はじめ吉田さん矢川君駆け付け消した。ばらの根取り。煙管作った」など新畑開墾を思わせる記事が多い。

六月も精喜は畑仕事に精を出した。二日「日曜。雨。竹切ってきた」、三日「畑仕事。玉ねぎ土除け。馬鈴薯土寄せ。小供泥盗、藷皆とられた」、十六日「日曜。畑に雨降り甘藷植え。清兵衛と開墾」、十七日「畑手入れ、南瓜、茄子、トマト、胡瓜、菜豆、甘藷。小豆、人参、葱、菜豆、播種」などと書いてある。子どもがサツマイモを盗んでいったらしい。当時はそんな時代であった。

精喜は農学校を卒業したから農作業に習熟していたが、性格的にも百姓仕事が好きだった。一人で黙って開墾や畑の区分けをするのが楽しかったのだろう。精喜がよく働いたので古賀の療養所の土地は開墾し尽くされた。六月中旬の覚書には「遊休地面なし」。野村さんから種々苗もらった。三週間位でトマトは丈二倍になった。大村から帰ったら（これについてはこの後に書く）実がなっているだろう。和子は水かけに忙しい。夏生、龍太元気にて毎日山に遊びに行った。夜、抹茶飲み、また、その乳をのんだためか、龍太二時まで起きて遊んでいた」と書いている。

この時代でもそれなりの楽しみはあった。三月末には一家で九大農学部に遠足に行ったし、夏生と松林で松露とりをし、古賀の海で潮干狩りをした。しかし和子は、精喜が日曜に自分や子供の相手をしてくれないと文句を言った。彼女は我が儘だったのである。精喜の覚書には毎週のように「大濠に家族写真写しに行かず。於古里（怒り）なり」とか「小説を読まぬこと、研究の話だけすること、勉強し過ぎること」など、和子が文句ばかり言っていたことが書かれている。昭和の終わり頃から「夫が仕事に熱中して家庭を顧みない」と不平を言う主婦が多くなったから、和子は先覚者だったのかもしれない。直助が居たら叱りつけただろうが、直助と操の育て方が悪かった、ともいえるだろう。

四月下旬から精喜は篠崎先生から頼まれて国立大村病院（長崎医療センターの前身）で働くことになった。長崎医療センターの「沿革」を読むと、ここは昭和十七年に海軍病院病舎として発足し終戦前に厚生省の管轄に移ったが、篠崎哲四郎氏が初代院長として着任したのは昭和二十一年四月である。だから篠崎氏は院長を引き受けるとすぐ精喜に相談を持ちかけたのであろう。古賀国立療養所と大村病院はともに軍の療養所から地域の病院になった、いわば兄弟のようなものだったから精喜が大村を手伝うのは自然だったらしい。和子はこの時も「大村に行っていつ帰れるのか」と不機嫌になったが、数日後には少し反省したとみえて、出発の四月二十三日には機嫌よく朝五時前から朝食の準備をして弁当やおやつも作ってくれた。

篠崎先生とともに大村に来た精喜はこの後約一ヶ月間、病院の人員の充実や、施設備品の整備に関わり、選挙で医局長にもなった。大村病院は篠崎先生が赴任してくるまでは長崎医大が運営していたが、この時、九大の内科、婦人科、耳鼻科などから医者や看護婦など十数名赴任し、その他、鹿児島や熊本など九州のいろいろな療養所からも人員を集めたらしい。入院患者も沢山いて、五月十七日には「患者収容、三四七」と書いてある。このように病院の草創期だったから精喜は案外忙しかった。ただ彼の本務は九大医学部だったから、一ヶ月後の五月末には福岡に戻り、その後六月末に十日ほど大村に出張したが、精喜の大村病院勤務はこれで終了した。

食べ物と民主化運動

食糧難の時代だったから、大村に行ってからの精喜の覚書には食べ物のことがたくさん書いてある。昭和二十一年四月二十九日の天皇誕生日には「昼、天長節の赤飯、酒、牛肉かんづめ、さしみあり」、五月三日「内科懇親会。カンパン、紅茶あり」、五日「昼食は黒鯛刺身と汁(医局)。夜食、二人前食べた」、八日「院長官舎会食。肉、酒、カステラ」、十三日「本日昼食より追加副食、魚肉」などである。そして田舎だから気の休まることも多く、五月五日の己の誕生日には「誕生日。官舎の隣の丘の上に鯉のぼりが立っている。今日は晴天である。海岸および山を散歩。つつじ、美しく咲いていた。夜、病院の風呂の帰り、雑草の田んぼの中でホタルが二匹飛んでいた」などと書いている。

五月末、一旦福岡に帰る時は大村から北に行って佐世保線で有田を通って帰った。その時の嘱目を「南風崎には今日も復員の兵が一杯いた。農家は麦刈りである。まだ復員の息子が帰らない家も多いのだろう、年寄りと女ばかりで働いている所がある。有田付近、山つつじ赤く咲く。十九時、日、山に没す。基山の近くに赤山つつじあり」と書いて、

青葉ごめ　赤き色あり　山つつじ　　山がひや　紅色こごる　山つつじ
誕生日　御馳走に代わる　蛍あり

など俳句を作ったりもしている。

ただ大村病院も長閑なことばかりではなく、そこでも「民主化運動」があった。そしてここではそれは医師たちではなく患者たちによって行われた。五月四日の覚書には、院長室で行われた会合の場で、患者側から出されたいろいろの要求が書いてある。それは①医療、②経理や施設、③運営について広範囲で細かいことにまで亙っている。

① 1. X線科強化の件、2. ペニシリン注射継続の件（外科や小児科で一日二十万単位を三時間おきに二日間用いょというような専門的なことまで要求したらしい）、3. 医者の熱意および看護婦善導の件、4、精神病棟より婦人科分離の件、進駐軍の婦人科は一週間後には退院する、5. 患者即応食の一日賄量2・8円、など、

② 1. 配給食の会計の公開（残品は職員がとるであろう）、2. 売店強化、理髪店の適正運営、3. 入浴、湿布の蒸気の件、4. 電気コンロの使用の件、5. 郵便局出張所復活の件、6. 引揚者退院時輸送の件（トラックのガソリン代）、7. 入院費支払い明細の件、8. 娯楽室充実と病院からの娯楽費出費の件、など、

③ 1. 患者と病院は運営で一致協力すること、2. 引揚者とその付属者の食費を免除する件（引揚げ援護局との交渉）、3. 病院経営の予算公示、4. 修繕の敏速化など。

このような患者懇談会は五月六日にも行われて、この時は患者側の数人が酷い態度を取ったらしい。精喜は「夜七時より患者懇談会：云われる身となっても云う身になるな！　民主運動というのものはひどいことだ。世の道義落ちて地下に陥る。子々孫々に伝えおくべきこと」と書いている。

余程不愉快だったのだろう。

前々節にも書いたが、戦後は共産主義が流行して「すべての組織の運営にはそれに関係する全員が平等な立場で関与するべきだ」という妙な信仰が生まれた。本家のソ連や中共は個人崇拝の独裁国家であったのだが、我が国でこの思想に染まった人は「ソ連は理想国で民主的平等が実践されている」と信じた人が多かった。この信仰は一九七〇年頃までは生きていて「大学の運営に学生も参加すべし」と主張した学生運動はその名残であったが、昭和の終わり（一九九〇年）頃にソ連圏が崩壊するとともに跡を絶った。病院経営に参加したがった患者代表はその先駆者だったのである。

個人的感想だが、兄夏生（大阪大）や筆者（九大）は昭和四〇年頃の学生運動の際、「保守反動」の立場に立って学生デモやストに反対し、「大学運営に学生が参加する必要はない」と主張した。その頃、我々は、父精喜が「民主運動というのはひどいことだ。子々孫々に伝えおくべきこと」という文章を書いたなどとは思いもしなかったが、子供達は「伝え」られなくても実践したわけである。

古賀から別府へ

精喜は六月末、十日ほど大村病院に再出張した際、和子に手紙を書いた。その一部。

「拝啓、雨降り天気照り繰り返し、まづまづよき梅雨と存じ候。お前様はじめ子供らさびしく暮らし居ることと存じ候。古賀の庭は毎日懐かしく思い出し候。七月には海に行けること楽しみに致し居り候。

日曜に院長と共に夕方中尾氏宅を訪問、酒肴の御馳走に相成り候。五丁目の疎開時の建具は銀行と警察で分けたそうで、福岡で新円の預金として代金をお渡しするとのことに候。明瞭なものの代金は一五〇〇円、不明瞭なものは調べの上計算するとのことに候。

厚生省の人のお話によれば、奉天よりの引揚者有りて新京にて父上に会いし人々有之候とのこと、種々方々よりの話により新京にて御健在のことと拝察致し候。ご注文のびわは手に入り次第求め帰る心算に候。健康第一に心掛け、子供たち大切になされ度、畑の作物大きくなりしことと楽しみに致し居り候。先ずはおしらせまで」。文中の中尾氏は多分福岡の警察署の署長だった人で、この時は故郷の大村近辺に住んでいた。強制疎開の際の障子や畳の代金を払ってくれることになったらしい。

精喜は大村病院で俸給八〇〇〇円を貰い、六月二十九日に魚とビールで送別会をしてもらって福岡に戻ったが、今度は九大と古賀国立療養所の兼務になった。覚書に「療養所医務課協議。入所患者四三〇、入院費三等六円。薬価、処置、注射薬。特殊患者（妊娠患者、性病患者）。病床日誌整備。病棟掃除」などと書いている。療養所の所長は篠崎先生で大村病院と兼任であった。以下は多分篠崎先生の講話であろうが、終戦後十ヶ月経った頃の社会を想像させるから、覚書通りに紹介する。

「各療養所の諸問題：　国敗れて自由思想：自由勝手、世の流れ。

伝統ある日本国民：義務を果たすこと。

マッカーサー司令：共産主義を嫌う。暴動は鎮圧する（武力）。世を乱すのはよくない。

排他的の気分：日本神国、人の悪徳のみを見ること。人の美点を学ぶこと。米軍の事務処理。やる時は徹底的にやる。

一致協力する：愉快明朗、事を構えず他の美点を見てやる。わがまま放題をしない」。要するに、日本精神のみではいけない、アメリカの美点は見習うが、わがまま勝手をするのもよくない、ということである。

精喜の従軍手帳はこの時（昭和二十一年六月）をもって終了し、これに引き続いて書いた手帖は失われたが、敗戦後一年が経過した昭和二十一年は、精喜も大学もやや平常を取り戻しつつあったらしい。精喜はこの年の秋、九大グラウンドで学生たちのラグビーのレフェリーを勤めたりしている。また直助もこの年の十月末頃、満洲新京から無事に引き揚げてきて翌二十二年一月には大分県別府市の国立亀川病院の院長に迎えられた。それで一家は挙げて別府亀川の国立病院官舎に引っ越した。院長官舎だから古賀の宿舎よりずっと立派だったし、和子が子供二人を抱えて古賀で生活するのは大変だったから、操がいてくれる別府に行ったのであろう。

ただ精喜は二十一年十二月に九大医学部第三内科助教授に昇任して九大を離れることはできなかったから、彼一人は福岡に留まり医学部助教授室の中で寝起きした。だから精喜が朝鮮から戻った後、妻子とともに生活したのは僅か一年三ヶ月に過ぎなかった。

第二章　福岡の精喜と別府の家族（昭和二十二年から二十三年春まで）

昭和二十二年の別府の生活

和子は福岡に居る精喜に毎月二回ほど手紙を書いた。その中には子どもや自分の病気のこと、物資や物価のこと、本や映画のこと、日常の生活の事などがとりとめなく書かれている。それらをまとまった形で紹介するのは難しいから、以下には時間順に、時代相が写されている所だけ紹介する。

昭和二十二年三月十四日。「私も御無沙汰なら精喜さんからもお便り参りませんが、先日お父様がお帰りになった時色々御様子を聞きました。どうにかやっておられる様子で安心しました。古賀の畑の物も移植なさったそうですね。

子供たちで私は一日暇なしです。時々は外で遊んだり二人で病院に自動車を見にいったりしますがほとんどはうちの中でいたづらばかりして、兄弟げんかをするから両方を叱って大変です。本当に精喜さんの有難味が分かります。子供たちはお父ちゃまお父ちゃまと申しています。早くいらっしゃい。龍太はもう一週間くらい下痢ばかりで困りました。私は余り温泉に入れ過ぎたのではないかと思い、この頃は夜一回だけにしました。うちの温泉はとても熱くなり、入る時はどんどんくみ出してうめます。勿体ないようですがお風呂だけは世話なしです。今度いらしったら極楽です。

別府や亀川はほんとにつまりません。アメリカ映画は去年の十月に福岡で見たやつです。だから私はどこにも出ないで専らお母様が買い出し役です。レコードが掛けられないので子供たちが可哀想です。今度いらっしゃるとき何か本を買って来て下さいね。

先日病院で映画会があって夏生を連れて行ってみました。いっぱいで夏生を抱きづめでした。米若の佐渡情話という浪花節映画で何の感興も湧かなかったのですが、夏生が見ているので見ていました。ただ皆が泣くのに驚きました。お父様も二階正面の院長席で見ていて涙が出たそうです。何だか微笑ましいわね。今病院には大谷光瑞さん（仏蹟の発掘調査で有名。浄土真宗本願寺派第二十二世法主）が来られているので大変です。

手紙を書いたらお便りが来ました。大変嬉しゅうございました。お彼岸にはお待ちしています。顕微鏡はなるべく八千円で芦田先生にお売りください。早くお願いします」。

四月十四日、精喜より操宛。「土曜日（十二日）、修二さん大学に参られ候。研究室より私は階段を飛ぶように上り対面いたし候。ふじ子様と二人病室にお泊り相成り候。メリケン粉また配給になり候間、前の分修二さんに託し送り申上げ候（メリケン粉と短いうどん）。

無医村診療による寸志五百円いただき申し候。十二日夜清兵衛とすきやき致し候。ねぎと大根葉と固形醤油の素より作りたる醤油にて充分おいしくいただき申し候。修二さんより回診着一着いただき申し候（私が着ているもの余りにボロに御座候）」。精喜はこの頃学生を連れて「無医村診療」なるものに行っていた。

この後、精喜は五月初めに亀川に行ったが数日で福岡に戻った。五月七日の和子の手紙。

「この間は思いがけず早くいらしったので嬉しゅうございましたが、すぐに帰ってしまわれたので物足りない気がしました。別府に子どもたちを連れて行った時は楽しくて時々思い出します。私がいつも怒るので後で後悔しています。今日五日に久しぶりに晴れましたので精喜さんが帰られてから初めて鯉のぼりを立てました。今晩はおすしにしようかと思って母が今別府に買い物に行っています。

四日は降ったり止んだりで、朝お米を精米所にもって行ったりしましたが、その後思い切って出かけたら電車は満員、北浜で降りたらまた降り出したので渡辺先生のお宅に行って色々御馳走になり巻きずしまで頂いて子供たちは大喜びでした。雨が止んだので流川で仮装行列を一組見ましたが汚くてゲッソリ、人ばかりぞろぞろしていました。クロコダイル玩具屋でお風呂に浮かす亀を買ってやりました。

今日七日は雨の中を別府まで行って映画を見てきました。終戦後初めて新しい日本物を見たけれどつまりませんでした。アメリカ物と比べると随分レベルが落ちたものと思います。精喜さんに頂いたお小遣いで今日、キャベツと子供の飴を買って映画を見ました。

庭の桜桃が熟して、青い葉陰から真っ赤につやつや光っています。本当にきれいです。暇があると見にいってとって食べています。グミより美しく、油絵風で新鮮なハイカラな感じがします。もいで食べる時は自分が画中の人物になったような、鈴木三重吉の『桑の実』を思い出します。亀川住まいもいいなあ、なんて。小宮さん（小宮豊隆のこと）の『漱石』を読み始めました。中々面白いです。良い本を買って下さって有り難う。

お母様からのお頼みで味の素の三十円から五十円のがあったら一つ買って下さい。うちでは鼠が横行して困ります。一筆啓上のようではないお便りを下さい。くれぐれもお体御大切に。今お父様は鼠退治です。

（以下は六月初旬の手紙）五月二十三日は病院の運動会で夏生と行ってみてきました。山本さんの奥様やお子さん方と一緒のゴザで見ました。夏生は山本さんの千穂子ちゃんと一緒にビリから三番二番の順でニコニコ笑いながら声援してくれる人を見まわして走るのには大笑いでした。秋にまたあるそうですからその時は龍太も出られましょう」。

食べ物と子供

精喜は和子から「一筆啓上のようでないお便りを下さい」と言われたが、特に書くこともないから六月二十三日に食べ物のことばかりの手紙を出した。

「拝啓、先日はいろいろ御馳走様に相成り有難く存じ候（折を見て土日に別府に行ったのだろう）。お前様はじめ子供たち栄養良好にして日増しの暑さにも負けず御壮健にて何より結構に存じ居り候。

小生の学内留守中、中根先生より大根、グリンピースいただき、少し古く相成り候えどもおいしくいただき申し候。池見君より小豆御飯、重箱にて一つ頂き中根君より金曜日にきゅうり、小鯛の煮たもの十数匹、いもあんの田舎饅頭六ついただき申し候。小山看護婦より名島の貝二十数ヶいただき申し候。みえさんよりかんらん、大きいの一ついただき申し候。ばれいしょの配給もあり、チーズ、主食代わりに一ポンド余り配給あり、この頃は食糧豊富にて候。明日からまた何か買う予定に御座候。給料六月分1900円、及び四、五月分加給290円いただき申し候。医局の休暇は二十日づつ二回休みにて、小生は七月十一日よりと八月二十一日より休みにて候。

修二さん待ち居り候えども未だ参り申さず、そのうち参らるる事と存じ居り候。三木君西新の市立病院長になり、金曜日に送別会致し候。医局にてすきやき、酒その他御馳走有之候。しばらくぶりにて酒飲み、医局にぎやかに御座候。

蚊取り線香打ち忘れ毎夜蚊にさされ目覚まし候。この頃蚊取り線香買い、焚けど効なく、医局より蚊帳借用いたす段取りに候。

母上よりの澤田先生へのおつかいものは十九日に大濠に参りおとどけ申し候。その際ビール一本御馳走になり、きゃベじといかの刺身もいただき申し候。大変おいしく御座候。この頃福岡は雨降りにて、ベランダのトマト沢山つぼみ持ち居り候。

（夏生へ）ガッコウ　ノ　トマト　ノ　ハナ　ガ　キイロ　ニ　サキマシタ。カメガワ　ノ　オイケ　ノ　スイレン　ノ　ハナ　ハ　イクツ　サキマシタカ。セイキ　ナツヲ　ドノ　リウタ　ニモキカセテ　クダサイ」。

この手紙が着くとすぐ、六月十九日に和子は夏生にハガキを書かせた。

「オトーチャマ　オテガミアリガトーゴザイマシタ。スイレンハ七ツサキマシタ。リュータニヨ

ンデヤリマシタ。ボクハミンナヨメマシタ。ハヤクイラッシャイ。コレカラネンネシマス。オヤスミナサイマセ。ナツヲ

夏生は自分あてにお手紙いただいたのが嬉しくてならないらしく、何遍も出してくれと言っては眺めています。それで昨夜夏生の手を持ってお返事を書かせてやりました。お父様は滝廉太郎の荒城の月の四十周年（正しくは四十五周年である）のお祝いで昨日から竹田に行っています（何故直助が行ったのか不明。誰か大分の知人に勧誘されたのだろう）。私は先日四家文子の音楽会に行きました」。

前記の手紙にあるように精喜は八月下旬から二十日ほど別府で夏休みを過ごした（多分七月も休んだだろう）。筆者が大学にいた頃、すなわち昭和から平成にかけての頃、大学の教員が四十日もの夏休みをとる事など考えられなかったから、昔はノンビリしていたともいえるだろう（ただ筆者の頃は週休二日だったから、実働日数は昔の方が多かった）。精喜は夏休みから帰って次のような手紙を書いた。

「拝啓、休暇中は様々御馳走になり有難く御礼申上げ候。小麦粉配給沢山これあり食い残る程にて他の同僚に於いても同様に御座候。ジャム配給あり、コップに八分目程これあり味よろしく候。うにの空びんに入れれば携行に便利と存じ居り候。米配給二日分あり。未だ米はたかず、粉にてホットケーキ作り食べ居り候。先ずは御報告いたし候。草々。

ゴハン　モ　オカズ　モ　ノコサナイデ　タベナサイ。リウタ　ニモ　ハナシテ　キカセテクダサイ。ナツオ　ドノ」

東北大水害と天皇行幸

昭和二十二年九月、東北地方に大雨が降り、故郷の前沢町も甚大な被害を蒙った。これはカスリーン台風の余波で、仙台での雨量は200ミリ程度だったが北上川が氾濫し、千人くらいの死者が出た。九月二十九日の和子の手紙にはそのことが書かれている。

「その後お変わりございませんか。お父様にことづけのジャム、ホットケーキ、軽石など有難う存じました。ジャムは大変重宝しました。まだ大切に食べています。折角の配給を取り上げてすみません。軽石は子どもたち大喜びでお風呂に入る度大騒ぎです（水に浮く石だから面白かった）。

今日清兵衛さんの電報でシモ伯母様が二十七日に死去なされた由驚いています。御不幸続きで皆さん嘆いておられることでしょう。人の一生は分からぬものですね。（中略）

お国の水害は大したもの、実に困ったことと思います。高畑は床上五尺余の浸水、米味噌醤油は全部流出、箪笥たたみもすべて浸水、何も持ち出せなかったそうです。その夜は暗い中二階で過し、翌朝舟で病院の二階へ避難したとか、まるで信じられない様ですわね。清兵衛さんのお便りでは『前沢から見ると線路も水浸しで見えず一面湖水のようだ』とありました。姉体は床上二尺位で食い止め、衣類だけはどうにか避難したそうです。東北は実に哀れですね。

お父様は広島に講演に行かれ、今日帰っていらっしゃいました。電車や汽車の絵のついた下駄をお土産に頂いて子供等は大喜び、龍太は現金にも『おじいちゃまがかえっていらしてアップ（自分のこと）嬉しいー』なんて言って笑わせました」。

十月三十一日は別府にある九大温泉治療学研究所のお祭りなので、一家は挙げて温研に行った。ここは昭和六年、九大教授だった直助が主導的に働いて作った研究所だったから直助には我が子のような愛着があったのである。その時和子は精喜に「温研祭には私と子供たちを連れて行ってくれるよう父と約束していいます。だから精喜さんもその時も是非いらっしゃいね。『そうはいかん』なんてムズカシゲな顔をしているのがよく分かりますけれど二三日位休んだって構わないでしょう。それ以上休む方だってあるんですもの。博多駅前に細長いアンパンを売っていておいしい由、一個十円とか。もし分かったらその時子供のお土産に買ってきて下さいませ」と手紙を出したので精喜も福岡から別府に帰ってきた。

その後、十二月初めにも精喜は別府に戻ったが、それは「天皇ご巡幸」と関係があった。昭和天皇は復興に働く人々を激励するため主に昭和二十年代前半全国を巡幸されたが、多くの国民はこれを喜び、有難い、と感じた。天皇に戦争責任がある、と考えたのは少数であって大多数は「陛下はお気の毒、自分たちと同じ犠牲者」と思っていたのである。

天皇は昭和二十二年十二月に山口県を訪問し、小串の国立病院も視察されることになった。満洲から帰った修二はちょうどこの時そこの院長だったから「陛下にご説明申上げ」なければならなかった。この修二の晴れの舞台を操と和子も見てみたかった。十一月十三日の和子の手紙には次のように書いてある。

「おはがき頂きました。夏生は自分にも頂いたので大喜びで受付から戻ってきました（夏生は弟を連れて病院の受付に行って自宅宛の手紙を貰ってくるのが日課だった）。これからはひらがなで書いて下さると勉強になります。夏生は精喜さんが福岡にお帰りになる頃からお腹を悪くしていましたが、あの後酷くなったので竹崎先生からお薬を頂いて、お粥とくずねりだけにして一日寝かしましたら、やっとよくなりました。でもお薬を止めると元に戻るのではないかと不安です。

今度は父が割に長く留守したので早寝遅起きですっかり間延びしていますが、今晩帰られるそうですからそれからは緊張です（直助はこの頃亀川病院長に加えて久留米医科大学学長にもなっていたからよく久留米に行っていたのである）。子供たちは朝日が覚めるとすぐ『お父さまお祖父様清兵衛叔父様はいつおかえりになるの』と尋ねます。はんこで押したようです。（中略）

十二月二日に小串の病院に天皇陛下がお出でになるので、修二さんは三分間ほどご説明申上げるそうで一生一代の光栄だと手紙を寄越しました。当日は家族もお拝みできるから是非来て下さいと書いてきたので子供たちを連れて行ってみようかと思っています。もう子供たちは聞きかじってお拝みするといって大騒ぎです。修二さんがどんなにシャチこばってやるかと想像するに余りあります。院内大ハリキリで掃除だそうです」。

ところがそこに不都合が起きたので和子は急に精喜に手紙を書いた（二十五日）。

「さて今日はお願いがあるのです。御承知のように母と私と子供たちで三十日に小串に行く心組みでいましたが、父が急に二十八日から久留米に行かなくてはならなくなったので私共はダメかとがっかりしたのです。父は、精喜に留守番を頼んできた、と言いましたが、別府まで来て留守番では精喜さんに済まないと思って私も一時は小串行きを断念しました。でも子供たちは以前から陛下をお拝みに行くと楽しみにして、いう事を聞かない時やお薬を飲みたがらない時もそれを言うとすぐいう事を聞きました。だから子供でも約束を破るのはいけないような気がします。それに私たちもこんな地方にいては、またいつ陛下を間近にお拝みする機会があるやら、千載一遇と思うと又行きたくなり、母がともかく精喜さんに相談して、来てくれるなら行こうということになりました。それで二十九日のうちにこちらに到着するようにいらしって頂けませんか。但し無理にではありません。大学の都合でどうしてもダメなら仕方がないです」。

精喜が帰ってやったので操と和子と子供たちは陛下を「お拝み」できた。寒い日のたった三分だったにもかかわらず、ご説明を終えた修二は汗びっしょりだったそうである。

クリスマス・蓄音機など

戦争後の混乱期、医者の給料が特に良かったのではないが、直助は著名な臨床医だったから本務の給料以外に診察した患者さんたちから謝礼や物品を頂いた。だから小野寺の家は生活には困らなかったし、子供たちもいろいろ楽しいことをしてもらえた。アメリカナイズされだした時代ではあったが、昭和二十二年にクリスマスなどした家庭はまだ少なかった。だが直助や和子はその準備をした。十二月十三日の和子の手紙。

「大変寒くなり、初雪も降りました。一日に何遍かお湯に入ります。お元気でございますか。先達てはお蔭様で小串行きも実現し、本当に有り難うございました。一昨日父も帰ってきたので色々あの時の話題で賑わいました。

さてすみ子姉様（操の妹、鎌倉在住）からポータブル（蓄音機）を頂いて、父は重くて持てないから久留米医大の事務長さんが持って帰って下さって、今、久留米にあるそうです。それでクリスマスの贈物にそれを出したら子供たちはどれほど喜ぶかわかりませんから、精喜さんに是非持参をお願いします。でもどうしてもダメなら仕方がないから先に延ばしますが、なるべくなら二十四日の夜、子供の知らないうちに持って来て翌日見せてやりたいと思います。どんな具合かお返事を下さいませ。手紙を寄越せば碌な事を頼まない、とお怒りにならないでね。

凡そクリスマスなどには無関心だった私たちがこんなにヤイヤイ言うのが可笑しくもあり、子供を喜ばせるつもりで親が楽しむようなものね。父が『デコレーションの玩具を買ってきて飾る』などというので『バカらしい』と母が躍起になって止めています。それから秩父宮さまの『英米生活の思い出』という本があったら買って下さい。ではお大事に。（「ナッヲ」という鉛筆書きあり）夏生が自分で書きました」。

この箱型蓄音機は筆者も覚えている。昭和二十五、六年頃、母はよくディアナ・ダーウィンが『オーケストラの少女』で歌った『乾杯の歌』（歌劇『椿姫』中のアリア）などを聞かせてくれた。兄と私は歌の始まりを「ビワー、モミジモミジ」などと口真似していた。この蓄音機は外側のハンドルを回してねじを巻き、鉄の針を差し込んだ大きなサウンドボックスを円盤状のレコードの上にそっと載せて音を出す仕組みであった。レコードに疵がつくと同じところを何度も繰り返すのが可笑しかった。

昭和二十三年の一、二月は暖かかったらしい。敗戦後二年半経って世の中もやや落ち着いて来たから和子は精喜にノンビリした手紙を出している。

「この頃の暖かさは気味の悪い位で桜でも咲きだしそうです。そして良いお天気ですから子供等も大元気。夏生も今の所元気です。冬のお休みは楽しかったですね。今思うと何でも懐かしくてなりません。精喜さん達がお発ちになった日からお湯が止まりましたが、鉄管を換えたので熱いお湯が出るようになりました。お父様は進駐軍が学校（久留米大学）を見に来るので帰るのが遅れるそうです。老齢なのに忙しくて大変ね。

留守中は簡素な生活ですから淋しいけれど暇は多いです。それで『一夢想家の告白』（長與善郎の随想録）を大分読みました。近頃一番熱心に面白く読みました。一から十まではないけれど八位までは全然同感したからでしょう。今度いらしった時にお話しますから聞いて下さいね。

私はこの頃またちょっと歌みたいなものを作っています。おかしいけれど精喜さんだからいいわね。少し書いてみます。批評して見て下さい。

眠たげに　ゆまりしつつも　めずらしみ　雪降ることを　吾子は告ぐるも
雪明り　仄かにさせど　子の寝息　こよい安きに　心おちいぬ
つぶつぶと　梅のさ枝の　ふくらめる　先ゆ光りて　雨したたりぬ
言あげぬ　父の性にし　似よと祈《の》る　子は母われに　似しと人いう

　　ガンジー暗殺　（ガンジー暗殺は一月三十日である）

いと崇き　こころはやどれ　生きの身の　あはれ空しとふ　弾丸《たま》三つにして
光りあれど　難き道なり　人超えし　偉《おお》き愛もて　貫ける一生《ひとよ》

（夏生の文）ボクワゴハンヲタクサンタベルヨウニナリマシタ。ヲトウサマ　ナツヲ」

拘置所の昌二と勝枝さんの死

精喜は既に一年以上、一人で九大医学部助教授室に寝起きして食事を作りながら研究に勤しんでいた。昭和二十三年二月半ばから書き始められた手帖には、助教授詮衡など学内運営のこと、廻診などの医療のこと、学会発表のこと、心臓の水力学など研究のことの他に、人から貰ったネギやダイコンのこと、スキヤキを御馳走になったことなど雑多なことが書いてある。

精喜は三月十三日亀川に戻って、家族連れでぜんざいを食べに出たり、犬の散歩をしたり、スキヤキを食べたりした。十五日の日記に「Percolate sehr gut」と書いているから和子の機嫌がよく、子どもたちをあまり叱らなかったのだろう。翌日和子は「明日福岡に帰るように」と頼んだが、精喜は「仕事の都合で今日出発。和、駅まで来て喫茶店で菓子、ココア飲んだ。準急。小倉六時過ぎ。五時五〇分に乗れず、八時五〇分で帰る」と書いている。鹿児島本線も三時間に一本くらいしか出なかったのである。

三月二十九日の朝、精喜は東京の学会に出発したが、その前日の二十八日、「町に出て弁当にハム、ソーセージ、パンなど買い申し候。配給の小魚（白魚の如きもの）を煮つけて持参致し候。桜がちらほら咲いて自然の動き感じ候。草々。

なつおどの　さくらがさきました。そらはすこしくもっています。あす　とうきょうにいきます」というハガキを亀川に出している。

東京に着いた精喜は真っ先に池袋拘置所に行き、そこに収容されている昌二を訪ねた。しかし「東京裁判が終わるまでは面会不可」と言われ空しく帰るしかなかった。第三部で書いたように、昌二は日本本土の大学に入ろうと思って昭和十八年に台湾から戻り十九年四月からは故郷前沢に居たが、同年七月に山形の連隊に再召集された。山形では捕虜収容所の看守をさせられたから敗戦後「捕虜虐待の戦犯容疑」で巣鴨に入れられたのである。結局昌二は翌年無罪放免となったが、大正五年生まれの彼は、昭和十一年に二十歳で徴兵されて以来、台北帝大予科に通った数年間以外、浪人生活や兵隊生活を十年ほど送ったことになる。釈放された昭和二十四年はじめ、彼は既に三十二歳になっていた。「身から出た錆」という一面もあったが、「時代に翻弄された」青春時代とも言えるだろう。

精喜は昌二には会えなかったが、東大で行われた循環器学会や内科学会などに出席した後、四月二日の夜、上野駅で長蛇の列に並んで常磐線に乗った。汽車は満員で、仙台の先の瀬峰まで立ちっぱなし、翌朝七時半、漸く前沢に着いた。昭和十八年夏以来五年ぶりの故郷であった。

精喜は前沢で、二人の妹、きよとともに迎えられた。きよは夫の小野寺秀三郎と二人の子供とともに満洲ハルビンから引き揚げてきており、ともは前沢小学校の先生の太田信夫との間に二人の子があった。また村上英男の妻の光子さんなどの親戚とも会い、父母、おじの墓参をし、小学校の恩師永井先生をお見舞いし、四月四日には高畑に行って勝枝さんの霊を拝み、純一さん修二さんと酒を飲み、夜二時まで話した。

純一（直助の甥）の妻勝枝さんは精喜が着く一週間ほど前の三月二十六日にガンで死んだ。純一は三内科にも在籍したから夫婦は福岡にも住んだことがあるし、精喜と和子の結婚の時も大変よく世話をしてくれた。だから和子は精喜が東京に発つ前の三月二十三日に次のような手紙を精喜に寄こしていた。

「純一さんよりの電報で、カツエキトクとの報せ、実に何とも言われぬ気持ちです。電報を前にしてしばらく母と泣きました。勝枝さんは可哀想、純一さんも可哀想、私は取り返しのつかぬ気持ちです。あんなに御恩になったのに純一さんも勝枝さんもあんなにいい人なのにこんな不幸な目にあって、生きていらっしゃるうちに一目でも会いたかったと思います。前沢に行って御礼やらお詫びやら言いたい。今度お国にお帰りになったらどうか私の分も拝んで、純一さんに私の気持ちを伝えて下さい」と書いてきていた。

精喜は郷里前沢に四日間居た後、六日の夕方握り飯を食い、皆に送られて前沢を発った。日記には「秀三郎、信夫、きよ、とも。純一さん家にいらした。駅で新典君と一緒。9：41の上野行き、席ありて腰かけた。荷物：握り飯十八、リンゴ、納豆、凍豆腐、糯米、飯盒、かばん」と書いている。

東京では三内科で勉強した女医の野見山先生から「ビール、チーズ、ほうれん草、チラシすし、御汁」の御馳走になり、三内科への沢山の預かりものを受け取って東京駅に来た。この時代は、少し余裕ができた人が、昔世話になった人や困っている人に物を贈って助ける社会がまだ生きていたのである。東京駅では前沢から一緒に来た立野新典が早くから駅に並んで乗車順番券をとってきてくれたから精喜は小倉まで座って帰ることができた。新典は直助の姪が立野家に嫁して産んだ子で、今度久留米医大の入学試験を受ける予定だった。夜行列車で四月七日の晩を過ごした後目覚めた精喜は俳句を作った。

（名古屋を出て）　生垣の　麦と語るか　紅椿　　関ヶ原　昔夢見る　山桜

（山陽線で）　上り坂　客車の後押す　D52号。

石田君の死と新潟の学会

亀川に帰った精喜は和子と映画『我らの仲間』を見に行ったり子供と遊んでやったりして五、六日を過ごし、四月十四日に九大に戻った。ところがその直後の十八日の日曜日、久留米から九大に来た直助から、親友の石田君が危篤状態にある、と知らされた。精喜は薬を準備して急いで飯塚に駆け付けたがすでに如何ともし難く、石田君は十九日の朝息を引き取った。葬儀は二十二日に行われ、精喜は同期生として弔辞を読んだようである。

四月中、精喜は学会の仕事や患者の診療、講義の準備などの本務で忙しかったが、新潟で行われる生理学会で講演するため五月四日朝、吉塚駅から汽車に乗った。汽車は空いていて座席を一人で占領した。徳山では博覧会があっていて降りる客が多かった。車窓から若葉に泳ぐ鯉のぼりや、地質学的変化を見て俳句も作った。

新緑に　模様織りなす　紅つつじ　　雨上がり　青葉におどる　鯉のぼり。

汽車の窓　日ながみどりを　眺めたり　　汽車の旅　土地様々に　山の色

また民俗学的な観察として「柳井付近は大きな鯉を上につるすが小郡付近では小さいのが上」とか、北陸線では「家の柱がたんから（べんがらのこと）で赤く塗ってある」、加賀平野では「真っ赤な上衣と帽子の乙女が耕すあり。部落点々」などと書いている。

交通が不便だったこの頃は学会に行くのにも体力が必要だった。この時精喜は、五月四日は米原で泊り、五日の十二時に金沢に着いて十五時の上野行きに乗り、六日の午前三時半に新津、六時半にそこを出て七時半に新潟着、新潟医科大学から差回しの車で大学に行き八時半からの学会に出席している。医科大学の生理学教授高木健太郎君は福高、九大とラグビー部で一緒にプレーした仲、精喜の親友だったから久闊を叙した。

翌七日の朝、精喜は第二会場の二番目に講演し、この日の夜は高木君の家で夕食を御馳走になり、後から帰ってきた問田君、高木君と真夜中まで語り合った。二人は生理学者だったから学会の幹事のような業務があって精喜より遅く帰ったのだろう。なお問田君も九大医学部の同級生で、彼は後に九大生理学教室の教授になった。

翌八日、精喜は高木君の家で朝食をとり三人で会場に行った。一日講演を聞いて夕方六時半、問田君と夕食を共にし、また高木君の家に行って、弁当やちまきをいただいて九時過ぎ新潟を発った。そして夜行列車で九日の朝八時半に小松で下車した。この日、昭和二十三年五月九日には日食があって、精喜の手記には十一時二十分から十二時三十分までの太陽の図が一〇分おきに書いてある。十二時二十分頃が一番欠けている。

精喜が小松で降りたのはこの地で開業している同級生の小林君と会うためであった。二人は昼飯を共にした後小松の公園や中学校を散歩、汽車で金沢に行き兼六園を見物し、夜はまた小松の小林家に戻り、腹いっぱいご馳走になった。そして翌日十日、おみやげに子どもの着物地、九谷焼のパイプ、おすし、弁当二箱、お菓子一包みを頂いて昼に小松を発った。小林君夫婦は駅まで送って下さった。おみやげがたくさんあったから、十一日の車中でも精喜は「小林君の奥さんから貰ったのりまき、お寿司を食べ、うまかった」と書いている。そして夕方福岡に着いたが、これが精喜の最後の旅行となった。

なおここで精喜の手記から分かる当時の物価を書いておく。新潟出張の際の往復乗車券は学割を使って五二〇円、急行券は直江津—新津で五〇円であった。助教授でも「学割」が使えたらしい。また六日の夜に泊った新潟県庁前神社横の宿屋は二食付きで三七六円、学会会場での昼食は五〇円であった。食料品は牛乳一合（一八〇cc）七円、大根一本一・五円、白菜一つ四円、夏ミカン一個一〇円、マッチ一箱四円、タバコ一箱（二〇本入り）五〇円、という位である。以上のデータから、大雑把に言って当時の物価は今の二、三十分の一という所であるが、大根は安くタバコは高いように思われる。因みに、九大助教授だった精喜の月給は、税金などを引かれた手取りでおよそ五〇〇〇円、物価に比して給料は低かった。それでも大学助教授はまだいい方だったろうから、一般の給料取りや商売人、百姓さんの生活が苦しかっただろうことは察しがつく。

第三章　転居と癌（昭和二十三年夏から冬まで）

引っ越し直後の癌発覚

新潟の学会が終わった一ヶ月後の昭和二十三年六月半ば、小野寺家は別府亀川から久留米に引っ越した。直助が亀川病院を辞めて久留米医科大学学長のみになったから久留米市荘島町にある学長宿舎に移ったのである。引っ越し一週間前の六月二日、精喜は「子供ら連れ、和と別府に行き、orchestra の少女を見た。明治製菓、もりながに寄った」が、これが別府での最後の休日だった。福岡に戻った精喜は八日火曜の手記に、「健ちゃんに抄録出す（健ちゃんは高木健太郎さんである。新潟の生理学会での講演の抄録）。午前中 Electro（心電図などに使う器具）光源入れた。三時亀川に出発。これが亀川通いの最後である。帰りの嫌な思いもこれからはしないで済む。夜九時二十分亀川着」と書いている。これまで亀川で週末を過ごした後、妻子と別れて福岡に帰る時はいつも「嫌な気分」だったのだろう。亀川に帰った精喜は、引っ越しの際にはいつも手伝ってくれる清兵衛とともに大いに働いて荷物を梱包発送し、一週間後の十六日、一家は亀川の家を引き払って久留米に行った。

荷物の荷ほどきもそこそこに精喜は十八日から九大に通い、講義や廻診、臨床実習指導を始めたが、二十二日の火曜の日記に初めて「Magen Krebs（胃がん）かも。わからない」と書きつけている。それから一週間ほど日記はつけていないが、これは書く気が起らなかったのかもしれない。それでも七月三日土曜には朝二時間講義して夕方久留米に帰った。そして四日、義父の直助に診てもらったところ、直助は「Margen krebs」とはっきり言った。そして七日、大学の沢田教授にも診察してもらったが先生も同意見だった。八日には自分で胃曲線をとってみたら、やはりガンの特徴が出た。

それでも九日は弟清兵衛の見合いの日だったから精喜は清兵衛、直助とともに福岡の高さん（西尾夫人の実家）の家に行き、西尾さんご夫婦と娘の篤子さんと夕食を共にした。西尾先生は直助の弟子で下関で開業しておられたのである。清兵衛と西尾篤子さんの結婚の話が出たのは三月で、結婚式は十月頃行われた。清兵衛は翌年二十四年九月までは大学院生の身分だったが、既に二十八歳であったし、大学院が終われば講師か助教授になれそうだったから結婚したのである。

精喜は十一日の日曜には和子と子供たちを連れて散歩し、十二日に直助とともに九大に出勤し、直助は自分の仕事をするとともに、外科の友田教授を訪うて精喜の手術のことを頼んだ。一方精喜はこの日から九大医学部に泊まり込んで自分の体の検査をしたり、仕事の整理などをしたようである。日記にはドイツ語でX線や胃曲線、血沈などのことが書いてあり、また十五日には「心臓の水力学的および ballistic（砲内弾道学的）studies 草稿出来上がり」と書いている。

十四日には操と和子が子供たちを連れて福岡に来て、助教授室で昼食を摂った後、皆で筥崎宮にお参りした。藁にも縋りたい心地だっただろう。そして十五日の午後三時精喜は九大第二外科の一等室に入院し、和子はこの日だけ精喜の助教授室に泊った。

精喜は七月十四日に自分の自覚症状のことを詳しく日記に書き留めている。

「Gasausstossen（ガスが激しくでること?）、多量の食事の後に時々あった。二十一年の秋頃より時々甚だしき Salisation（不明）があり、同時に吐き気があった。たばこをのんだ時にも来たが精神的関係もあった。マーゲンミッテル（直助が発明した胃薬）、次硝酸蒼鉛（蒼鉛はビスマスである）にて治っていた。二十二年も時々あったが、年末に甚だしくなった。食後三回くらい嘔吐した。時々食後腹痛あり。亀川にても夕食後休んだことあり。父から opium（アヘン）入りマーゲンミッテルもらって飲んで直った。二十三年三月頃には Gasausstossen は hautig（毎日）にあり。Diarrhoe（下痢）もあった。四、五月の学会にはマーゲンミッテルとビスマスをもっていった。汽車に乗ると Gasausstossen は zunehmen（増大）する。（以下ドイツ語の症状が書いてあるが不明なので六行ほど略）。

朝は具合がいい。三月末頃亀川の風呂の中で Pylorusgegend（幽門部）に豆粒代の Tumor（腫瘍）を触れた。夕方は大きくなってよく触れる。朝は小さくなって触れないこともある。六月初めまでは体重55 kgあったが、六月末には52 kgになった。（以下ドイツ語で体調や血液の状態など医学的所見）。三月より心配であったが六月末になって symptom（症状）が揃ってきたので検査しようと思っていた。家のものには適当な時に話をしようと思っていた。

七月四日日曜に家内が風呂や竈の薪作りを頼んだが、胃の具合が悪くて断った。この言い合いを父が聞いて診断した。Pylorus Krebs（幽門がん）、sofort Operation（すぐ手術）。今まで半信半疑でいたが言われてみるとKrebsの気になり気分は急に沈んだ。Metastase（転移）が起っていれば生命のあまりは知れている。家内や子供にすまない。将来難儀するであろう。親も心配かけて悪い。しかし如何とも仕方がない。とにかくやるべきことをやり盡して、あとは天命とする事より他に仕様がない。自分の仕事もうんと残っている。残念なことだ」。

入院・手術・予後

手術は入院後一週間経った七月二十二日木曜に行われ、直助、沢田先生、小田先生の息子さんが立ち会った。「終日苦痛」と日記に書いてある。それでも手術はその限りにおいては成功したらしく精喜は八月五日に退院して久留米に戻った。入院直後から退院するまで、親戚は勿論、病棟のおばさん、看護婦さん、医学部の先生方とその家族、親しい教授の奥様、同級生やラグビー仲間など延べ百人近くが次から次に、お菓子や果物、お花などをもってお見舞いに来られた。

この後精喜は久留米でしばらく静養したらしい。この時から日記はとびとびにしか書かれていないが、八月十二日には「日華ゴム医局にて体重計測、51・7kg（六月二十九日、外科病棟にては47・7kg）」と書いてある。一ヶ月に4kgも肥ったのだろうか。十九日には「夕方畑仕事した。お見舞いのお礼の手紙書いた」、二十四日火曜日には「体重：日華ゴム医局、52・5。父と子供連れて散歩。公会堂、大学前を通り筑後川土手に行き舟の中にて梨食べた。帰りに医大に寄り父の部屋に寄る。

売店にてミルクと菓子食べた。帰りのバスなかなか来ず、子供連れて歩いて帰った。和は行きたかった、と大変怒った」と書いている。胃がんを摘出して一時的に気分がよくなったらしい。

九月から精喜は再び九大に出勤し始めた。九月十五日の手記に「昼、修二さんが教室に来た。二時、反省会（学部長、医院長）：科学至上主義、封建性」と書いてあるがこれは生体解剖事件を受けての反省会だったのだろう。

しかし癌はすでに転移していた。日記は九月二十七日から十月二十日まで中断され、そこに「キノフェン、グレラン」と大書してある。グレランは製薬会社の名前（現在は存在しない）で、その名の鎮痛剤を販売していた。精喜は腹部が痛かったからこれらの薬を使おうとしたのであろう。十月二十二日には「家に帰って休む」という一文があり、これから十二月まで手記は書かれていない。

次の手記は昭和二十三年十二月八日で「入院。久留米より父、和子。歯科」と書かれている（「歯科」については後述）。これ以後の精喜の手記には「谷山君お見舞い、果物。夜、池見君お見舞い、たまご。夜、懸橋先生八木先生おみまい、りんご、菓子、回転焼き」など、見舞い客の名前と頂いた物品が書かれているだけである。

十二月十五日から精喜は書くことが苦痛になったらしく、それ以後は和子が代筆している。この時癌はすでに肺に転移しており、和子は今後のことについて友田教授や古賀助教授、口腔外科教授の加来先生と相談した。和子は昭和六十年頃この手帖を読み直した際に「前に抜歯したのは直助が足腰の痛みは歯から来ることがあるから悪い歯を抜くよう言ったからである。父は万一の僥倖を期待したのだろう」と書いている。

この後の和子の手記にはお見舞いのことは少なくなり、「ブドー糖注射」など治療のこと、ガスの出方や便通の有無などが書いてある。特に多いのは食事のこととモルヒネとアトロピン注射のことである。例として十二月二十一、二日の日記を挙げておく。

二十一日「夜中二度小便。午前五時軟便。不眠の為疲労甚だし。朝食かゆかるく一膳。味噌汁卵大根卸梅干し微量づつ。医局の佐藤先生の奥様果物。小田定文先生、池見宮原先生。午後一時父来る。精喜の容態落ち着き痙攣なし。午前中少し眠り元気やや回復。疋田古賀先生も見え相談の結果第三内科に移ることに決定。午後三時移転。清兵衛さん。平林先生水仙スイトピー。陳、光安先生。昼食：卵黄入り葛湯一杯、半熟卵。夜：かゆ一膳、塩鮭、大根おろし少々。夜九時、モヒ、アト注射」。

二十二日「熟睡せし為気分良。七度二分弱。内科に移り非常に安心し喜ぶ。朝食：かゆかるく一杯。ほーれんそう味噌汁、塩鮭、山芋（卵黄一個まぜ）大根おろし、少しづつ。午後三時頃また痙攣。モヒ、アト注射。眠る。枡屋、中川（医局の）、三木通夫先生。二宮夫人貝柱粕漬。小山看護婦果物。清兵衛さん、父一緒に夕食。昼食：かゆ半杯、雞ささみ照り焼き、ホーレン草、梅干少しづつ。夜：雞ささみ、豆腐、ネギ、かゆ半膳。リンゴ四分の一。清兵衛さんより卵十個、論文掲載の雑誌」。

この時代、癌は不治の病で医者にも手の施しようがなかった。直助はよく「癌が治るのは医者が誤診した時だ」と言っていた。そして癌は痛みが激しく、三内科病棟に戻って喜んだ精喜も腹が張って毎日苦しんだ。ほんの少しの食事を摂った後、「午後腹張り、ピティグラシン、一時間ほど置いてピチグランドール注射。三時便通。五時ごろブドー糖注射。六時悪寒八度八分。四時半ごろ液体状の吐物少量あり。七時頃まで吐き気あり。ビタカンファ注射。昼夜食せず。夜、宇代さん長くマッサージしてくれる。九時、モヒ、アト注射。よく眠る」とか「夜に入り腹張り苦しむ。九時モヒ、アトを0・5づつ注射すれども利かない。神経過敏となりまた十五分後にモヒだけ0・3注射してやっとよく眠る」などの日が続いた。和子が「そんなにモルヒネを打っていいの」と聞いたら精喜は「こんなに痛くて打たずにいられるか」と答えたそうである。

夏生が「クリスマスには帰ってきて」と手紙をくれたので和子が迷っていると、精喜は「僕は大丈夫だし子供が可哀想だから帰ってやれ」と言った。それで和子は十二月二十五日だけ久留米に帰って一泊した。二十七日には再度手術をしようかという話もあったが、友田先生は「それは危険が伴う。もしするなら直助先生の同意を得たい」と言われた。それで加来先生の奥様に下関にいる直助宛に電報を打っていただいた。なお口腔外科教授の加来先生の奥様は、操の親戚の和田豊治氏(中津出身の実業家、富士紡績社長などを歴任した)の遠縁でもあったから親切にして下さったのである。

二十七日も精喜は「ロートポン(薬だろう)で口渇き大変苦しがる。腸猛烈に張る。十二時モヒ。

二時輸血。悪寒はなし。五時モヒ0．7。六時ブドー糖。吐き気あり」という状態だった。それで翌日帰ってきた直助も交えての協議の結果、手術は中止になった。

和子は十二月十八日から泊まり込んで精喜を看護しているうちに背中に瘍ができたが、我慢していたら九度の熱が出た。それで二十八日、直助が外科の疋田先生の所に連れて行って切開して頂いた。この二十八日から精喜は手足のむくみが甚だしくなり、ウツラウツラしてうわ言を云うようになった。二十九日午後、一時的に呼吸困難に陥って強心剤注射で一旦回復した時、彼は「自分は今臨終かと思った」と言った。和子が涙を流すと「泣いてはいかん。お前に泣かれては僕は困るじゃないか」と言った。死を覚悟したようであった。酸素吸入しても苦しがってすぐ止めた。

午後八時半、直助と操が夏生と龍太を連れて久留米からハイヤー（タクシーのこと）で来た。精喜は「おお」と言って喜んだが、その後、夜中少しも眠らず、大きな目を開けて何かしきりにしゃべった。翌三十日の未明にモルヒネを打ったがなお眠らなかった。しかし苦痛は余り感じないようで、朝五時に「体が少しも動かなくなった。先生と清兵衛を呼んでくれ」と言った。そして直助と清兵衛が来ると昔の思い出などを話し、和子には「久留米に帰ろう」と二度ほど言った。

十一時ごろ瞳の上方にうす白い半月形の膜がかかった。和子が「私が見える」と聞くと「勿論よく見えるさ。加来さんの奥様も清兵衛も」と言ったが、もう大分呂律が回らなくなっていた。直助が学部長の福田得志先生の所から帰ってきて「精喜、精喜」と呼んだがもう分からず、午前十一時十五分に絶命した。和子は手帖に「長い苦痛の病より逃れ、私を置いて精喜は最後の息を引き取った。嗚呼、行年四十三。頑張りと忍耐の一生、私にとっては最上の理解ふかく心優しき良人であった」と書いている。実際、和子のように我が儘なところの多い人間を理解し愛し、不満があってもうまくあやなしていけたのは、精喜に「科学」という自分の楽しみがあり、またユーモアのセンスがあったからであろう。

年末であったから、精喜の遺体が清められるとすぐ二時に枕経が読まれ、三時から解剖された。その結果、全身にがんが広がっていて手術は到底不可能であったことがわかった。遺体は五時に医学部の焼き場で火葬に付され、翌日大晦日の午前九時半に骨を拾った。弔問の方が次々に来られたので骨箱を助教授室に安置し拝んでいただいた。その後医学部のジープで家族と清兵衛氏夫妻、修二さん夫妻などが遺骨を捧げて久留米に戻った。和子は手帖の最後に「入院の時と同じジープで、来た道を今度は骨をもって帰る。涙止まらず」と書いている。

以下は、精喜の死から三十八年後の昭和六十一年、和子がこの手記を別ノートに転記した時の和子の感想の一部分である。

「この手帖の書写を終り、万感胸に迫る。今更何をか言わんや、であるが精喜の一生を思う時、私は自責と後悔の念に囚われる。病名が確定した時、精喜は妻子の将来の難儀を案じてくれているが、夏生や龍太が一人前になるまで父が現役で働いてくれ、母も龍太が高校に入るまでは生きていてくれたので私共は経済的には苦しまずに済んだ。私は精喜が死んだ時、私自身の不幸よりも精喜自身が可哀想でならなかったが、その気持ちは今も変わらない。

私が今も鮮やかに覚えていることは、精喜の湯灌も終り今は安らかな死体となってベッドに寝かされているところに入って行った時のことである。それは僅かの時間だったが不思議に誰も居なくて私一人であった。その瞬間に名状し難い悲哀に襲われた。あの気持ちが中々的確に言い表せない。人は死ぬ時幼児からの思い出を短時間に思い出すというが、私のはそれとは反対に、将来の精喜との生活、楽しかるべき生活の可能性がすべて打ち切られ失われた、という感じが痛切に身に迫ったのである。それはある種の恐ろしさであった。

精喜は四十二歳と八ヶ月で亡くなったが、現在夏生は四十二歳九か月、龍太は四十一歳二か月である。精喜の入院時、夏生は五歳、龍太は三歳であった。この手帖を見ると多くの方々の御好意と御世話を頂いたことがわかるが、その方々の多くも既に故人となられている」。

小野寺精喜略年譜

明治三九年（一九〇六）　岩手県胆沢郡前沢町（現・奥州市）に生まれる。

大正一三年（一九二四）　岩手県立盛岡農学校卒業。

昭和　元　年（一九二六）　福岡高等学校（後の九州大学教養部）入学。

九大第三内科教授小野寺直助の家に書生として住み、学校に通う。

昭和　八　年（一九三三）　九州大学医学部卒業、直ちに医学部第三内科に入局。

昭和一二年（一九三七）　医学部助手として勤務している時、日支事変のために召集される。

以後四年余り北支（中国北部）で軍医として勤務した。

昭和一二年（一九三七）　八月　弘前陸軍病院（青森県）に入隊。九月、中国大陸に渡る。

九月　塘沽に上陸→天津→北京→豊台→良郷→高碑店→易県（野戦病院）。

一〇月　易県→保定（一時北京往復）、保定→石家荘→井陘（野戦病院）。

昭和一三年（一九三八）　一月　楡次の輜重兵中隊隊付き軍医となる（加納部隊河野部隊）。

二月　原隊復帰（陽泉）。陽泉→楡次→平遥（野戦病院）。

三月　平遥→臨汾（野戦病院勤務）。

八月　石家荘出張中、たまたまコレラ発生。

九月　一時北京に行き直助と会い、後、臨汾に戻る。

昭和一四年（一九三九）一〇月　臨汾→太原（野戦病院勤務）。
一月　太原野戦病院は陸軍病院になる。
九月　太原→北京に移る（北支那防疫部所属）。以後は北京に滞在する。
昭和一七年（一九四二）一月　一時帰国し和子と結婚、一一月下旬には北京に帰る。
二月　国府台陸軍病院（千葉県）に転属命令。三月、徴用解除となる。
七月　九大温泉研究所勤務となり、和子と共に別府に転居。
昭和一八年（一九四三）五月　九州大学医学部第三内科勤務となり福岡に戻る。
昭和一九年（一九四四）六月　再度召集、久留米師団に入営。同月、朝鮮に派遣され大邱（昌寧）で勤務。
昭和二〇年（一九四五）二〜四月　徴兵検査で全羅北道（全州、群山）、京畿道（京城、水原など七か所）を回る。
五月　大田の隊付軍医として勤務。
一〇月　敗戦により佐世保に復員し、家族が疎開している耶馬渓に住む。
一二月　一家は福岡市箱崎の貸家に移居する。
昭和二一年（一九四六）一月　福岡県粕屋郡古賀の陸軍療養所宿舎に移居。（精喜は三内科と大村病院を兼務）
一〇月頃　直助が満洲の新京から引き揚げて戻って来る。
昭和二二年（一九四七）一月　一家は別府亀川病院宿舎に移居し、精喜のみ福岡の九大医学部に居住する。
昭和二三年（一九四八）六月　一家は久留米市の久留米大学学長宿舎に移居し、精喜も同居する。
一二月　胃癌のため死去、この時は九州大学医学部第三内科助教授であった。

小野寺精喜関係家系図

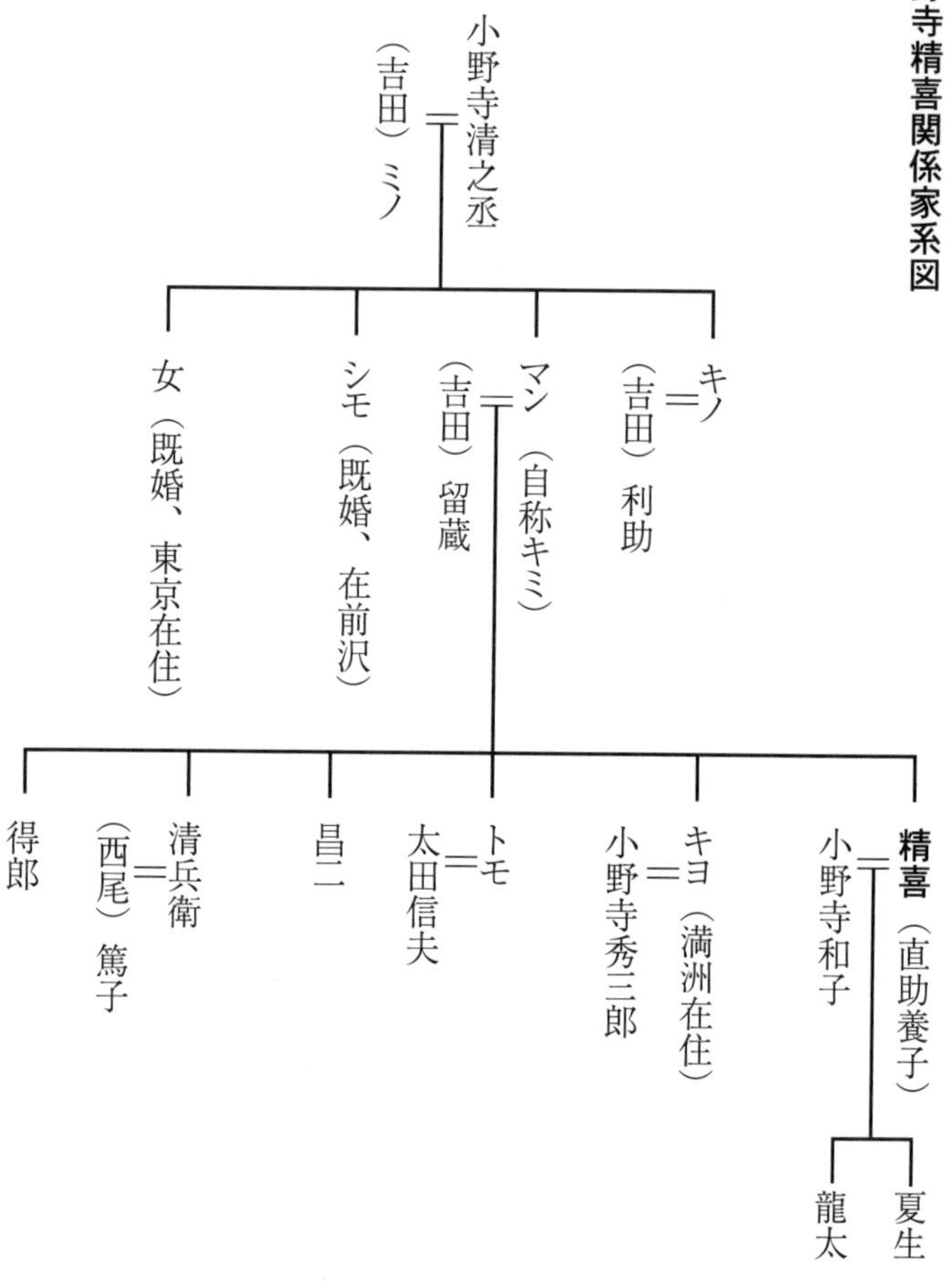

小野寺清之丞
（吉田）ミノ
キノ
（吉田）利助
マン（自称キミ）
（吉田）留蔵
シモ（既婚、在前沢）
女（既婚、東京在住）
精喜（直助養子）
小野寺和子
キヨ（満洲在住）
小野寺秀三郎
トモ
太田信夫
昌二
清兵衛
（西尾）篤子
得郎
夏生
龍太

小野寺直助関係家系図

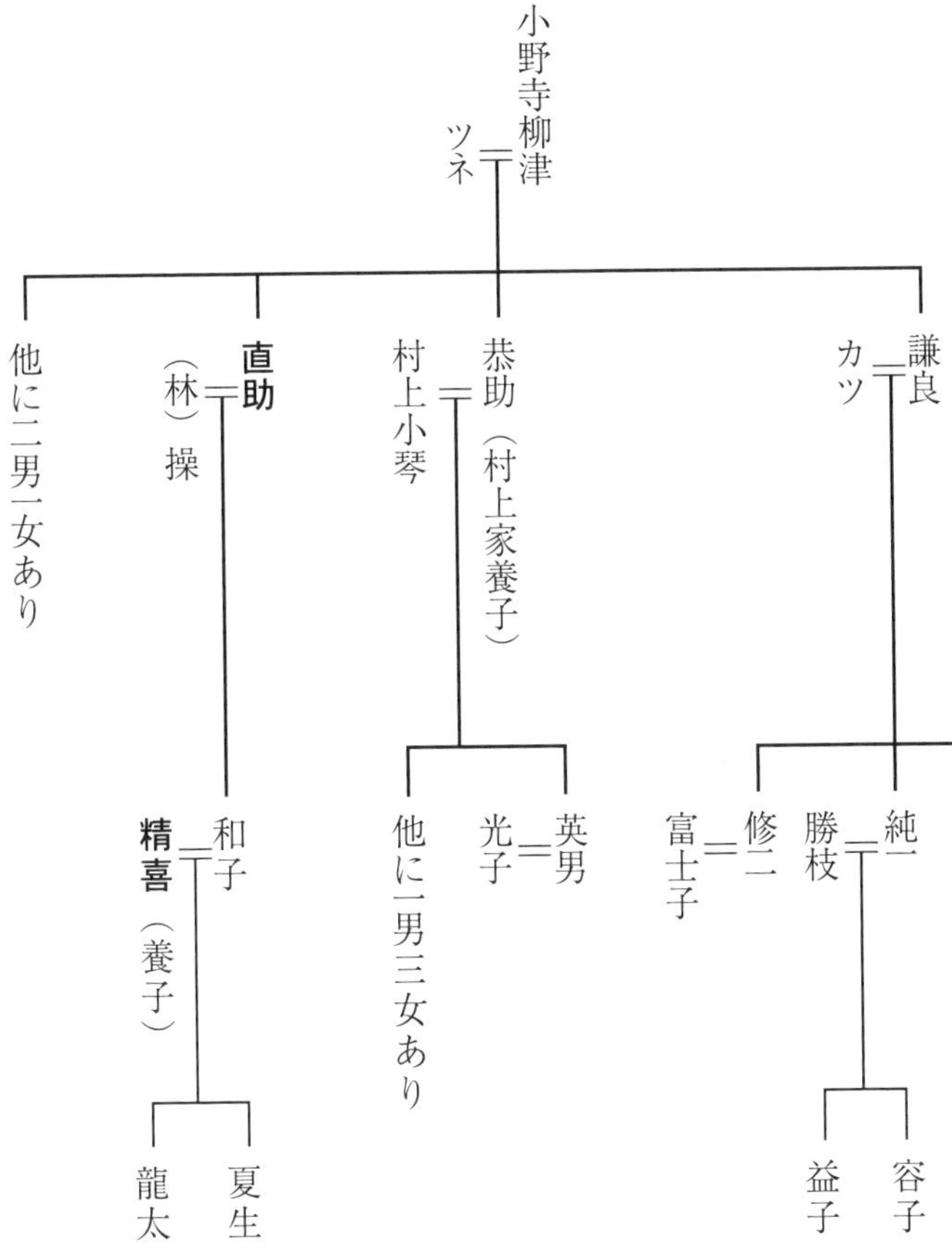

小野寺柳津
ツネ
謙良
カツ
恭助（村上家養子）
村上小琴
直助
（林）操
他に二男一女あり
操（立野家へ）
純一
勝枝
修二
富士子
容子
益子
英男
光子
他に一男三女あり
和子
精喜（養子）
夏生
龍太

おわりに

私が平成時代の終り頃、初めてこの本に引用した手紙類を通読したが、その時一番驚いたのは、これだけの手紙資料をよく保存していたものだ、ということだった。私の子供時代、即ち昭和三十年頃からは、これらの手紙は漆塗りの文箱数個の中に納めてあったが、戦争中、生活が緊迫し疎開や転居を何度も繰り返した際にも母や祖母はこのような手紙を保存していたのである。また父も戦地に送られて来た家族の手紙をみな保存して、敗戦後の引揚げの時も持ち帰ったのである。それ以来ほぼ七十年間、母は大事にこの記念の手紙を保管していた。そう考えると、市場的には何の価値もない手紙であるが、これらを疎かに扱っては申し訳ないような気がした。それがこの本を書こうと思った動機であった。

今のように海外電話もネット通信も、ましてSNSもない時代、人々の通信手段は手紙しかなかった。そして手紙を書くことは電話で話すように手軽ではなく、何を書こうか、どんな風に書こうか、とある程度考えなければならなかった。だから昔の人の手紙文には、却って書き手の意が尽くされているし、特に女の手紙にはその人の感情と考えが素直に出ていて面白い。だから書いていて、私は少しも退屈しなかった。

ただ、これらの手紙は全くの私信、身辺の事だけが書かれていて、一種の「家族史」に過ぎないから、世界情勢や日本の政治史に興味がある読者には全くつまらないだろう。私としては、江湖の読書好きの方々がこの本から、戦前の日本では「家名の存続と養子制度」などが重要な問題で人々の間には濃密な人間関係があったこと、また普通の人々がその時々で「戦争」をどう見たか、などの社会心理を幾許でも感じ取って下さることを願うばかり、即ち、小説を読むようなつもりで読んでいただければ有難い、と思っている。

なお、文中の名前は全て実名である。ところどころには板垣征四郎とか米内光政とか仁科芳雄とか日本史に出てくる人物もいるが、多くは一般には知られていない人たちである。ただ実名を出して不都合な所はないと思われるからそのままにした。

本書を出す上で、弦書房の小野静男様には、原稿を読んでいただいたり綺麗な地図を描いていただいたり、大変お世話になった。ここに付記して謝意を表する。

令和五年（二〇二三）春

著者記す

著者略歴

小野寺龍太（おのでら・りゅうた）

一九四五年生まれ。

一九六三年、福岡県立修猷館高等学校卒業。

一九六七年、九州大学工学部鉄鋼冶金学科卒業。

一九七二年、九州大学大学院工学研究科博士後期課程単位修得退学。

九州大学工学部材料工学科助手、助教授、教授を経て、二〇〇五年、退職。九州大学名誉教授（工学博士）。現在、日本近代史、特に幕末期の幕臣の事蹟を調べている。著書『古賀謹一郎』（ミネルヴァ書房、二〇〇六年）『栗本鋤雲』（同、二〇一〇年）『岩瀬忠震』（同、二〇一八年）『日露戦争時代のある医学徒の日記——小野寺直助が見た明治』（弦書房、二〇一〇年）『幕末の魁、維新の殿——徳川斉昭の攘夷』（同、二〇一二年）『愚劣の軌跡——「共産主義の時代」に振り回された大学人たち』（春吉書房、二〇一七）

ある軍医の戦中戦後
《一九三七〜一九四八》

二〇二三年七月三十日発行

著者　小野寺龍太
発行者　小野静男
発行所　株式会社　弦書房
（〒810・0041）
福岡市中央区大名二—二—四三
ELK大名ビル三〇一
電話　〇九二・七二六・九八八五
FAX　〇九二・七二六・九八八六

組版・製作　合同会社キヅキブックス
印刷・製本　シナノ書籍印刷株式会社

落丁・乱丁の本はお取り替えします。
© Onodera Ryūta 2023
ISBN978-4-86329-272-7　C0095

◆弦書房の本

戦場の漂流者 千二百分の一の二等兵

稲垣尚友【著】／半田正夫【語り】 太平洋戦争末期のフィリピンとその周辺海域、苛酷な戦場を漂流するように生き抜いてきた二等兵（最下層兵）が語る命がけの青春彷徨。ユーモアに満ちた独特の語り口調で、爽やかな読後感を覚える稀有の書。〈四六判・２０８頁〉**１８００円**

占領と引揚げの肖像 BEPPU 1945-1956

下川正晴 占領軍と引揚げ者でひしめく街、別府がＢＥＰＰＵであった頃の戦後史。東京中心の戦後史では、個々の住民が体験した戦後が見えてこない。地域戦後史を東アジアの視野から再検証。その空白が朝鮮戦争期にあることも指摘。〈四六判・３３０頁〉**２２００円**

忘却の引揚げ史 泉靖一と二日市保養所

下川正晴 戦後史の重要問題として「敗戦後の引揚げ」はほとんど研究対象にならず忘却されてきた。引揚げ港博多で中絶施設・二日市保養所を運営し女性たちの再出発を支援した感動の実録。戦後日本の再生は、ここから始まる。〈四六判・３４０頁〉**【2刷】２２００円**

【第60回熊日文学賞】
戦地巡歴 わが祖父の声を聴く

井上佳子 日本のどこにでもある家族の戦争と戦後を忘れないために――著者は、戦死した祖父の日記に静かに耳を傾ける。戦地で散った兵士たちの記憶をたどり、当時を知る中国人も取材、平和を生き抜くための言葉を探す旅の記録。〈四六判・２８８頁〉**２２００円**

占領下のトカラ 北緯三十度以南で生きる

稲垣尚友【著】／半田正夫【語り】 北緯三十度以南の島々は戦後、米軍の軍政がしかれた。国境の島となったトカラの人々は生きるために開拓、ミッコウ（密航）などを行った。世話役であった帰還兵・半田正夫氏の真実の声が語る知られざる戦後史。〈四六判・２０８頁〉**１８００円**

＊表示価格は税別